嫡策

3

董無淵 著

文創風 192

目錄

第四十一章

馬車踢踢踏踏地過了順真門，再拐過皇城，往雨花巷去，行昭心裡頭複雜極了，她想見到舅舅與哥哥，但也想見到賀琰，想最後一次踏入臨安侯府的門廊。

她說不清楚為什麼，理智告訴她最好別這樣做，可情感卻讓她鬼使神差地想去賀家看看。

人的情感與喜怒，又哪裡會是自己能夠掌握的，怎麼可能由簡單的對錯來評判？

賀琰無能，外厲內荏，薄情寡義，目光短淺，且能將對方祈的厭惡轉嫁到行景的身上，他不是一個好父親，不是一個好丈夫，甚至不是他一向引以自傲自詡的好族長。

行昭輕輕合上眼，可不知怎麼的，她就是想去看看他，看看將母親如願逼死後，他過得是否如意。

面對應邑，她是完全地幸災樂禍，就怕應邑不夠倒楣。可到了這裡，她卻異常心酸。

人啊，人啊……

蓮玉陪在行昭身邊，覷了覷小娘子的神色，溫聲笑著開解。「您這次去就當去瞧瞧三姑娘吧，欣榮長公主好不容易去臨安侯府一趟，三姑娘還急急吼吼地託欣榮長公主給您帶話，她養在深閨，知曉個什麼事也不那麼容易，可見是費了一番心思的。」

行昭沒說話。

人的心思在反覆回轉，馬車卻只會沒頭沒腦地往前衝。

雨花巷離皇城不算遠，不一會兒馬車就停了，外頭響起行景低沈的喚聲。

「阿嫵，快下來！」

少年的語聲不像昨日那樣有氣無力，顯得中氣十足，像是緩過來了。

行昭望著直直垂下的馬車簾幕，靛青的顏色能讓人安寧，垂下眼瞼，輕輕挑開簾子，便見著了行景濃眉大眼的一張臉，站在其後的方祈已經刮了一臉的鬍髯，露出了本來的面目。大約是鬍子擋住的緣故，西北曬人的陽光在方祈白白淨淨的臉上沒有留下太多的印跡，劍眉入鬢，星眸似劍，嘴角翹翹的，似笑非笑的模樣，看起來既痞又雅。

行昭笑起來。想了想也沒下馬車，扶著蓮玉站在馬車前廂，佝著身子，向方祈深深地福身。

「得嘞，人到齊了，阿嫵還是回馬車上坐著吧！」方祈笑呵呵地大手一揮，看了看天色，翻身上馬走在最前頭。

行昭又坐回了車廂裡頭，將布簾撩開一條縫，十幾個老爺們騎著馬走在前頭，聽後頭的馬蹄聲和車軲轆劃在地上的聲音，想來還有人跟在後頭，也有幾輛車隨行，裡面裝的是什麼行昭就無從猜起了。

方祈這一番陣勢大，明兒就能叫全定京的人都曉得，自個兒都出宮了，說不準還能叫皇帝也知道。

武將出征歸來，妹夫家卻告訴他自家妹妹病亡了，做舅爺的面過聖後，第二天就帶著人馬主動去府上拜訪。多麼寬宏大量啊，多麼知理曉事啊，多麼以大局為重啊，皇帝就喜歡這樣的臣子。

行昭一路都在胡思亂想，給自己找事做。

沒隔多久，行昭就聽見了熟悉的雙福大街上鬧鬧嚷嚷的聲響，又隔了會兒，馬車就行得慢慢悠悠的了，外頭有翻身下馬的俐落聲音，行昭揪了揪襦裙，深深吸了幾口氣，再緩緩呼出來，手漸漸放鬆下來，剛睜開眼，就聽見了白總管的聲音。

「侯爺在正堂候著舅爺多時了，原以為您會過來用晚膳的。」

「是嗎？皇上下的旨，要我守著托合其，我也不好怠忽職守不是？一邊是臨安侯，一邊是聖命，我只好先辦完皇上的吩咐，才空出閒來拜訪臨安侯，莫不是侯爺嫌我來晚了？」方祈笑著道，邊說邊將韁繩交給蔣千戶。

未待白總管說話，先吩咐蔣千戶。「去！臨安侯府的馬廄是個好的，連餵馬用的白豆都是精選出來的，咱們人來蹭茶，馬來蹭食，你帶著這幾匹馬往馬廄走。我記得馬廄就在碧波湖旁邊是吧？」最後一句是在問白總管，歷代臨安侯的別山書房可是也在碧波湖旁邊啊！

白總管額角泛起冷汗，連忙賠笑。「哪兒用得著麻煩幾位大人，讓咱們府裡頭的小廝牽過去就成了。」

「我的馬，尋常人也能碰？」方祈眉角一抬。

白總管心頭一哽，索性不爭這朝夕了，讓人牽過去就牽吧，他沒這膽子和這活閻王強嘴，眼神瞥到立在方祈身後的行景，餘光裡還有停在三丈外的那輛華蓋青幃馬車，笑著揚聲喚來丫頭，轉了話頭。「月巧！快去扶四姑娘下車！」又躬身讓出一條道來，語聲哽咽。「大郎君，您快去正堂吧，侯爺日日夜夜都念著您，昨兒個聽人說您回來了，激動得不得了……」

行昭戴著冪籬矜持地扶著蓮玉下車的時候，正好聽見這一句。她抬頭一看，行景臉色晴暗不明，囁嚅了幾下唇，想說些什麼，卻沒開口。

行昭心頭嘆了嘆，氣質和婉地朝白總管輕輕頷首。

白總管立時垂下眼瞼，將頭佝得更低了，身子側得更開了，讓出一條康莊大道給方祈與行景，語氣恭敬地同行昭說話。「是回正院看看，還是回榮壽堂去瞧瞧太夫人？三姑娘如今身子有些不好，今兒個估摸著是見不著了。」

果然，拿出對付她的那套方法來對付行明了！不讓行明與她接觸，也不讓行明在別人面前露面，太夫人壓制小輩的招數只有這麼一個，卻不得不讓人承認，這很管用。行昭心裡默默記下一筆。

青幃帽擋著臉，白總管看不清賀四姑娘的神色，卻能聽見小娘子清泠的聲音。

「去正院。這個時候了，太夫人要不在誦經，要不已經準備睡下了，做小輩的不能不知趣。」行昭邊說，邊帶著蓮玉和蔣明英往裡走。

方祈往這頭瞧了瞧沒說話，輕笑一聲便往正堂走。

行景看著妹妹挺直了脊背的背影，心裡說不出是什麼滋味，又想起過會兒要見的那個人，心裡愈加的沈甸甸，見方祈越眾而出，在原地愣了片刻，便跟了上去。

從二門走到正院，這條道是行昭走慣了的，行昭低著頭看自己一步一步邁出的步子，心裡紛呈雜亂。賀琰並不想見她，所以白總管才會直接請她往別處走，到這個時候了，賀琰還是罔顧親緣，只想一心一意地把危機解除再言他物。

人啊，行昭心頭哂笑，也不知道是在笑她將才的不知所措，還是在笑她無端湧上來的那股不知名的情緒。

竹影重重，前面領路的小丫鬟還留著頭，齊劉海服服貼貼地巴在額上，手裡提著兩盞燈籠戰戰兢兢地走，要不是挨人近了，要不就是離人遠了，臉都很生，看上去還是新進來的小丫頭。

母親的死，也讓臨安侯府的整個局勢都發生了改變吧？

行昭邊走邊胡思亂想，月巧跟在後頭，幾度想要越過前頭的蔣明英和蓮玉，卻都被人擋了下來，等行昭到了正院，在將被打掃過、光影綽約的黃花木太師椅上落了坐。待蓮玉去奉茶，蔣明英低眉順目地立在後頭時，這才找到機會衝上前去，月巧壓低了聲音說話——

「四姑娘可還記得我？」語氣十分急切。

行昭抬頭，神情平靜地瞧了瞧，隔了會兒才點點頭。

月巧頓時喜上眉梢，眼神波光粼粼地直閃，順勢一哭便跪在了地上。「難為四姑娘還記得奴婢……大夫人去了後，正院的人日子就一天不如一天了！先是連門都不讓出，再是發賣的發賣，杖責的杖責，得虧奴婢機靈，才躲過一劫又一劫，可奴婢家裡人就沒這麼幸運了，老子娘都被發配到了莊子上。您就看在奴婢原先侍奉過大夫人的情分上，將奴婢討到宮裡頭去吧，奴婢一定像服侍大夫人一樣服侍著您！」

行昭平靜的神色漸漸發生了變化，跟看傻子似地看著月巧。

那日，賀琰發怒，將她箍在小苑裡，將大夫人拖到正院裡頭，滿院子的人都看著，除卻黃嬤嬤拿刀衝出來，其他的沒一個敢動。她不求養的奴才是死士，但是他們也別求事過之後，她還能像保住黃嬤嬤一樣，為他們殫精竭慮！

月巧還在耳朵旁邊唸，行昭頓生起無力感，揮了揮手，蔣明英就讓人把她拖下去了。

旁邊沒了聒噪，行昭抬起頭來打量著正院，掛著白絹素縞，手一摸，小案方桌面上一塵不染，看看犄角旮旯裡，也不見塵埃，連放在高几上的那盆西府海棠，雖然過了花期，早就謝了，可是葉子還長得蔥蔥郁郁的……看起來是日日拾掇了的。

誰讓人來打理的？太夫人？二夫人？還是賀琰？

行昭從裡間走到外廳，手一寸一寸地撫過母親睡過的羅漢床，到正院裡每一張桌面椅背，再到母親常常坐下的那張搖搖椅，行昭想哭極了，母親好像還在這裡，她的氣息還留在這裡，溫溫柔柔，纏纏綿綿又怯生生的。

行昭久久地、沈默不語地站在暖閣裡面，點著的蠟燭燃了一半，順著邊流下來的蠟淚凝在半道上。

蓮玉跟在行昭身後，不敢勸也不想勸，一屋子的傷心沈凝得讓她沒有辦法張嘴。

好像隔了很久，又好像才過一刻鐘，窗欞外頭響起了極規律的「叩叩」聲音，行昭猛然抬頭，正好見到賀琰佝著頭、彎著腰，挑開正院的竹簾子，緩步進來。

一件靛藍粗麻長袍拖得長長的，頭髮用玉冠束在一起，身形頎長挺拔，面容細膩白皙，一點也不像一個年逾不惑的男人，果然是定京城裡赫赫有名的美男子。

賀琰一抬頭，小娘子瓷娃娃一樣精緻的模樣便直直撞入眼簾，一雙杏眼大大的，小鼻子挺挺翹翹的，秀美且溫柔，看起來一點也不像方福。

「阿嫵……」賀琰清了清嗓子，邊站直身子，邊笑著朗聲一喚，他並不知道，這兩個字裡其實是帶了些微不可見的試探與討好。

恰逢其時，九井胡同裡傳來一聲拉得悠悠長長的打更聲，木槌在銅鑼上敲了三下，打更人的聲音嘹亮清揚，長長的一句「小心火燭」，便堪堪壓過了賀琰的那一聲輕喚。可行昭還是將那句「阿嫵」，聽得清清楚楚。

呵，原本像咬青杏那樣的酸又直直地湧上了心頭、喉嚨、舌尖、眼眶裡。好澀呢，澀得讓人眼眶又熱又癢，含著的那泡淚在裡頭直打旋，橫衝直撞地想衝出來。

至少賀琰並沒有不想見到她，行昭突然想到這……

人啊……

行昭當真怕極了這樣的情緒，怕極了和賀琰單獨相處的光景。

他是她的父親，寬縱她，喜愛她，會笑著問她如今是在學柳公權還是在臨顏真卿，會拿大手輕輕摩挲著她的腦袋，再輕聲一笑。可他也是那個當著她的面，逼她的母親將毒藥一飲而盡的那個人，也是罔顧她的眼淚與撕心裂肺的吶喊，一意孤行的那個人。也是斥責她的哥哥，背棄她的母親，毀掉一個家族的那個人！

父親與弒母凶手，又怎麼能畫上等號呢？

寬縱與血腥，嬌寵與殺戮，親緣與敵人，父親與小人，這些……這些本不應該相提並論的啊。

親眼看著賀琰無力的神情，行昭猛然發現，任何一種單純的恨，都沒有摻雜著猶豫與遲疑的怨恨來得更讓人心生絞痛。

她索性心一橫，壓下眼瞼，死命地合上。頷首低頭又深屈了膝，她抿嘴笑著同賀琰溫聲行禮。

「阿嫵給侯爺問安，久不見侯爺，您可還好？將才從二門到正院裡，那片竹林又長得蔥蔥郁郁的了。等到了盛夏，又能成一片蔭來。風一吹，正院裡頭還能嗅到竹香味，也能聽見窄長竹葉打在風裡的聲音，您說這種撲簌簌的聲音比雨打芭蕉的聲音還要好聽……」一股腦兒急急地說話，到最後，行昭都不知道她到底在說些什麼了，話在嘴裡嚥不下去吐不出來。

聽那頭沒聲音，她艱難地抬起頭直視賀琰，賀琰的瞳孔是深褐色，看起來專注極了。她渾身陡然放鬆下來，輕笑道：「您同舅舅的話說完了吧？正院阿嫵也瞧過了。今兒個來得不妥當，二嬸沒拜訪，太夫人也沒拜訪，只是天色也晚了，阿嫵該回宮了。」

既然面對面時還會掙扎，那乾脆就逃開吧，就當一回懦夫，就這一次，屈從於內心的矛盾與妥協。

話音一落，蔣明英便行在了前頭，她要去馬車上備好物什，行昭垂眉斂容跟在後頭。

「阿嫵，妳等等，父……我有話同妳講。」賀琰的聲音飄渺，見行昭的步子頓了下來，似乎是下了極大的決心，向白總管使了眼色，白總管便帶著僕從魚貫而出，壓低聲音朝著蓮玉與蔣明英吩咐。「妳們也先出去，在府外的馬車上等也好，在偏廂等也好，若是不放心，候在遊廊也可以……」

蔣明英神情淡漠，卻是話中帶笑。「今兒個溫陽縣主出來，皇后娘娘本來是不許的，這個時節最容易染暑氣，奴婢怕奴婢一脫了身，溫陽縣主就不舒……」

賀琰衝蔣明英一擺手，止住了她的話頭，眼神卻直直盯著行昭，輕聲地挽留她。「只用一會兒，不到半個時辰。半個時辰之後，妳就回去吧……」

蔣明英蹙了眉頭，想起皇后的吩咐，正準備張嘴，卻聽見小娘子稚氣卻低沈的聲音。

「蔣姑姑、蓮玉妳們先出去。」行昭手蜷在袖裡攥成一個拳，卻神色平靜，語氣堅定。

蔣明英眉間蹙得愈緊，蓮玉輕嘆一聲，眼神在賀琰與行昭身上來回打量，想了想，終究屈膝福身拉著蔣明英往外走，順道湊近低語道：「咱們就守在外頭，您想想，方都督還在這兒呢。」

蔣明英神情一鬆，被蓮玉拉著走出房門，往回探了幾眼。這個沈穩牢靠的女官到底忍不了了，靠在廊柱上，輕呢一語。「小小年紀，我看著都心酸得很。」

蓮玉緊緊抿住嘴唇，看著透出暖光的蓮青色窗櫺，心裡沒著沒落的。

門「嘎吱」地關上了，行昭眼瞧著頂天的那扇門在地上劃過一道圓弧，最後一絲縫也不留，關得死死的，心提起來又放下，賀琰要同她說什麼？威嚇？拉攏？還是……

行昭頭痛欲裂，她想思考，她想理智地分析，卻沒有辦法將心靜下來，她在以最惡劣的態度揣測她的父親，多麼可悲啊。

「以前太夫人住在正院裡，哦，是妳祖父還在的時候，我每次一過來就能嗅到濃濃的藥味，太夫人年輕的時候身體不好，藥不離口，湯不離手。麻黃發汗，利水消腫；桂枝解表，止痛溫經；白芷散寒，祛風通竅。大抵是久病成醫，在太夫人床前侍疾久了，尋常藥材的藥效我也能一口唸出來，每回在太夫人床頭背誦這些的時候，太夫人就摸摸我的腦袋，然後什麼也不說。」

賀琰望著擺在高几上的那尊粉彩繪花鳥花斛，眼神動也不動，邊說邊坐靠在了左側的太師椅上。

出人意料之外的開場，讓人摸不著頭腦，行昭輕輕望向她的父親，一張笑臉卻看不清神色。

「太夫人常常生病，卻每天拖著病體來考我學問，從《論語》考到《史記》，背結巴了一次，她就拿竹篾子打我手板……」賀琰輕笑著，拿手比了一個寬出來，給行昭看。「就這麼寬的竹篾子，打在我手上，聲音又響又脆。我且不敢哭，因為太夫人是躺在床上伸出個身子來打我，每打一下，我便抽一下，她也咳嗽一聲，咳得厲害極了，眼睛裡都是紅的，臉卻是慘白的，看起來既可憐又可悲。我知道這是因為賀現，是因為住在正院東偏廂的那個崔姨娘，太夫人在爭一口氣，她不比別人弱，所以她也不許她的兒子比別人弱。」

行昭低頭，沒有出言打斷，父親和女兒講述這樣的場面，其實是不體面的。說起來，現在的賀家哪兒還有什麼體面可言啊……

賀琰長長嘆出一口氣，從輕聲地笑，到慢慢地笑出了聲。「所以我拚命地讀書，拚命地想討他的歡心，太夫人告訴我，等站到高處了，別人一抬頭就能看見你時，他自然也把你放在心上了。至於怎麼爬高，太夫人沒有告訴我，我卻在想，只是因為賀現是那個女人肚子裡面出來的，他便不用拚命地爬，就有人看見他。我卻要拚出一條命，放下面子和尊嚴，放下我的夢想，放下我心尖兒上的女人，去求方老將軍，去求皇帝，去求各式各樣的人，才能讓他看見我。」

他是誰？

應該是老侯爺吧。

「為什麼一定要讓他看見？」行昭壓抑住喉嚨裡將將萌芽的辛辣。「您受到的苦與痛，您便讓您的兒子、您的女兒、您的女人一一地再嚐一遍？母親不是您中意的人，母親不是個能和您琴瑟和鳴的女人，母親沒有討您的歡喜，所以她就該去死嗎？

「母親占著臨安侯夫人的位置，而那個女人想要，您為了圓您少時的夢，所以母親就該去死嗎？

「您放下的尊嚴，您丟掉的夢想，就一定要靠別人的犧牲來完成嗎？

「您將您受到的不公平與辛酸，再照搬原樣地帶給別人，您以為您這樣就是撿起曾經丟掉的尊嚴了嗎？不，您將您的尊嚴與夢想丟得越來越遠，這一次，不是別人讓您丟的，是您自己親手丟下的！」

行昭手心直冒汗，瞬圓了一雙眼，直瞪瞪地看著低垂首的賀琰，聲音從一開始的低吟，到最後的扯開了喉嚨尖利出言，眼眶裡的淚變成湧上喉頭的腥甜血氣，不可置信地站起身來，渾身在發抖、發僵，甚至耳邊發嗡，她不知道自己身處何地，面對何人？

賀琰是在開脫嗎？要嘛一刀兩斷，斬斷所有瓜葛，要嘛做過了就忍下。

君子做不成，至少也要做一個光明磊落的小人吧！

「母親是一個多麼好的人啊……」行昭終是忍不住了，眼淚直撲撲地順著面頰簌簌流下。「她崇敬她的夫君，她愛護她的子女，她將偌大的一個侯府打理得妥妥當當，她是您明媒正娶回來的，她什麼也沒做錯啊！您何必將自己遭受過的苦難再完完整整地強加在母親的身上……」

賀琰緩緩抬頭，眼眶微紅，輕聲打斷行昭的話。「是……所以我如今無時無刻不在後悔……」

夜裡的雙福大街華燈初上，雙橋圓洞裡有英姿挺俊的小郎君，也有戴著青幃冪籬、衣袂翩飛的小娘子；有樂呵呵地四處應承的擺攤小販，也有掛著一連排花燈也不急著賣，只拉著遊人說故事的老叟。酒家樓肆的門前早已高高掛起了幾盞紅彤彤的燈籠，有膽子大的老闆娘，身上還會披著華繡半臂，媚眼如絲地杵在大門口，笑盈盈地扯開了喉嚨招攬生意。

鬧鬧嚷嚷中，有一輛青幃軟綢的華蓋馬車從九井胡同裡出來，車轍軲轆在光潔的青磚地上，發出「吱呀吱呀」的聲響，瞬間就湮沒在了紛紛擾擾的熱鬧中。

「姑娘……」蓮玉欲言又止，將手規矩地放在膝上，身子卻隨著馬車的顛簸一抖一抖。

小娘子從正院出來時面上是笑著的，可一出臨安侯府朱門，便蹲在地上雙手捂臉哀哀地哭起來，景大郎君怎麼哄都哄不好，方舅爺差點拔刀又衝進府裡去。

她至今都還記得大夫人死的那天晚上，姑娘抱著大夫人的身子哭得驚天動地，可今晚的哭聲卻是纏綿不斷，像一首沒寫完的哀傷詞句。

「今天是什麼日子啊？」行昭單手挑開幕簾，靜靜地望著馬車外，輕聲緩語。「外頭好熱鬧。」聲音不高，卻將蓮玉一下子從回憶拉了回來。

蓮玉趕緊湊過頭去，看見賣花燈的旁邊有掛著面具在販賣的商販，連忙回道：「或許是為了迎之後的七夕的緣故吧。」

七夕啊……

賀琰說，他與母親最初的相逢就是在七夕。一個是才進京城迷了路，手裡拿著個面具，哭得一抽一搭地花了臉的小娘子；一個是長衫翩翩的貴冑公子。後者走在雙福大街上，走著走著卻被人拉住了衣角，他回過頭去看，才發現是個哭得一抽一抽的小娘子，邊哭邊滿臉是淚地問他。「阿福找不到路了，爹爹不見了，姊姊也不見了，將才還有人笑阿福的臉是花的……」

大概再不堪的婚姻裡，也有那麼幾個讓人永生難忘的場景，莫名其妙地鐫刻於心。

當時賀琰說這番話的神色是怎樣的呢？是帶著笑的沈默，還是悔不當初的扼腕嘆息？

行昭將頭輕輕靠在馬車內壁上，她發現明明才見過賀琰，腦子裡的他，面容卻變得模糊極了，像是被人蒙上了一層薄薄的輕紗，她使勁地想，只能想起來他說的那一長串話。

「這些時日來，我每每路過正院，便能想起妳母親的形容，她笑著盤腿在炕上給我做衣裳，她抱著妳在柏樹下唸詩，還有她才嫁進來的時候，太夫人怕她不能立馬上手管家，便讓張嬤嬤在冊子上將各家管事嬤嬤的名字、籍貫、喜好都抄下來，送過來給她。她便臥在被窩裡頭背，不僅背，還讓我唸、她聽寫，錯一個她便連飯也不想吃……

「想起來那個時候，我為了求娶妳母親，整整等了五年，我往西北一年跑三趟，對老將軍比對太夫人還要恭敬。方老將軍猶猶豫豫地說我面相不算太好，『前庭不夠寬廣的男人，做事情容易進死胡同裡』。我當時不以為然，如今回過去看，老將軍知人識人的本事一輩子都沒變過，我如今做下的錯事，是一步錯步步錯……

「我自己經歷過的苦難，我卻又重新強加在了別人身上。阿嫵，有時候我都在想，如果那個時候我沒娶阿福，不在乎什麼名利地位，堅持和應邑一起，妳母親也嫁給一個真正疼她、護她的人，是不是如今的結局都會不一樣呢？如果我與妳母親好好地過下去，不去算計那樣多，是不是現在的結果會變得不一樣呢？景哥兒不認我了，冷面冷腸地緊緊跟著方祈。妳也不認我了，怕是如今都不願意見到我吧。眾叛親離，皆是我咎由自取。」話到最後，

他的聲音漸漸地低到了地上，面對太夫人不能說出來的後悔，卻意料之外地對著幼女吐露心聲。

「咎由自取」四個字是噗哧一笑說出來的。

一步錯步步錯，卻歸納得好極了，是因為賀琰先動的歪念頭，應邑才會如同被風燎起的那團火，只會越燒越旺，最後燒到自己身上，只好退到角落裡，禍水東引。

「蓮玉，妳說臨安侯今天……」今天，今天到底有幾分真心？

行昭輕輕開口，卻沒將話說完，她傻，卻不能傻成這個樣子。

錯了便是錯了，幼時的寬縱與寵溺不能將弒母之仇一筆勾銷，親緣與牽扯也不能構成消磨怨懟的佐證，無論他是有心還是無意，是積謀已久還是情勢所逼，是悔不當初還是逢場作戲，行昭都不能原諒。

她是在猶豫、在掙扎、在矛盾，可她也牢牢地記得她的母親是怎麼死的。

或許賀琰是真正後悔了，可這又能代表什麼呢？母親就能活過來了嗎？賀琰手上沾的血，應邑心頭打的那一把好算盤就能洗乾淨了嗎？兩個兒女對父輩的絕望就能消除了嗎？

通通都不能。

今日的推心置腹，只能代表賀琰終於勇敢了一次，無論後果如何，無論對錯如何，人總要正視自己的錯誤，一輩子哪怕只有那麼一次。

簾幕被疾疾的風高高揚起，行昭將頭探了出去，馬車疾馳得飛快，九井胡同口高高掛起的「奠」字燈籠，在一片星星點點的紅光裡顯得安靜沈謐。

臨安侯府氣勢十足的朱門被拋得越來越遠，漸漸地變成了一條線、一個點，最後湮沒在了同樣的灰牆綠瓦裡，再分不清孰是孰非。

第四十二章

雙福大街的熱鬧是華燈初上，人頭攢動，鳳儀殿的喜慶卻顯得更加隱密，如同一股東奔而去的暗流。

「方都督果真沒有一拳揮過去打斷賀琰的鼻梁？也沒打腫他的眼睛？」方皇后樂呵呵地坐在上首，身子的一半都往前探，難得地好奇與興奮。「真的沒有？妳可不許騙本宮，若是打了也沒關係，皇帝那頭本宮去說，妳不許瞞著。」

蔣明英立在下首，看了眼行昭，小娘子神色如常，便笑著回方皇后的話。

「臨安侯見著方都督便直稱舅爺，方都督也滿臉是笑。當時奴婢在正院服侍溫陽縣主，這些都是聽蔣千戶說的，好像兩個人的氣氛倒還好，只是揚名伯神色有些不好，方都督便讓揚名伯跪下給臨安侯磕三個響頭，揚名伯跪也跪了，臨安侯很是感慨的樣子，還沒等臨安侯說話，方都督便笑說，『一條命都是父母給的，這小子拿出一條命就敢在西北不管天不管地的闖，實在是沒將父母放在眼裡。讓景哥兒跪下來給父親磕三個頭，算是全了父子情誼了』。聽蔣千戶說，臨安侯的臉登時就綠了。」

方皇后笑起來，自己的兒子一個姓方，一個姓馮，還剩個庶子撐臉面，賀琰一張臉往後要嘛綠，要嘛白，反正再也紅潤不起來了。

行昭乖乖地坐在杌凳上，低垂了頭，手裡頭揪著衣角，耳邊又聽蔣明英後話——

「後來臨安侯問揚名伯什麼時候回去住，揚名伯沈聲半晌沒言語，方都督也不說話，就等著揚名伯說。隔了半晌，揚名伯才說，『看守托合其如今是重中之重，若是出了什麼閃失，既辜負了皇上的一片苦心，又墮了名聲』。將聖命拿出來，左說右說也沒定下個准信，臨安侯也不好說什麼了。」

「今兒個去臨安侯府，方都督將信箋拿到了嗎？」方皇后漸斂了笑，言歸正傳。

蔣明英蹙著眉頭想了想，終是輕輕搖頭，恭謹道：「估摸著是沒有，方都督與揚名伯約莫在正堂待了一個時辰，臨安侯到正院來了。」

光明正大地帶著人、牽著馬夜探侯府，不得不說方祈膽子大，一個時辰，幾個大老爺們翻偌大一個侯府，肯定翻不出什麼名堂。這麼短的時間內就偃旗息鼓，要嘛是一翻就翻到了，要嘛是篤定自己翻不到了。

「蔣千戶在別山裡頭找到一個盛著炭黑紙灰的銅盆，裡頭有一片紙沒燒著，上頭赫然就是方都督的筆跡，應當是賀琰將信箋都燒了。」

蔣明英語氣平緩地補充道。

方皇后心頭一沈，都燒了？憑一張紙片能證明個什麼來？昨兒個方祈回來，今兒個賀琰就把信燒了，腦子轉得倒也快！

陡然念頭一轉，抓到蔣明英前番話裡的兩個字。

「賀琰到正院裡來了？他見到行昭了？」

蔣明英沒答話，是行昭接的話。

「是……阿嫵見到臨安侯了。」行昭邊溫聲說著邊將茶盅放在小案上，抬頭望著方皇后笑說：「臨安侯同阿嫵說了很多，說了母親往常的事，說了阿嫵小時候的事，說了他少時的事，說了他的身不由己，也說了他的悔不當初。」

小娘子一抬頭，方皇后才看到行昭的眼眶紅紅的，一張小臉白白淨淨，兩頰邊卻有些酡紅，看樣子是狠狠哭了一場。

賀琰竟然還有臉來見阿嫵！

恬不知恥！

枉為人父！

方皇后連忙連聲將行昭喚過來，輕輕攬在懷中，正想開口說話，耳邊卻響起小娘子低低柔柔的聲音。

「臨安侯說了很多，他說他一步錯步步錯，錯得離譜。阿嫵沒說話，心裡頭卻在想，是啊，一步錯步步錯，錯到最後就像被逼上梁山，再也收不了手。阿嫵心裡知道，卻不能原諒他。母親因為他的錯處，失去了生命，臨安侯卻只是說一句，他錯了，就想將事情了結了，這不公平。」

方皇后心頭一窒，越發覺得賀琰無恥無信。

對著歷經苦難、年幼的女兒懺悔，就像將千鈞重的擔子放在小娘子的肩膀上，讓小娘子陷入迷茫與掙扎，陷入自我厭棄與道德否定。賀琰想要懺悔，他只管對著賀太夫人、應邑，還有阿福的墳塋懺悔去吧，世間只有這三個女人能無怨無悔地原諒他所做下的一切。

行昭抿了抿嘴，口裡澀澀的，像是黃連的味道，更像是淬火之後的灼熱，輕輕抬起頭來，眼睛眨也不眨，細聲細氣地繼續說道：「姨母，阿嫵沒有辦法原諒他。」

一句話輕飄飄的，像一張薄薄的、透亮的桃花紙從木案上隨風飄落，重疊在滿腔的心事上，然後心事就變得愈加沈甸甸。

沒有辦法原諒他，心裡頭卻在打著鼓，事實和理智卻清晰明白地告訴了小娘子真相與對錯。

方皇后喉頭像被什麼塞住了，說不出話來。

抬起頭，正好看見鳳儀殿正殿的窗櫺外，天際黑沈沈的，鋪天蓋地的灰黑壓在大地之上。

方皇后心裡頭在想，這個夜可真是長啊，小娘子費力地走啊走，走啊走，什麼時候才能見到旭日東昇呢？

若說定京城裡的五月只能叫做初夏，那麼一過六月這道門檻之後，日頭便見天地長了起來。晌午時分走在狹長的宮道裡，只能感覺腳底板在烤火，頭上在冒火，一抬眼還能見著個紅彤彤的火球在散發著火辣辣的熱。

鳳儀殿裡老早就用冰了，將從冰窟裡運出來的冰磚安安穩穩地放在炕桌下、高几下、木案下，涼氣呼呼地直冒，外殿的粗使宮女們一天裡頭最期盼的就是能在黃昏時分進內院喝碗銀耳蓮子羹或是冰涼沁人的綠豆湯。

應邑的三日回門，是直直往慈和宮去的，連鳳儀殿的門口都沒過，方皇后沒說什麼，倒是陳德妃頗有微詞。礙於顧太后，也不好太說話，只是有幾句閒言碎語傳出宮門。

「長嫂如母。左右是方都督不對，不該在大喜時候去攪局，可方都督是什麼個性？還能叫他讓著馮大人不成？這就連鳳儀殿都記恨上了，也不想想當初是誰讓她如願以償，嫁進馮家的？」

行昭想，鳳儀殿都聽見了這些話頭，慈和宮沒道理聽不見，大約是應邑手裡頭那封信不見了的緣故，近憂尚在眼前，便也顧不得別人的閒言碎語了。

宮裡頭的歲月，只能日復一日地過，方祈時不時地帶著行景過來請安。前方西北的戰報也是經由秦伯齡的手傳進來了，形勢一片大好，倒叫皇帝樂呵了好幾日，偶爾在鳳儀殿裡頭見著行昭，便伸手捏捏行昭的臉，口裡笑呵呵地說話。「妳哥哥不像阿琰，倒像方祈，妳還不知道妳哥哥活捉的是個什麼樣的人物吧？」

行昭便捂著嘴笑，口裡直說：「總不能有個三頭六臂、三眼五耳吧？哥哥哪裡是英勇啊，哥哥啊，純屬就是運氣來了。若說英勇，舅舅、秦將軍還有梁將軍才是真正英勇的，哥哥也就是仗著有您撐腰，才敢啥也不懂地放手大幹。民間可有句俗話，不和新手賭牌，不和老手過招。哥哥才上戰場的，自然有您庇護著的運氣在，可舅舅、梁將軍和秦將軍可就真真是老手了。」

行昭連說兩回梁將軍，皇帝的臉色卻一點沒變，笑著轉身同方皇后告狀。「朕還以為小娘子能謙虛謙虛，結果一句話說出來，既沒否認揚名伯的功績，還連帶著叫朕要記起平西侯的好處來！」

方皇后哈哈笑起來。這個時候並不是避諱功高蓋主的時候了，雖說樹大招風，可樹小了，別人砍起來也方便得很！皇帝沒說將人馬從方家老宅撤去，方皇后卻更加安心了。

日頭漸漸上來了，除卻行早禮，就連淑妃也不太往鳳儀殿裡走了，倒是欣榮這些時日走得勤，方皇后還特意讓人收拾了一個空閒的小苑給欣榮留著住——欣榮她懷孕了。

「阿至心裡慌，我那婆母也心裡頭慌，隔三差五地端著雞湯、糕點過來，公主府哪兒還能缺了她老人家的雞湯啊。從王家到公主府就是坐馬車也得坐上一炷香的工夫，如今日頭這麼大，若是婆母在馬車上頭悶出病來了，我倒成了罪魁禍首，索性避到您這兒來，既清靜還舒坦。」

欣榮靠在軟緞上，手裡拿著一串水澎過的西域葡萄，紫澄澄的葡萄被俏美人兒含在嘴裡頭，倒是別有一番奢靡。

方皇后手裡頭拿著冊子校對，抬頭吩咐行昭。「再加一對象牙銅漆篦子，讓內務府做一水兒的紅木家具，正堂裡頭的寓意多以五子登科這樣的好意頭為主，裡間的隔斷、雕欄還有炕桌，就用石榴報子這類的圖案吧。」

行昭低頭，手裡拿著筆唰唰地將方皇后說的都記下來，小手拿著笨重的紫毫寫不快，便嘴裡頭細聲細氣地默唸複述著，倒把欣榮看笑了。

「蔣姑姑在您身邊您不用，鳳儀殿連十幾歲的小宮人都沒進來過，您倒放心阿嫵給您打下手。」囫圇說著話，將葡萄籽吐在了粉彩小碟裡，笑咪咪地又說：「讓王嬪去訂老二的聘禮不就好了？您一天到晚操心倒操了個沒完了。」

「那葡萄可是冰水澎過的，妳不許多吃。」方皇后校對完冊子，這才騰出空來，一頭將冊子遞給行昭，一頭止住了欣榮的動作。

「小娘子過了七夕就準備去崇文館習課了，前些日子課業耽擱了，這是找了空就讓她寫寫塗塗，免得到時候被常先生罵。妳小時候可沒被常先生少罵，要不是描紅沒寫完，要不就是琴律彈錯，要不就是明明是要背《論語》，妳一轉話頭就背上了《三字經》。」

方皇后笑著說，倒把欣榮羞了個大紅臉。

欣榮不依，笑嘻嘻地看看還拿著冊子在奮筆疾書的行昭，也不避諱了，索性先岔開話，轉過話頭。「您還記得應邑一巴掌給馮姊夫打過去的那檔子事嗎？」

行昭筆頭一頓，支愣起耳朵來聽。

方皇后笑著抬抬下頷，示意欣榮繼續說下去。

「三姊自小就是個脾氣爆的，哪兒曉得馮姊夫的脾氣更爆，成親第二天，也不曉得為了什麼，馮姊夫就將三姊身邊的一個丫頭打得半死，三姊一怒，便梗直了脖子要進宮來告狀。不過我聽說，三日回門後，慈和宮那個好像也沒什麼反應……」

欣榮朝著西邊努努嘴，手裡又提了提葡萄串，想了想又放下了。終究是捨不得，又提起來摘了一顆，看看方皇后縮著腦袋一笑。

成親第二天，不就是應邑還約了賀琰見面的那天嗎？

被馮安東發現了？綠雲蓋頂，都蓋到自個兒鼻尖上頭了，爆發了？忍不了了？

「人也是她執意要嫁的，嫁了之後又整出這麼多么蛾子出來，真是不曉得她是怎麼想的……」欣榮邊嚼著葡萄，邊撇撇嘴。「肚子都顯懷了，八姊上回做滿月酒，我看見她，肚子尖尖的，看起來不算太大，但是也能有個四、五月分了吧？雖說是三個月之後人就安生下來，可也禁不住她這麼折騰啊……都敢懷著孩子嫁人，怎麼就嫁了人之後又和別人處不妥當了呢？真是女人心，海底針，教人摸不透。」

方皇后笑出聲，行昭也咧嘴笑。

欣榮長公主的個性與行明倒是十分相似，只是欣榮比行明更聰明，行明卻比欣榮更耿直。

想起行明，行昭心裡頭懸吊吊的，就怕因為她這樁事情叫太夫人厭惡了行明，前世行明是自毀名聲，嫁了個家無恆產的學生，今生行明避開了那樁禍事，若是還因為她……

想想太夫人不許行明來見自己，再想想二房在侯府的處境，行昭都一五一十地告訴了方皇后。

方皇后沈吟片刻，才說：「小娘子今年十二歲，也不算太著急說親事，到時候讓欣榮也好，八娘也好，都四處去尋尋有沒有好人家。若真有個挺好的人家，賀太夫人她顧忌這顏面，也不敢太苛刻，到底是庶子家的事，嫡母怎麼辨別人都有話說。」

行昭想一想，便將這件事暫時擱在了心裡。

「三娘做事情向來隨心所欲，今兒個看順眼了，明兒又看不順眼了，也是常常有的……」方皇后神色恬淡地笑著應和。

這廂正說著話，便見蔣明英低眉順目地進來稟報。「梁夫人過來同皇后娘娘問安了。」

梁夫人平氏是梁平恭的續弦，先頭正妻的庶妹，不過二十四、五歲，未言人先笑，看起來一副極好相處的模樣。

行昭起身行過禮後，便規規矩矩地坐在方皇后身邊，餘光打量著來人，心頭暗忖，大夫人看起來也極好相處，可那是軟懦；而這位梁夫人笑歸笑，眼神裡頭卻顯得極精明。

「皇后娘娘宮裡頭涼，一走進來便覺著舒服極了。」梁夫人平氏輕笑著開口，在欣榮長公主下首落了坐。「溫陽縣主與欣榮長公主放在一塊兒看，不像是姨侄，倒像是嫡親的姊妹，到底是養在皇后娘娘身邊的小娘子，模樣端莊個性又嫻靜，放在定京城裡看都是頂尖的呢。」溫笑著既在話裡搭上了行昭，又同欣榮打著招呼。

鳳儀殿裡頭擺著冰，前殿又種著一叢竹林，還挨著太液池，幾下加起來確實是個避暑蔭涼地方，梁夫人一句話，輕描淡寫的奉承，倒讓行昭看出了些不卑不亢的意味。

她一個大臣的親眷，哪裡來的膽子去品評長公主和養在皇后身邊的姑娘？哪裡來的膽子敢把一個定京城裡的小娘子都品評過？話裡的意思是奉承，可總讓人聽起來不舒服。

方皇后沒搭話，轉頭讓蔣明英上茶。「梁夫人喜歡清淡，大紅袍味清又性溫，暑天到了，嚐一嚐也能降降壓在心頭的火氣。」

蔣明英應聲而去，方皇后便笑著同她寒暄。「六月上旬，回事處就拿了妳的帖子過來。本宮當時沒召見，妳也曉得方都督才回來，又沒帶個家眷幫著他打理，雨花巷那邊的房子空了得有十一、二年了，本宮在六司裡頭幫著選人家、選家具都忙得不可開交，二皇子明年又得娶親了，一樁事壓著一樁事，倒把見妳拖到了後頭來了。」

平氏頓時誠惶誠恐，連忙啟言。「自然是您的事大！臣婦遞帖子也是琢磨著許久沒同您問安了，心裡頭便直打鼓，可又不敢打擾了您。」

方皇后展眉一笑。梁夫人如今正值花信年華，連坐立不安的樣子都自有一番嫵媚，雖說是續弦，可前頭的正妻一個娃兒也沒留下，梁平恭的兩個嫡子都是從她肚子裡頭爬出來的，梁太夫人久不管事，她把持著梁家上上下下的中饋快五、六年了吧？

庶出的小娘子能做到這個分上，她算是獨一分，嫁的是定京城裡說得上話的老爺，膝下有自個兒的親生兒子，頂在上頭的婆母還是個不問事的。日復一日，原本的安安分分、唯唯諾諾也漸漸變成了飛揚和明麗，將往日的青衫素袍換成如今的鼇金絲桃紅綜裙，往日的素淨頭面換成了如今的赤金纏絲並蒂蓮頭面。往日縮頭縮腦的庶女，一轉眼間就變成了一個風姿綽約的貴婦人，在漫長的歲月裡，既能水滴石穿，那也能徹徹底底地改變一個人。

再看了眼平氏，珠翠滿頭，疊璋相繞。她也不想想她今兒個來是做什麼的？方祈一回來，皇帝就下了旨意，委婉地奪了梁平恭手上的兵權，沒有徹底召回來是怕西北局面又要陷入動盪。但能在朝堂上沈沈浮浮的都是人精，哪裡會看不出來皇帝是惱了梁平恭的意圖？大家縮在後頭，都在觀望和猜測。

急吼吼地遞上帖子，不就是想來探探路嗎？可從如今的作派瞧起來，她卻更像是來走街串巷，視察功績的……

大約，人一旦進入了一個輕鬆的、遊刃有餘的局面，就容易變得輕狂起來，說話隨意慣了，嘴上就沒把門的了。

平氏見方皇后笑了笑之後便沒說話了，滿屋裡只能聽見自鳴鐘「滴答滴答」的聲響，一下一下地有規律極了，讓梁夫人心上也在一下一下地，時不時向上蹦一蹦，然後直直墜下來，她都記不清到底有多久沒經歷過這樣心驚膽戰的滋味了，嫡母原本想將她送到梁府做媵嬙(注)，可惜嫡姊是個命薄的，還沒等嫡母的算盤打響，就先嚥了氣。那時候晚上睡覺都合不上眼，生怕嫡母一個不高興就將下面這些庶女全都不管不顧地嫁了，只圖能賣個好價錢……

「昨兒個臣婦去拜訪了信中侯夫人，信中侯將回來，屋子裡頭亂亂雜雜的。聽信中侯夫人說，信中侯在西北生死未卜的時候，她日日懸吊著心，整個人像被一根鋼索緊緊繃住一樣，如今信中侯一回來，她便覺著渾身痠疼，好像身上的那根弦鬆了一樣……外子也在西北，卻還沒回來，臣婦便想，或許您也是這樣的心境吧，便趕緊恭恭敬敬地遞上帖子來，既是問安，也是安自個兒的心……」

梁夫人笑得燦然，話到最後，原本像流水一樣娟動的眼眸，慢慢黯下來，語氣漸漸低落，聽起來有唏噓又有理解。

行昭低著頭，靜靜地看著袖子上鑲著的那一圈素紋襴邊，怪不得是她脫穎而出嫁到梁家呢！一個善於打破局面，覥著臉化被動為主動的人，在哪裡都能過得還不錯吧？

欣榮摸不透這幾個人都打著什麼啞謎，愣了愣，再看看黃花木小案上的一大串葡萄還剩

注：媵嬙，意指隨嫁、陪嫁之人。

下零星幾顆，心頭正頗為糾結。又聽梁夫人沒頭沒腦地來上這麼一句，心頭一動，一雙杏眼便往下首瞥，頓了頓手上的動作，微不可見地正襟危坐起來。

「梁夫人多慮了吧，信中侯與方都督那時是因為尋不到人，家裡頭這才急的。梁將軍可是規規矩矩地守在平西關裡，旁的不說，總能帶著一條命回來吧？」方皇后輕笑一聲，不以為然地和梁夫人打太極。「自家夫君在西北打韃子，誰的心都是擔著的，只是信中侯夫人氣運比妳好，信中侯早些回來了。可信中侯身上不也是帶著傷的？本宮也沒召她入宮，就怕耽擱了她家裡的事。妳若是實在心慌，素日裡寫寫字、繡繡花倒是個消遣。學秦將軍的夫人也好，在家裡頭後院起個佛龕，沒事上兩炷香，菩薩心裡頭什麼都知道，還能忘掉妳？」

沒提方祈，只拿信中侯說事。

平氏臉上幾度變了顏色，方皇后說得隱晦，可誰都聽得出來，這是在嫌她上竄下跳不安生呢！

她心裡頭委屈極了，三月、四月傳過來的戰報哪一條不是大周大獲全勝的？這都是誰帶的？還不都是自家老爺在前方拚出來的！如今瞧著前頭形勢一片大好，皇帝一道聖旨讓秦伯齡去分梁平恭的功，她心裡頭忐忑不安，梁平恭是從龍之臣（注），又和皇帝的母家顧氏交好，皇帝坐在龍椅上這幾十年，梁家只有越來越好的，如今皇帝卻讓旁人去分自家心腹的功勞……

腦中陡然想起梁平恭一到西北就寄回來的那幾張銀票和地契，滿打滿算都能有五十萬兩銀子了，這錢哪兒來的？他只在信裡說讓她貼補到公中裡去，再自己存留一點，當時她還滿心歡喜，心想怪道說武將在外的油水多！

心頭一酸，哪個官宦人家還能這麼在乎那孔方兄啊……梁平恭受重用是真的，家裡頭不富裕也是真的，下頭的弟弟不懂事，今兒個買五百兩的畫回來，明兒個又拉著狐朋狗友去花樓喝場酒，全家都指著梁平恭手上的俸祿過活。梁平恭的官越當越高，家裡頭的人就越鬧越大，一分錢既要維持家裡頭的體面，又要添給公中，還要貼補下面幾個房頭，拆了東牆補西牆，外面看上去是花花稍稍的，可裡頭窮成什麼樣，誰又能曉得？

在天子腳下，當今聖上什麼都不在乎，就在乎誰貪了墨水，否則戶部怎麼會一片清廉，就連前些日子一聽到遼東總督貪墨，皇帝就大怒了呢？上頭管得嚴，誰也不敢私下裡收受賄賂。反常即為妖，梁夫人沈下心來，才陡然想起，她只顧著歡喜，竟然沒問梁平恭那五十萬兩銀子是怎麼來的！

梁夫人強自展顏一笑，心裡頭慌得不像樣了，莫不是真是那五十萬兩惹的禍?!

方皇后眼裡覷著她的神色，作勢長長地輕嘆一聲，又開口道：「梁夫人既然心裡頭信任本宮，本宮且攤開了說，也安安梁夫人的心。」話到這裡頓了一頓，見平氏微不可見地朝前探了探身子，便笑著繼續言道：「皇上是千古明君，心裡頭十分在意臣子手上是不是乾淨。本宮是將門出身，其實心裡頭也是明白的，將在外，走到哪裡，即使是自個兒不想拿，別人也會將銀子塞到手上來，就像沾了塊牛皮糖，甩也甩不脫，拿也拿不住，倒是又黏又燙手。」

注：從龍之臣，意指跟隨君主的臣子。

平氏腰挺得直直的，坐在椅凳上，神色如常，沒迎上來答話。

「梁將軍是誰？是跟在皇上身邊幾十年的老臣了，說句不好聽的，皇上和梁將軍待在一塊兒的時候，比同本宮待在一塊兒的時候都多得多，皇上不信任梁將軍，信任誰去？」

行昭猛然抬頭，卻瞬間明白過來，方皇后這是在詐平氏！

方皇后篤定平氏不曉得梁平恭、應邑和賀琰之間的事，更不曉得梁平恭到底在西北做了些什麼。

「可再大的情分，也抵不過旁人在耳朵邊日日唸叨。梁夫人也別忘了，梁將軍現在遠在西北啊，若是在定京還好說，有人進讒言，還能在聖上跟前辯解幾句，可如今只能是百口莫辯，有心無力了。」

方皇后十分平靜地說，行昭卻手心直冒汗，方皇后這是在誤導平氏，言下之意，有人在梁平恭背後放冷箭。

平氏眼神微動，輕輕揚了揚下頷，覷了覷方皇后的神情，卻如往常一樣，平靜淡漠。

她心裡面亂得很，梁平恭是皇帝的從龍之臣，皇上還是誠王爺的時候兩家就走得很近，男人們靠得攏，女人之間的交情自然也不會差，她那嫡姊一向和方皇后談得來，她嫁了進來，雖說不比往日親近，可鳳儀殿待她也一向是比別人親近些的。方皇后是皇后，母儀天下，她滿打滿算也只是個臣婦，若說下個絆子給那頭的惠妃她還信，可鳳儀殿又不是吃飽了撐著，想著法子來給她下絆子！

思來想去，論私論公，方皇后都沒有理由下個套讓她鑽。

再細心想想，還真覺得皇后說得有道理，若不是有人在皇帝耳朵旁邊唸，皇帝怎麼就想起來讓秦伯齡去奪了梁平恭的功勛呢？

平氏惴惴不安起來，手裡揪著帕子，輕輕斂了神色，餘光卻瞥到了欣榮和行昭，話到嘴邊卻轉了又轉，終於啟言道：「臣婦是女人家守在後宅裡頭，到哪裡去知道外頭的天怎麼樣啊，還不是別人說什麼，自個兒心裡頭就信了什麼。」

平氏邊說，邊拿帕子拭了拭眼角，神色哀哀。

「臣婦蠢鈍，皇后娘娘是天上的雲，臣婦是地上的泥，您既是一國之母，又得皇上看重，皇上也願意將這些事都同您說道，再加上國舅爺也回來了……」話到這裡頓了頓，平氏又忿忿不平接著說下去。「臣婦卻什麼也聽不到，當家的又在外面，下頭幾個幼弟又不知事，想打聽都沒處去。」

行昭心頭一哂，平氏說話九轉十八彎，聽得人迷迷糊糊的。

「本宮是方都督的妹妹，遇上方都督的事，旁人自然也願意同本宮多說些。皇上到底也是願意信重梁將軍的，否則怎麼就只派了秦伯齡過去，聖旨上也沒明說呢？雖然這樣也引人猜測，可都是武將家眷，自然都心知肚明，這樣的處置辦法是輕得不能再輕了。可見皇上心裡頭對來人的說法還是存了幾分懷疑，也願意給梁將軍留幾分體面。」

平氏的意圖隱得深，難得方皇后全都聽懂了，回答得一如既往的平緩，平氏卻有些坐不住了。輕輕探出半個身子，眼角微不可見地挑起，壓低了聲輕問：「皇后娘娘可知是誰……」

平氏是想問知不知道是誰背後下的黑手吧！

能試探是誰在背後下黑手，代表平氏至少信了兩成。

行昭將手交疊放在膝上，垂下首，安靜得好像正殿裡頭沒有這個人似的。

方皇后的回答模稜兩可，沒有給出明確的是與不是，每一句話都留下了後路。事是誰說的，自然是旁人說的，可旁人又是誰呢？聽的人大概會不由自主地將旁人看作是方祈，或是皇帝。聖旨上黃底黑字寫得明明白白，可皇帝究竟是懷著什麼樣的心思來頒布這條聖旨？東家在揣測，西家也在揣測，可誰又敢說自己比皇帝的枕邊人揣測得更精確！

方皇后每一句話都說的是事實，可卻讓平氏的思路不由自主地往預定的軌跡上走。

方皇后輕笑一聲，趕忙擺擺手，緩語輕聲。「本宮同梁夫人一樣拘在後宅裡頭，也是東一句西一句地聽，只是昨兒個作夢夢見了妳姊姊，她倒沒怎麼變，細聲細氣地直問『梁將軍可好』。本宮不好答，只得在夢裡頭搪塞她，說『好極了，立了軍功，人又機靈，一天過得比一天好』，妳姊姊便笑，讓本宮別哄她，又說了句『養虎為患』，還說『恩將仇報』。本宮今早起來什麼也沒記住，就記住了這個夢。再仔細想想，越想越覺得有道理，便急急慌慌地一應事宜都挪到後頭，先見見妳再說。」

平氏手捏得緊緊的，她甚至不敢肯定皇帝究竟是不是因為那五十萬兩銀子惱了的梁平恭，那筆銀子就只有她曉得，太夫人曉得，一個是梁平恭的妻室，一個是梁平恭的母親，誰都不可能去害他，託她出身的福，養成了有好東西就要緊緊藏著的習慣，別叫別人看了去。那筆銀子如今是一分沒用，就連身邊的心腹丫頭都不曉得！

哦，還是馮安東給她們帶的信……
馮安東！心急火燎娶了應邑長公主的馮安東！
平氏猛然蹙眉。養虎為患、恩將仇報……
馮安東是梁平恭一手扶持起來的妹夫，說句不好聽的，兩榜進士聽起來好聽，可也是一手數不完的吧？憑什麼你上了，別人就去翰林院幹那編書撰寫的閒職啊？還不是朝中有人好做官，沒了梁平恭，他馮安東什麼也不是！就算考中了，也只能守著六品文官那點俸祿養他老爹老娘，娶個不曉得哪裡來的媳婦，庸庸碌碌過一輩子！
馮安東是個汲汲營營的人，眼高手低又剛愎自用，若說他為一己私利背過臉就賣了梁平恭，她也是相信的，反正婉娘也去了，馮安東與梁家最後的牽掛也沒了。
從一進宮門便神色溫軟的平氏，終究是破了功，行昭垂下眼都看見她被玉玦壓住的裙裾微微在顫，抿嘴一笑，後頭的話就不該方皇后去說了。
方皇后停了聲響，平氏也不說話了，欣榮坐得直直的，眸光亮晶晶，正要開口，卻聽見了小娘子嬌滴滴又拖得老長的一聲。
「姨母，阿嫵可累，腳又疼，肚子也酸，您到花間去陪阿嫵唸書可好？」
欣榮一愣，隨即放懶了身段，靠在了椅背上，眉間嘴角都舒展開來，笑咪咪地看著坐在上首那個嘟著嘴瞇了眼，一副十足小嬌嬌模樣的小娘子，心裡頭暗嘆，是不是沒了娘的孩兒都得要機靈起來，才能不至於變成別人的負擔？
方皇后一笑，帶著三分無奈、七分嗔怪，一手攬過行昭，一邊向平氏說：「這孩子，難為她能安安靜靜地坐這麼長的工夫了，也就是今兒個瞧著有人在，才好靜下心來陪著坐。看她難得這麼乖，本宮也不好攆她……」

平氏哪裡還聽不出方皇后的意思，連忙起身福禮告辭。

心頭有話憋著，可方皇后都把話說到這裡了，總不能賴在鳳儀殿只為求個准話吧！

方皇后讓蔣明英去送平氏，已經是極大的恩典和看重了。

兩人退出殿外，走在宮室與宮室之間的夾道上，平氏一步一步走得緩極了。她想立刻衝過去質問馮安東，卻又怕露了馬腳，倒將皇帝的將信將疑落實了。心頭又在慶幸自個兒將那五十萬兩藏了起來，沒立時被錢串子糊了眼睛，幾下給揮霍沒了，落在有心人的眼睛裡頭，這怕是最鐵板釘釘的證據。

心裡頭藏著事，壓得腳上沈甸甸的，日頭曝曬，平氏都分不清楚額角的汗是熱出來的，還是急出來的？

蔣明英落後平氏半步，亦步亦趨地跟著，眼瞧著進了順真門，輕聲一笑權當成開場白。

「梁夫人心裡頭也莫慌，皇后娘娘與令姊是什麼交情，皇上與梁將軍之間又是什麼情誼？奴婢讀書不多，卻也曉得唯女子與小人難養也。應邑長公主是什麼樣的出身，那位又是什麼樣的出身，長公主心裡頭願意，皇上能願意嗎？那位都能把皇上哄得樂意了，可見他的本事了。您是深宅婦人，那小人卻是在外頭呼風喚雨的爺們，皇后娘娘同您說也沒別的意思，好叫您做個準備，也全了與令姊的一番情分。」

答案呼之欲出。

馮安東出賣梁平恭，做出一副忠臣孝悌的模樣討好了皇帝，再想想京裡頭的流言，皇帝能不把長公主嫁給那破落戶嗎？

平氏忽然想起來馮安東在朝堂上死諫方祈，馮安東與方家的梁子算是結下了，方祈一回來就去攬和喜堂。方皇后和她姊姊交好，和她情分又不深，她就說方皇后沒道理將這麼大塊糖塞給她，合著是想拉同盟啊！

平氏以為參透了方皇后的企圖，再想想方皇后賣她的這個好，心裡頭有了底，腳程便快起來。

她是深閨婦人，她沒本事去把馮安東叫過來質詢一遍，可她能用深閨婦人的本事叫馮安東生不起來！

第四十三章

這廂，平氏匆匆忙忙地出了順真門上了馬車。那頭，鳳儀殿裡沒了外人，倒是一派清閒。

欣榮懶懶地靠在椅背上，笑嘻嘻地又要了碟葡萄來，朝行昭作著怪。「嫂嫂嘴上功夫好，阿嫵也是個看慣了話本子的，給老四交代，讓伎坊寫齣新戲，讓妳這丫頭上去唱！」

行昭把頭埋在方皇后懷裡，笑眯了眼睛只作不理。

說實話，她不能理解方皇后費這些口舌的意圖，難不成平氏還能將馮安東拉過來打一頓？若是兩邊一對質，馮安東會不會說實話，她拿不定主意。可若他為了撇清關係，說了實話，這些心思不就白費了？

心裡頭這樣想，等到要就寢的時候，行昭披著外衫盤腿坐在暖榻上，小娘子聲音軟軟嫩嫩的，便將心裡的話問了出來。

方皇后輕輕拍了拍行昭的頭，邊笑邊說：「妳且看著吧，平氏是庶女出身，底氣是從小養成的。就算掌了梁府幾年的勢，也沒膽量把駙馬叫過來面對面問話，更沒膽量在府邸裡頭沒男人的情況下和外男互通有無。梁家的帳冊早就空了，我不信梁平恭捨了臉面，又鼓足心胸賣的錢財會放心擱在西北，他鐵定一早就給定京通了話。平氏本來心裡頭就有鬼，我們再一頭瞞著一頭騙著，說話別落實，又看準了平氏的個性，還能掌不了局面？」

行昭仰起臉，重重點頭，心裡將方皇后的話牢牢記著，她甚至想隨時隨地拿個小本子出來將方皇后這些手段記下來。

果不其然，沒隔多久便有消息傳到了宮裡，說是梁夫人派人去馮府舊宅清點先頭那位馮夫人的嫁妝冊子，卻發現虧空了不少。梁家姿態也放寬了，不追著馮安東要，只讓馮安東立下了欠款的字據。

林公公是個不苟言笑的人，想不到講起故事來，倒很投入。

說到馮安東是怎樣紅著、青著、白著、黑著一張俏臉，拿平日寫慣了摺子的手顫顫巍巍地寫下了生平第一張欠條，一寫完就把筆一把扔在木桌上，林公公的原話是——

「馮大人本來就是唇紅齒白的書生，如今是受了天大的委屈，眼睛裡頭含了兩泡淚，淚盈於睫的小模樣果真是聞者傷心，見者流淚。倒也不曉得回了公主府，應邑長公主會怎樣安撫人家。」

別人寫張欠條倒也不算事，可一旦叫這自詡清流的俊俏書生寫張欠條，那就像天也塌了，河也乾了，一睜眼世間萬物都黑了。

用了原配的嫁妝，被原先的親家逼著寫了張欠條，又頂著滿定京的指指點點，娶了個紈袴，做了個便宜爹。

馮安東這哪裡是香沒燒好的緣故啊，分明是祖墳埋錯了地方。

行昭邊笑，邊想。

一日一錢，千日千錢，繩鋸木斷，水滴石穿。

就像方皇后說的，人心是最難掌握的，可一旦掌握住了，無往而不利。

馮安東那樣的人，好面子、好名聲，又愛當了婊子立牌坊。白天在廟堂之上受了氣，晚上再見到懷著野種的、張揚跋扈的應邑。日復一日，積跬步已至千里，終有一日，他會瘋，到時候一個瘋子會傷了誰？

自然是他挨得最近的人。

聽莊戶人家說，一群白蟻能吃掉一頭大象，行昭原本是不信的，想一想白蟻有多小啊，一口下去連皮都咬不破。可說故事的人說得極認真，行昭便開始細想起來，一群白蟻成百上千，一口接著一口地咬下去，大象最初感覺不到疼，等能感覺到疼了，牠也能看見自個兒身上的森森白骨了。

行昭笑著偎在方皇后身側，她只要慢慢地等，總會等到千里之堤潰於蟻穴的那一天。

日子逐漸變得隨和而安寧起來，朝堂上的動盪自然有方祈和行景幫著解圍，黃家那位黃大人一本摺子送到御前，參奏方祈——「目無尊上，行事無章。舉止無法，居功自恃，實乃佞臣也」。

皇上第二天上早朝將摺子指名道姓地說了出來，方祈束著手立在朝堂之上倒是一副施施然的模樣，黃大人一張老臉卻紅透了。

向公公給林公公帶了話，方皇后又給行昭複述了一遍。

行昭蹙著眉頭想，想了半天才說了句話。「黎七娘果真沒說錯，清流清流，隨波逐流，就跟那黃花魚似的。見著馮安東運氣好，便多得是人沒眼力見，只有短見地開始有樣學樣了。」

方皇后哈哈大笑，直道黎七娘是個有趣人兒，又問那七娘長什麼模樣，還問黎家的家風。聽行昭說黎太夫人與賀家太夫人是手帕交時，便止了話頭，不再問下去了。

行昭便明白過來了，方皇后是在對行景的婚事留心了。

鳳儀殿中庭裡擺著的幾株碗蓮，一碗接著一碗地開了苞、成了朵，因著住在鳳儀殿裡的溫陽縣主是最喜歡蓮花的，小娘子七月初八的生辰也快到了，花房便早早地就將蓮花種在一個一個精巧的亮釉廣盤瓷裡送過來討好，連帶著還送了幾個會侍弄花草的人來。

既然是碗蓮，每一株都不算大，恰恰好能拿在手上把玩，行昭卻讓人編了幾根藤來，掛在中庭裡頭的那幾棵幾欲參天的松樹枝椏上，再將碗蓮一個挨著一個放在藤蔓編成的兜子裡，堪堪高過腦頂，宮人們踮起腳尖去瞧，便能從小小碗裡的清水中看到，或是墨綠摻灰、或是粉桃夾酡，或是像桃花紙上潑了幾滴墨汁的小小重瓣蓮花，和倒映在水中影影綽綽的自己。

欣榮喜歡極了，連聲嚷著要從花房再去拿幾碗碗蓮來，在自個兒公主府也這樣擺弄。

行昭也喜歡，這樣擺弄每個人都能瞧見，小宮人們做活做累了，便抬起來瞧一瞧好水、好景、好自個兒，心裡頭便也痛快了。每到黃昏時分，行昭便搬了暖榻坐在遊廊裡靜靜地瞧那一串碗蓮，優哉游哉，昏黃的流雲捲尾下，金碧輝煌的鳳儀殿卻顯得古拙又風雅。

行昭心頭哂笑，可見閒情逸致也是被安逸生活給逼出來的，當日子如同漂萍的時候，誰還會有這個心力將自己身邊的方方面面都打理到最好呢？

或許這樣的人也是有的，一生都無慾無求，像隱士，也在避世。

避世，何嘗又不是在避開自己滿腹的慾望和需求呢？行昭是個俗人，她避不開，只能迎難而上。

花房送來的三個小宮人年歲都不大，過來的時候還留著頭，絞著厚厚的平劉海。方皇后最不喜歡別人梳著劉海，說是「平白蓋下來一個大鐵鍋蓋，主子既瞧不見妳的眼神，也瞧不清妳的容貌，走出鳳儀殿，誰也不認識誰，要來何用？」管花草的宮人交代給小宮娥聽，嚇得三個小娘子第二天就把劉海給梳了上去。

其中有個叫其婉的侍花小宮娥，前額寬廣，沒了劉海的遮擋便露出了一片又平又方的大額頭。

「擺上菜，架好勢，都能當菜板用來切菜了。」碧玉仗著自個兒是前輩了，也敢嬉皮笑臉地取笑別人了。

其婉拘著手既不敢抬頭，又不敢回嘴，紅著眼走也不是坐也不是。

行昭正好路過，看小娘子低著頭立在那裡可憐巴巴的，又同碧玉一向熟得很，便笑著順手解了圍。「別聽碧玉胡說，小娘子家這個樣子看起來精神，皇后娘娘最喜歡見到滿院的宮人都精氣神十足的模樣了。我看前頭白釉青花裡面的那株重瓣碗蓮有些蔫蔫的模樣，妳要不要去瞧一瞧？」

其婉如蒙大赦，低著頭慌慌張張斂裙行了禮，便小碎步往外跑去。

碧玉抿嘴一笑，跟在行昭身後走，一邊笑著說，一邊衝蓮蓉擠眉弄眼。「溫陽縣主是難得的大好人，您曉得皇后娘娘和欣榮長公主時常守在暖閣裡說悄悄話嗎？」

行昭腳下一頓，放鬆了沒幾天的心又提了上來。

蓮蓉素手纖纖點在碧玉的額角上，朗聲笑。「蔣姑姑許了妳去內室，是讓妳去端茶送水的，可不是趴著牆頭不做事，只知道聽壁腳的！」

碧玉頸脖一縮，笑嘻嘻地往後一躲，口裡壓低聲音。「蓮蓉姊姊可別笑話我，皇后娘娘是在和欣榮長公主商量各家的好兒郎呢。既有欣榮長公主駙馬的胞弟，也有餘杭、福建那邊的好兒郎，最遠的都商量到了山東高青了。」一邊說著話邊衝著蓮蓉眨眼睛。「怪道不得皇后娘娘和欣榮長公主要避開溫陽縣主商量呢！」

小娘子的歡喜常常來得莫名其妙，話到最後，碧玉的聲音高高地揚了上去，想壓著卻壓不住，一副眉開眼笑的模樣。

行昭忍俊不禁，就著帕子捂著嘴笑。

怪不得方皇后與欣榮要避開自個兒了，這是在給行明選夫君呢！

碧玉只曉得往她身上扯，卻不想想王駙馬的弟弟和她硬生生地差著輩分呢，前世方皇后都捨不得她嫁出定京城，更別提今生了。要不讓行明嫁到欣榮那邊去，要不嫁遠一點，也是離賀家的勢力遠一點。

行昭心裡面感激方皇后，方皇后厭惡賀家人，卻能看在她的分上，用用心心地給行明選夫君。

行昭一抬頭，正值黃昏時候，天際處霞光萬丈，偶有飄浮流雲滯留其上，也會被惠風吹散，不見了形狀，四皇子將伎坊管得風風火火的，每日吊半個時辰的嗓子，如今正是時候。

行昭立在朱紅落地柱旁，靜靜地聽，好像隱隱約約能聽見角兒們扯開嗓門唱得悠悠轉轉的唱詞——

「姹紫嫣紅，怎就負了那斷壁殘垣……」

行昭一愣，隨即笑起來，皇城大極了，伎坊吊嗓子的動靜傳到哪兒也不可能傳到鳳儀殿裡來，果真她是過了幾天平靜日子，腦子便魔怔了，莫名其妙地還想出了這等子唱詞。

行昭想起賀琰與母親那樁事，不樂意過七夕，方皇后也不勉強，七夕晚上皇帝倒是過來了，聽說第二天是行昭的生辰，便賞了幾匣子東西下來。行昭打開看了看，無非是翡翠鐲子、瑪瑙吊墜，只一串珊瑚手釧倒十分惹眼，紅燦燦、亮澄澄的，教人移不開眼。

行昭合上匣子帶過去給方皇后掌眼，方皇后便笑咪咪地摟著行昭驚呼。「阿嫵如今是個小富婆了！」

可不是小富婆了？住在鳳儀殿，方皇后要給行昭私房錢，皇帝又喜歡小娘子，時不時地賞點東西下來，前些月頭還特意傳內務府的人問了問行昭分例的事，問了過後，便大手一揮又添了分例。

手裡頭拿著兩份分例的小富婆，望著白花花的銀子，哭笑不得。

她可沒地方花去啊！

第二日，行昭起了個大早，黃嬤嬤親自選的衣裳，秋香色棉麻高腰襦裙，配條雲紋素淡杭綢補子，腰間壓了一枚和闐玉玦。

行昭乖巧地依言換上。

黃嬤嬤笑中有淚地看著立在那頭俏生生的小娘子，眼裡晶晶瑩瑩的，連聲說：「今年這個生辰過得真是不容易，往日裡……」

話沒說完，行昭卻完全明白，頭一次在宮裡過生辰，頭一次離了賀府過生辰，頭一次……沒了娘親。

行昭垂了眼，秋香色看起來清清靜靜的，像初秋撲在宮道上的落葉，也像黃昏天際盡處的那抹斜陽，黃嬤嬤的感觸更多地來自對母親的思念，恰好也是她的感觸。

輕聲嘆出一口氣，母親一生當中做過最勇敢的事就是選擇死去，無論是與非，無論值不值，行昭都因為她而感到溫暖。

因為懷念，所以要過得更好，大約這也是母親的期盼吧。

蓮玉眼神尖，敏銳地捕捉到了行昭陡然而來的落寞，笑著揚聲岔開了話。「往日裡姑娘吃的是定京風味的長壽麵，今年換個花樣來。皇后娘娘昨兒個就吩咐好了小廚房，麵是小麥磨的，哨子卻是按著西北風俗做的，木耳、黃瓜、青瓜、肚條、蘿蔔絲都拿醬湯燴好鋪在麵上，再淋上高湯，黃瓜脆脆的，肚條香香的，蘿蔔絲可入味了，您喜歡吃辣，再鋪上一層油辣子，窸窸窣窣地吃下去，保管您能吃出一身汗來！」

「姑娘！告狀告狀，蓮玉鐵定是偷吃了您的長壽麵！」蓮蓉捂著嘴笑。「要不她怎麼就曉得麵是什麼味兒了呢？」

滿屋子裡的人都笑了起來，被兩個丫頭一打岔，原本的陰霾逐漸散去。

小娘子的生辰不好過，既是年歲小，上頭又有長輩頂著，又不是及笄，也不是整數，通常便是吃碗長壽麵，再給家裡頭的長輩磕個頭，給自己院子裡頭的僕從丫頭們發點賞錢便也過去了。往常在臨安侯府，太夫人不講究過生辰，每年便是吃碗長壽麵和給長輩行個禮，大夫人通常選在黃昏時分過來看她。常常會拿著一支簪子或是自己繡的小衣服、小香囊，笑著輕輕地抱著她小聲說話，說的也不是什麼大事，無非就是什麼好好唸書、好好描紅，再說說西北的模樣。

行昭仔細地回想了一下，前世與今生，賀琰在她生命中留下的足跡，真是少得可憐。

行昭邊走著神，邊小口小口地就著勺子吃麵，不知不覺倒將這一大碗麵吃了個精光。果真如蓮玉所說，吃完麵，渾身上下都出了一身汗，鬱氣紓解開來，感覺痛快極了。

又是一番梳洗，行昭便往正殿去。

行早禮一早就過了，蔣姑姑笑著在圓門迎的行昭，語氣喜慶極了。「小壽星今兒個生辰！淑妃娘娘、德妃娘娘都在呢，欣榮長公主昨兒個回的公主府，也老早就將賀禮給您預備下了！」

行昭展眉一笑，小娘子的生辰不好辦，方皇后卻一直琢磨著想辦起來，像生怕別人不曉得似的，她心裡頭暖洋洋的，笑咪咪地邊走邊同蔣姑姑扯著話說。

將進正殿，德妃便笑笑嚷嚷地招手讓行昭過去，塞了個錦囊給行昭。「小娘子又長了一歲，是大姑娘了！」

淑妃的情緒顯得內斂得多，眉眼溫柔地拉著行昭的手，遞了個沈甸甸的黑漆紅木匣子過去。

行昭低眉順目地接了又道了謝，看了看上首端然而立的方皇后，眼圈一紅，連忙低了頭遮掩，將匣子交給蓮玉，跪在青磚地上莊重地磕了三個頭，再起來的時候卻發現方皇后的眼圈也變得紅紅的了。

好意與付出被別人理解和接受，是件極欣喜的事情。

滿室靜謐，晨光微熹，如碧波青水也像流雲浮荇透過大大敞開的朱門，幾經周折後落在小娘子安寧且溫柔的側面上，一個在表達發自肺腑的感激，一個是滿心慈母柔情的心疼，屋子裡美好安靜得像一幅落筆精緻的水墨畫。

饒是陳德妃也不願意出聲攪亂。

方皇后心裡頭哽了哽，卻熱呼呼的，忍下千般情緒，朗聲笑著讓行昭端個杌凳坐著，又問。「長壽麵好不好吃？吃了多少？西北的風味能不能吃慣？」

行昭語聲清亮。「吃得慣，也覺得好吃！一大碗，阿嫵全給吃完了，最後剩下一碗紅亮亮的湯，辣得直呼氣，就不敢喝下去了。」

陳德妃長在並州，是個人來人往的商戶大城，見多識廣，順著話就往下面接。「怪道討皇后娘娘喜歡！西北菜味道重，又要放辣子，往前兒在家的時候父親帶著去吃西北特色菜，點了道抓羊肉，至今還記著那撲在肉上的辣子跟羊肉一般厚，當時就心想，這西北菜是占了多少便宜，盡拿羊肉的價錢賣辣子了。」

「那是因為羊肉膻氣重，便要用辣子來壓味，這同餘杭人和著紫蘇蒸螃蟹吃是一個道理。」方皇后心裡舒暢，看什麼、聽什麼都是好的，便朗聲笑起來，又邊指了指德妃，邊笑著同淑妃說道：「德妃在說西北人不地道，她可別忘了在這兒坐著兩個地地道道的西北人呢！」

德妃一聽，連道不依。

行昭笑盈盈地坐著聽，被提到了便笑咪咪地應。鳳儀殿裡頭難得這麼熱鬧，沒隔多久，林公公進來稟告說是揚名伯來了。

女人家不好見外男，方皇后是姨母，行昭是妹妹，可總不好叫淑妃、德妃避到內間去吧。行景進來便隔著屏風給方皇后請了安，期期艾艾、結結巴巴地道：「剛下了早朝，還是向公公提醒，才想起來今兒個是阿嫵的生辰。舅舅便一巴掌拍過來又連聲喝罵我，讓我進來瞧一瞧妹妹。」

向公公的提醒，那就是皇帝的提醒了。

行昭吭哧一笑，滿屋都是女人，鼻子尖全是脂粉香氣，行景緊張得什麼話都能往外迸。

方皇后也笑，直讓行昭領著行景去外間，待兩個孩子將踏出門廊，行昭便聽見了身後方皇后恨鐵不成鋼的語氣。

「小郎君在戰場上是能打能殺的好兒郎，一落入富貴堆兒倒慫（注）了，也不曉得往後娶了親，自立門戶了該怎麼辦？」

自立門戶，是的，方皇后與方祈打的都是這個主意。

注：慫，意指窩囊。

行昭邊輕笑邊拉著行景的衣角進了外間，又細細上下打量著行景，暗忖較之那天晚上，小郎君尚帶青澀的面孔變得愈漸剛毅。原本像幼狼一樣的眸光也懂得收斂鋒芒了，脊背隨時隨地都挺得直直的，舉手投足之間倒有了些百戰之將的味道。

舅舅是個外粗內細的，方皇后用溫暖與安慰讓她走出困境，舅舅應當是用另一種方式教導著行景，另一種男子漢大丈夫的方式。

「哥哥可還好？舅舅可還好？」行昭邊給行景斟上熱茶，邊仰著頭問，一句連著一句。「日頭漸大了，舅舅也不是往常十七、八的年歲了，去都督府點個卯應個聲便也可以了；聽姨母說西北縱然是比定京熱，可西北一望無垠，又有風過來，倒不會叫人將暑氣積在心裡。舅舅沒過過定京的夏天，不曉得定京是又濕又熱，既是熱寒又是風寒，等真真中了暑氣，一、兩帖藥可是醫不好的，兩個男人在雨花巷，也沒個人照料，回去以後就喝綠豆湯解暑，讓下頭跟著的兵士也注意著點。上回看蔣大人的腿腳還沒好全，我特意去太醫院要了幾帖膏藥，哥哥記得給蔣大人帶回去……」

小娘子嘮嘮叨叨的，行景卻覺得胸腔裡頭滿滿的都是溫暖。

他連連點頭，嘴裡答應。「喝綠豆湯，也喝銀耳湯，全放了冰。熬綠豆湯都是拿行軍時候的大鐵鍋來熬，誰都能分到。我記得給蔣千戶拿回去，只是他又帶著人馬往西北去了，等他回來再給他。」

說到這裡，像想起了什麼，從袖子裡吭哧吭哧地掏出個小匣子來遞給行昭，一雙眼亮亮的，直讓行昭先打開看，嘴裡說著。「是到西北搜羅的，是棵沈在泥沼裡頭的君子木，我拿刀削了兩支簪子來，當時就在想，一支雕了蓮花的給妹妹，一支雕了芙蓉花的給母親……」話到最後，低沈到了土裡。

行昭小手拉著大手，也跟著沈寂了，餘光瞥到那個細長的小匣子上，面上轉了笑，一打開，便看到一支烏木簪子，光滑得發亮，簪子頭上有朵小小的蓮花，五瓣蓮張得開開的，寥寥幾筆顯得可愛極了。

「哥哥雕得好看！」行昭朗聲誇讚。「君子木又重又硬，哥哥還能雕得這麼栩栩如生，可算不容易了！阿嫵喜歡極了！」見行景面色回暖，又想起他前面的話頭，笑著問：「蔣千戶往西北去了？還帶著人馬？」

行景頷首，抬頭望了望大大敞開的門廊，沒再繼續將話說下去。

行昭疑竇頓生，見行景的神色，卻也從善如流，又開始嘮嘮叨叨起來。

一晌午過得快極了，行景陪著行昭用完午膳，窸窸窣窣地吃完一大碗長壽麵，將嘴一抹，又要了一大碟烤饢，沾著醬料吃得豪邁，行昭看得目瞪口呆，臨到行景告辭的時候，又吩咐人給帶上膏藥、吃食還有她做的夏襪衣裳。

第四十四章

行景一走，天色就暗了下來，行昭靠在方皇后身邊，將淑妃的匣子、德妃的錦囊，還有欣榮、歡宜和王嬪送的東西一一打開，淑妃送的是一對赤金空心小犬，正好是行昭的屬相。

德妃最實在，裝了一袋子的金豆子。欣榮送了一串裹了蜜蠟的紅豆，四皇子送了一支玉簫，王嬪和二皇子一道送的，四平八穩，一盒徽墨和一盒狼毫筆，歡宜送的則是自己畫的一幅「早春漁耕圖」。

除卻德妃的禮，都不算太貴重，皇后笑著埋汰德妃。「她最討厭花心思，肯定想的是送來送去還不如送袋金子來得實貼。」

行昭也跟著笑，蓮蓉規規矩矩地小步進來稟告。「歡宜公主來請姑娘去太液池賞月。」

初八月缺，賞哪門子的月？

行昭回望方皇后，以徵詢意見。

方皇后直笑著攆她。「小娘子也有心貼心的手帕交了。今兒個沒見著面，估摸著歡宜是想當面祝妳生辰，帶著蓮玉去吧，別走在水邊，別往草叢深處走，暑氣重了，仔細有蚊蟲蛇鼠，記得早些回來。」又叮囑蓮玉。「照看好姑娘，歡宜是個嫻靜的，倒也做不出什麼出格事來。就怕身邊還跟著老二和老四呢，老二是個無法無天的，就怕他藉著生辰的由頭，拉著小娘子湊熱鬧。若是兩位皇子也在，趕緊讓阿嫵先回來。」

既開心又不放心，還帶了些吾家有女初長成的感慨。

方皇后這麼果決聰敏的一個人，如今也能把事想偏了。二皇子再隨心所欲，總不能藉著歡宜的名頭假傳聖旨吧？

再說，她又不是閔寄柔……

行昭抿嘴笑笑，福了個身出了鳳儀殿，回瑰意閣重新換了身衣裳，想了想，又把壓在案底裡面的一個朱砂描紅的平安符也拿上了。六皇子出遠門，歡宜和淑妃一直都不太放心，索性把定國寺求的平安符給歡宜，好歹讓她心裡頭有個慰藉。

夜色溶溶，狹長的宮道靜悄悄地向前探去，綿延至深，行昭想了想，前世今生加在一起，她也沒怎麼瞧過夜晚的宮中。其婉撐著一盞羊角燈走在前面，紅牆琉璃瓦前杵著兩列漢磚燈檯，大約是燈下黑的緣由，行昭一行人挨著燈走，倒沒在青磚地上投下影子來，反而明明爍爍的燈光將樸拙的燈檯拉得長長的，像一座微聳的塔，換個角度看，又像展翅的大雁。

宮裡頭講究「白明夜寐」，天色一暗，宮人們走路行事就變得輕手輕腳起來，行昭陡然想起有個晚間她去正殿，方皇后拿著書冊在燈下看，蔣明英背過身朝著碧玉一連做了好幾個變幻莫測的手勢，哪曉得小丫頭縮著肩目瞪口呆地看著，隔了半晌朝蔣明英搖搖頭表示沒看懂，氣得素來沈穩安靜的蔣姑姑差點發飆。

行昭嘴角一彎，鳳儀殿的生活充實歡喜。轉念再想一想，才發現活在安寧端莊的鳳儀殿裡的方皇后過得有多艱辛，面對丈夫一個屋子都裝不滿的妾室要笑，面對妾室生下來的兒子要笑，連面對自己膝下無子的狀況時，不僅要笑還要大大方方地去獎賞能給丈夫添丁進口的女人……

腦子裡不知在想些什麼，腳下卻不知不覺中就過了燕歸門，左拐便到了太液池。如今正值盛夏，耳畔邊有此起彼伏且輕微的蟬鳴聲，暖澄澄的光堪堪能讓人看清楚腳下的路，月色之下，太液池像荳蔻年華柔美的小娘子，也像躲在琵琶後面妖嬈的豔姬，池水之上遍種芙蕖。寬大的葉子攤在水面上，綠瑩瑩的像一塊沒有瑕疵的翡翠，或粉或酡或青的荷花參差不齊地冒出頭，含著苞，羞答答地躲在如水月光中。

這一池的柔美，全是拿金子堆出來的。

養這麼一池子的水和花，估摸著一天就能耗費千金。

荷花原是養在通州的一大片水塘裡，初夏時候快馬加鞭連著苗帶著盆地送到皇城來。水是引的驪山上的水，幾十米長的竹竿劈成兩半連在一起，從定京的西南將水運到皇城來。宮人們每日三更便起床，趁著天濛濛亮，就要過來下水打理。

如行昭所說，她是個俗人，只覺得這富貴堆裡的東西，是好看。

也難怪縮在地上的人想爬高，已經爬到山腰的人卻想著登頂。

行昭一笑，日子閒下來了，腦子裡便一天到晚地在想些著五不著六的東西了。

笑著搖搖頭，轉過彎就看見了春瀾亭，裡頭閃爍爍地亮著微光，行昭加快了腳程走上前去，邊低著頭藉光斂裙上階，邊帶著笑嗔道：「夜路難行，歡宜公主去瑰意閣也好，阿嫵去重華宮也好，怎麼就想起來要約在太……」

話卡在喉嚨裡，行昭抬起頭目瞪口呆地看著安安穩穩坐在亭子正中的那個少年郎。

膚色白皙，桃花眼迷迷濛濛，嘴唇薄薄的卻習慣性地抿得緊緊的。那個坐在暖光微熹下，單手執盅，眉目淺淡的少年郎……

赫然就是六皇子！

「您不是在遼東嗎？」

小娘子衝口而出，聲音又尖又弱，驚不了候在宮道裡頭的宮人，卻將在樹上貼著的蟬嚇得夠嗆。蟬鳴聲整齊地頓了頓，停了片刻，這才整齊地又此起彼伏地響起來。

行昭難得失態一回，一瞬之中便回過神來，先將頭伸出亭子外，四下望了望，趕緊吩咐蓮玉。「帶著其婉去外頭看著，把燈先滅了！」又氣勢洶洶地交代跟在六皇子身後的一個長相柔美、身量高䠷的宮人。「煩勞先將燈給滅了，暑氣裡蚊蟲蛇鼠多，難保過會兒不會有飛蛾過來撲火。」

一連串的動作又快又準，其婉動作最快，掐火背身，直愣愣地就往外頭走。六皇子身後跟著的那個宮人卻有些不以為然，蹙蹙蛾蛾地屈了屈膝，賠笑輕聲道：「溫陽縣主多慮了……」

「翡翠，妳先出去吧。」少年郎輕柔沙啞的聲音斬釘截鐵地打斷其話，又仰起頭看了看前方站得挺直的小娘子，展眉一笑。「留一盞燈，黑燈瞎火的，引不來飛蛾，倒能將別的奇奇怪怪的東西引過來。」

那個名喚翡翠的宮人聽六皇子這樣吩咐，斂眉留燈，朝行昭福了身，又拿餘光微不可見地打量了一番，轉過身便出了亭子。

行昭陡然想起六皇子送藥那回也是藉了歡宜的名頭。可那是白天，又有人瞧著，如今卻是夜深人靜，人約黃昏後。大周男女大防沒有前朝嚴謹，可對待女子的名聲照舊苛刻。方皇后擔心二皇子隨心所欲，卻沒想到逃出了老二的手，卻跳進了老六的坑！

行昭往後退了一步，斂下眼瞼，屈膝福身，平心靜氣地先全了禮數。「六皇子安好。」想了想覺得不太對，又道：「端王爺安好。」

福過身未待六皇子出言，便笑著輕聲道：「本是歡宜公主相邀，卻不知王爺也在春瀾亭賞月，臣女多有打擾，想來歡宜公主還在外頭候著臣女呢。」

六皇子雙手撐在石桌之上，緩緩起身，笑著說：「大姊應當在重華宮陪著母妃唸書，今日是慎逾矩。」

行昭眼神定在腳下的那幾方光可鑑人的青磚，能看見自己的影子，也能看見步履堅定緩緩走過來的六皇子的影子，她想不出六皇子是因何相邀，前世的苦難和今生的挫折告訴她要時時刻刻警醒檢省，從送藥到安撫，從解圍到夜約，行昭想破了腦袋也想不出來，六皇子的態度怎麼一下子就從前世的疏離客氣轉變到了現在的親切熟稔。

低頭餘光裡能瞥見自己的那雙小得都握不住玉玦的手，她聽說有些男人專門喜好年幼的小娘子……

或者是在她身上圖謀著什麼？淑妃和方皇后的關係足夠親密了，若是方皇后有意扶持庶子，人選只可能是他，他也不需要再靠姻親來拉近關係。

又或者是他在打著賀家的主意？

只可惜，他押錯了籌碼。

行昭抿嘴一笑，心漸漸沈下去，細聲細氣道：「您剛從遼東回來吧？往常宮裡頭的消息就像長了翅膀似的，都不是用跑的，而是飛傳到了各個宮裡。鳳儀殿裡倒沒聽見您回宮了，您說奇怪不奇怪？」

一隻身上長著刺的小獸，根本不像往日看上去那樣溫和，在遇見不可知的時候，平日裡藏得好好的渾身的稜角就會冒出來。這是六皇子腦海中閃現的第一個念頭。

他靜靜地看著小娘子口若懸河的模樣，是不是七、八歲的小娘子長得特別快，好像比他去遼東的時候長高了不少吧，原先才到他的肩膀，如今都快到他鼻子了，臉色好極了，紅潤光澤，大大的杏眼亮晶晶的，是因為方祈回來了的緣故吧，有了依靠，就像一顆心落回到了胸口。

六皇子半晌沒說話，羊角宮燈被翡翠輕擱在石凳上，光剛剛搆上六皇子的下巴，行昭抬起頭就在明明暗暗的光中，看見了六皇子眼下的一圈烏青。

「我是剛從遼東回來。」六皇子語聲清朗平靜，音線沈沈的，卻穩得像一條就著工尺勾勒出的橫線，不起半點波瀾。「酉時三刻入的京，戌時三刻從儀元殿出來，重華宮還沒來得及去，先喚了個小宮人去鳳儀殿將妳叫出來的。」

行昭一愣，眼下的烏青是因為快馬加鞭趕路趕出來的嗎？

六皇子一番話說完，想了想探下身去又問：「聽說方將軍從西北回來了？行景還生擒了托合其？」

話裡用了舊稱，直隸了中央就不能再叫將軍了，六皇子果真是一入京就進了宮，一從儀元殿出來就來了春瀾亭。

話從東邊瞬間跳到了西邊，行昭發現自己有些掌不住六皇子的節奏了。六皇子蹲下身，一張臉便突兀地平視著出現在她眼前，行昭不由自主地往後退，一邊心不在焉地點頭，一邊糾正他。「是方都督。六月初六回來的，皇上擢升舅舅成右軍都督，哥哥承爵揚名伯。」

夜色迷濛中，行昭只覺得自己的話在靜謐中顯得愈加響亮，越說越低，最後訥訥住了口。

素日裡看眼前的這個小郎君就好像是隔岸觀火，隔了一層薄紗在看他，模糊不清讓人避之不及，可如今卻清晰地看見了六皇子由衷的、爬上眉梢的喜悅。

她家舅舅回來了，他高興個什麼勁？

行昭心裡頭這樣想，面容卻柔和了很多，隨即低下頭，接上前話。「所以端王殿下最好稱呼舅舅為方都督，中央直隸不稱將軍，免得亂了規矩。」

六皇子眼神亮極了，果然，果然他一早便篤定，終會有水落而石出的一天，金子上面蒙上的那層灰被疾風吹散了的道理！

袖中的那封信箋不再像一團火似的貼著他的胳膊燒，也不再像一塊冰，凍得他直哆嗦。他賭贏了，方祈百戰榮歸，一切塵埃落定。

那，這封信還有面世的必要嗎？

策馬狂奔回來，母妃也來不及見，冒冒失失地隨意抓了個小宮人去冒充重華宮宮娥將小娘子騙出來，是為了什麼？

看看方祈回來後，小娘子過得好不好？還是手裡揣著這封信，總覺得要拿給小娘子看看？

去查遼東貪墨時，遼東總督戴詢是土皇帝，假帳做得天衣無縫，形容又傲慢。他是天潢貴胄，戴詢還樂意充了充顏面，可對著黎令清就不那麼友善了，他什麼時候見過別人甩冷面給他看？

差事辦得不順利，可當聽見旁人同他稟報，方大將軍和臨安侯大郎君生擒托合其氣勢浩蕩回京時，他腦海中第一個浮現的便是小娘子似笑似嗔的容顏，她應當是歡喜極了吧？

他便抓緊時間辦差，咬著牙去面對心懷鬼胎的戴詢，然後趕著回來，貿貿然地來見她。

小娘子眼神澄澈，像山間涓涓而流的清水，六皇子心裡一哽，面上陡然發燒，滿臉通紅地低下頭去，他感到袖口裡又開始躁熱了起來。

應邑長公主自待嫁以來，一直住在宮中，皇上讓戶部派人去長公主府清點原先的嫁妝時，他才進戶部當差，黎令清是個性格倔拗的，不管他是皇家血脈，也不管他才多大年紀，只派了幾個鎮得住場面的官吏跟著他，直說──「清點個嫁妝能有什麼難事，六皇子才進戶部來，先跟著去理一理這等子煩事瑣事，再談國計民財。」

「端王殿下？端王殿下？」

六皇子沈溺於回憶中，半天沒出聲，行昭輕聲喚著，兀地想起來那日在湖心島上六皇子的話，他對方祈大概是一種盲目而純粹的崇拜吧，少年郎都崇拜著英雄，把自己騙出來也只是為了盡早地聽聽英雄男兒漢的故事吧？

行昭為六皇子找到了一個理由，沒來由地放下心來，笑彎了眼睛，輕聲笑道：「其實您明兒個就能上朝看見方都督的。您從遼東回來，方都督從西北回來，一個西一個東，都是遠歸人，舅舅一準兒樂意請您去周記吃肘子。」

小娘子這樣過得也極好的吧？

住在宮裡有方皇后的庇護，有方都督的撐腰，還有一個年少得志的胞兄。就算父族居心叵測，她也能這樣平平靜靜地過下去，又何必再叫一封信攪亂了小娘子平靜卻溫暖的生活呢？

「罷了罷了，若是同您一道去吃酒，叫那些御史看見了，便又有話說了。」行昭像想起什麼，她不習慣和人獨處時的沈默，字斟句酌地扯著後話。「前有馮大人在殿上死諫，後有黃大人參方都督僭越罔上的摺子，到底是心裡頭怕了。」

六皇子蹙著眉頭，緊接著就問：「黃大人參方都督什麼？」

「馮大人與應邑長公主成親那日，方都督將回來，方都督是個性子直衝的人，一聽馮大人這麼誣衊過他，便氣得一箭去攪亂了那日的喜堂。」行昭想了想回道，這是定京城裡都知道的事，沒什麼不好說的。黃家的摺子被壓了下來，可並不代表朝堂中文官的聲音就此消無，她沒來由地就想說給六皇子聽，一番話道完，又往外望了望天色，暮色四合，黑壓壓的天已經完完全全沈了下來，便斂眉福了身。「皇后娘娘讓臣女早些回去，您也早些歇息了吧。」

六皇子緊鎖眉間，直覺告訴他事情沒那麼簡單！信被藏在應邑的嫁妝匣子暗格裡，馮安東曾死諫方祈，而現在駐守西北的梁平恭，恰巧是馮安東原先的舅爺……

六皇子一抬頭，眼簾裡便撞入了小娘子素淨直挺的背影，在明暗之中，斑駁之間像極了一束溫和卻倔強的玉蘭花。

這是一場陰謀，一場劍指方家的陰謀，如果不將藏在深處的那個人揪出來，小娘子看似平靜的生活隨時會突逢巨變！連朝堂之上都不會清靜，戍邊大臣被無端誣陷，皇帝忍不了，可一旦涉及到慈和宮顧太后心尖兒上的寶貝時，他也不能確定將信公布於世，到底是兵行險招還是自毀長城。

從背後看，小娘子低著頭，步履沈穩地往外走，一步一步地走向臺階，能隱隱約約看見半遮半掩在襦裙之下的鵝黃繡鞋，離夜色愈來愈近，六皇子的心便「咚咚咚」地越跳越響。

「阿嫵！」六皇子終於忍不下了，一聲輕喚衝口而出。

喚完，六皇子的臉「唰」地一下變得更紅了，行昭後背一僵，頓時被嚇得面無表情。

這是六皇子頭一次沒有喚她溫陽縣主，而喚她叫做阿嫵吧。二皇子拿她當妹妹看待，也曾經喚過她阿嫵，可五大三粗的少年郎喚出來的聲音是坦率直白的，行昭也應得坦坦蕩蕩。

六皇子低下頭上前兩步，似乎是下定了決心從袖裡掏出一封信來，皺巴巴地遞到行昭跟前，出聲快極了，像是害怕一停頓就會說不下去——

「這是我機緣巧合下從應邑長公主的嫁妝匣子裡拿到的一封信，信上是什麼，妳交給皇后娘娘，皇后娘娘自然就曉得該怎麼做了。原先不拿出來是因為方將……方都督還沒回來，慎怕引起不必要的爭執，如今方都督凱旋而歸，自然也應當塵歸塵，土歸土了。這封信會掀起軒然大波，溫陽縣主一定記得只能交給皇后娘娘，若是事有萬一……」

話頓了頓，六皇子腦海裡閃現過了什麼東西，行昭並不知道。

行昭卻能夠篤定眼前的這封信，就是方祈苦苦尋覓的、丟失在應邑長公主府的那封誣告信！

行昭手心出汗，眼神定在了那封皺巴巴的、封青泥印的信箋上。

輕飄飄的一封信、一張紙在行昭心裡卻如同千鈞重，心潮澎湃，顫顫巍巍伸手去接，指尖將觸到紙邊，卻像碰到了燒紅了的炭，近鄉情怯，近鄉情怯，大概放在這裡也是能夠說得通的吧！

六皇子的聲音再次響起時，行昭只覺得耳畔邊嗡嗡發響。

「若是事有萬一，慎也願意當眾對質！」

小郎君的話斬釘截鐵，落地成坑，一句話用盡了六皇子渾身的氣力。他身在皇家，明白這封信的詭異，為何出現在應邑長公主府中，為何被藏在嫁妝匣子的暗格裡，方祈為何一回來就去大鬧喜堂，思緒浮翩，想得更深，為何大將如方祈都被困在平西關外這麼長時間，為何父皇要派秦伯齡帶兵往西去……

他明白這封信會帶來的劇變，更明白這封信會帶給他福禍未知的將來，小少年卻仍舊紅著一張臉，氣從丹田出地說出了這樣一句話。

行昭聽見了，隔了半晌才反應過來，眼眶瞬間紅了，六皇子敢將信遞給她，已屬不易。他還能老神在在地說出這樣的話，願意當面對質的意思便是，在皇帝面前去承認，這封信是皇帝的兒子從皇帝的胞妹那裡拿出來的，帝心難測，行昭甚至不敢想六皇子會因為這件事承擔多大的風險。

行昭伸手將那張薄薄的還帶著溫度的信箋拿在手中，雙手交疊覆在胸前，珍之重之。深深屈了膝，向六皇子福過禮後，輕語呢喃一句。「大恩不言謝。」便轉身而去。

六皇子聽見了還是沒聽見，行昭不曉得，她只知道自己迷迷糊糊地順著長長的宮牆走回鳳儀殿，人垂涎了許久的東西陡然從天而降，大約反應都會變得手足無措。再迷迷糊糊地將信呈給方皇后，迷迷糊糊地看著方皇后的臉色由紅變成狂喜再到平靜，又聽方皇后像在世間外的聲音。「明兒個請方都督入宮，帶上揚名伯。」蔣明英立在身旁點頭記下。

行昭感覺自己像寫完了一卷長長的、看不見頭尾的經書一樣，有一種如釋重負的不真實感，安靜地靠在方皇后的身邊，最後迷迷糊糊地睡下去。

再醒來的時候已是第二天清早，是蔣明英帶著難掩喜氣的聲音將行昭喚醒的——

「應邑長公主小產了。」

第四十五章

縱然蔣明英壓低了聲音，一句話卻將蜷在黑漆彭牙羅漢床裡的行昭驚醒了，猛然睜開眼，透過像一層輕霧的雲絲素錦罩，能模模糊糊看見著深絳色對襟褙子的方皇后正襟危坐地背對著，而蔣明英垂頭斂容立在身側。

她剛剛說什麼了？

行昭手緊緊攥住紗罩，眼睛眨也不眨地直直盯著花間裡，支愣起耳朵卻只能聽見女人家竊竊私語的嗡嗡聲。

她是說，應邑長公主小產了嗎？

行昭手在發抖，掌心出汗，連帶著雲絲罩子也在輕顫，繫在床沿邊的琉璃銅鈴跟著「鈴鈴」地響出了聲。

方皇后扭頭，先抬手止住了蔣明英後話，斂裙起身，邊半坐在床沿，邊輕輕摸了摸行昭的額角，溫笑著。「醒了？暖閣的床還睡得慣嗎？昨兒個魘怔了，迷迷糊糊地睜著眼睛巴著我就不放了，讓黃嬤嬤抱妳回瑰意閣也不肯。這下可好，一大清早就被鬧醒了吧。」

行昭艱難地微微啟了唇，將眼神從方皇后身上緩緩移到蔣明英臉上，將心頭的雀躍與狂喜吞嚥下肚，手撐在床沿上，蜷成一個拳。

「蔣姑姑將才是說，應邑小產了嗎？」她艱難開口，卻猛然發現語氣平靜得如同晨間的海面。

蔣明英看了看方皇后，親自從托盤裡奉了盞溫水服侍行昭漱口，輕聲一笑。「是，今兒一早才得到的消息，昨兒個子時沒的，張院判去的時候，應邑長公主的一身衣裳都快被血浸透了。」

方皇后眼神往那頭一瞥，倒也沒出聲阻攔。

和小娘子說這些不體面。可是別人拿著棒槌都打到自家門口了，還講究什麼顏面啊。

行昭口裡含了一口溫水，裡頭擱了薄荷吐在銅盆裡，嘴裡涼颼颼的，心裡頭卻熱得如同這盛夏的天。

「張院判看見的是應邑長公主躺在暖榻上，可長公主府正院的丫頭卻說應邑長公主是從地上被抬到床上的，馮駙馬手足無措地站在床頭，眼睜睜地看著長公主滿臉冷汗，還是經人提醒才想起來去太醫院請張院判。」

行昭穿著裡衣挨著方皇后，坐在床緣邊上，知己知彼，百戰不殆，方皇后能遣了人跟在應邑身邊實屬正常，這不，如今便派上了用場。

小娘子眼睛瞪得大大的，手指扣在空隙裡，蔣明英加快了語調，拿輕快的語氣述說這件流血悲哀的事情，行昭只覺得心裡頭暢快。

「張院判縱是妙手仁醫，也回天乏術，孩子已經化成了一灘血水了，做什麼都無益。張院判也只能開一張給應邑長公主調理身體的方子，再不能做更多。」

「是……怎麼沒的？」行昭問道。

蔣明英抿嘴一笑，卻退到了方皇后身後。

方皇后笑著攬了攬行昭的肩頭，想著小娘子總算是長了二兩肉了，先支使碧玉去將香爐熏上，笑了笑。「還能是怎麼沒的？馮駙馬頭一回做爹，應邑頭一回當娘，兩個撞到一塊兒去，個性又都烈，再加上馮駙馬最近有些不對付，兩口子過日子哪兒能沒個磕磕絆絆的啊，這不，馮駙馬將應邑一推，五個月大的孩兒就沒了，誰也怪不著。」

方皇后想了想，又言：「哦，或許能怪一怪梁夫人。昨兒個晌午馮駙馬去梁家，梁夫人是女流之輩，哪裡敢貿貿然見外男，便給推了，馮駙馬臨到日暮的時候又去了一次，這回梁夫人直接讓管事將那張欠據拿出來，馮駙馬氣得說不出話來。回到長公主府，男人家嘛，心裡頭憋著氣就只好找自家媳婦兒撒，又沒個輕重。這樣算起來，梁夫人倒也很無辜。」

方皇后補充道，說得雲淡風輕，又捏了捏行昭的臉蛋，小娘子左臉上已經是白玉無瑕，那道印子消得幾乎看不見了，放了心，便笑著攆她。「先去換衣裳，揚名伯和方都督下了早朝便過來，說起來妳舅舅把景哥兒打過來給妳送賀禮，自己卻捨不得掏腰包，過會兒記得讓他荷包也癟一癟。」

水滴石穿。

行昭腦海中只浮現出了這四個大字。

馮安東忍受不了了，梁家他不敢動，賀家不理他，方祈他更不敢惹，他只有將所有的怨氣與積怒撒在應邑身上。

行昭輕聲一笑，何其可悲，道貌岸然的外表，千瘡百孔且醜陋的內心，只可惜這個世間這樣的男人太多了。

腦子裡卻陡然想起昨夜暖光下那個目光堅定的少年，顧不得還在篦頭髮，扭了頭就問方皇后。「昨兒那封信還在您這兒嗎？」

方皇后點頭，似是有些感慨。「東找西找，誰也沒想到那封信跟著老六去了遼東。那孩子也算有心，方都督沒回來的時候，他沒將信拿出來，怕引起更大的動盪。如今他一回來便急急忙忙過來找妳，想都沒想就把信塞給了妳。」

方皇后一聲喟嘆沒來由地讓行昭本來已經平靜下來的心登時懸了起來，昨兒個迷迷糊糊地沒細想這封信對六皇子的意義，如今想起來越發覺得那句「大恩不言謝」太輕了。

手裡攥著這樣一封信，就等於讓賀家、馮家、應邑和顧太后同時投了誠。

將信送到她的手上來，便意味著六皇子不僅沒有拉攏到人，還與上面幾家站到了對立面，更別提那句「如若事有萬一，慎願當眾對質」，六皇子到底知不知道他說了些什麼？

當眾對質，就是當眾，狠狠地搧了自家人一個耳光。

皇帝的兒子這個行當，不好做。父與君，臣與子，興衰榮辱皆在皇帝的一念之間，大臣還能依靠家族與實力，若是皇子惹了皇帝的厭棄，頂好的結果就是劃到一個杳無人煙的藩地裡一輩子不許出來，還有被打發到皇陵監工的、搬木材的、對帳簿的。

誰也不知道，如果事情真的到了那一步，皇帝會是怎樣的反應。

少年郎卻可以斬釘截鐵地說出那句話。

行昭由衷地佩服六皇子，不對，應當是佩服周慎。她猜想六皇子當時說出這番話的心境，卻發現自己無從下手。

想來想去，行昭也沒個頭緒，索性不想了，滿心沈浸在這收到的最好的賀禮裡頭。

姨甥二人慢慢悠悠地用過了早膳，天便出乎意料地暗了下來。隨之而來的便是從西方襲捲過來的一層黑壓壓的雲，黑雲壓城城欲摧，沒過多久，伴著如雄獅低吼的雷鳴聲，雨點淅淅瀝瀝地砸在了地上。

碧玉手袖在袖裡，縮著肩膀立在鳳儀殿偏廂的屋簷下，百無聊賴地看著幾滴雨懸在琉璃瓦上，一串接著一串地落下，落在了寬大的芭蕉葉上，又順著翡翠碧盤的葉子滑落進了黝黑的泥土裡，然後氤氳不見。

暗暗啐了一聲，笑咪咪地同身旁靜默不語的其婉搭著腔。「皇上給揚名伯的名號果真是極好的，少年得志，志得意滿，不是揚名四海是什麼？」

其婉側開身子，沒搭話。

碧玉也不惱，將眼神定在支起的窗櫺上。大概是為了透氣，方皇后喜歡將窗戶留出一條縫來，卻不知道自個兒正好為幾個小丫鬟提供了方便，碧玉縮頭縮腦地透過那條細縫往裡瞧，能看見行景影影綽綽的人影，再低了低頭，正好與行景的目光撞了個滿懷，小姑娘頓時心花怒放起來，悄悄地扯著其婉的袖口，一張臉又燙又紅。

「揚名伯好相貌！」碧玉壓低聲音，湊近其婉的耳朵眉開眼笑地唸叨。「鼻子挺直，眼眸深邃，我聽說方家人有外疆血脈，怪不得揚名伯長得像方都督，溫陽縣主和皇后娘娘像是一個模子刻出來的！」

其婉臉也變得紅紅的了，更加側過身子，聽碧玉還在耳朵旁邊唸叨著，扯了扯她的衣角，細聲細氣打斷其話。「應邑長公主才小產，碧玉姊姊好歹也收斂些，就怕別人捉到您錯處了。」

碧玉一愣，忽聞「嘎吱」一聲，原來是正殿支著的窗櫺被放下來了。再不能偷偷摸摸地打量揚名伯了。

碧玉垂頭嘟囔幾句，小聲得很，其婉支愣起耳朵聽也聽不清楚。

「若當真是只懷了一個月的身孕，動了胎氣沒了那也正常，可明明就是懷著五個月大的孩子，胎都穩了，還能被折騰掉。也奇怪慈和宮、皇后娘娘和皇上都沒什麼反應，反常即為妖……」

碧玉粗中有細，縱是心裡明白，嘴上忍不住了，也曉得輕輕地說，不叫別人聽見。

若是行昭聽見這番話，一定賞她兩個金錁子。

方皇后一手將此事壓下，直說應邑長公主沒注意已經懷了一個月的身子，動了胎氣，一個月的身子，當然是六月初六那個洞房花燭夜得來的因果了。皇帝喜歡這個說法，聽見孩子沒了，甚至還鬆了一口氣。當真等到瓜熟蒂落之時，早生了四個月頭，就算能將堂面上的話壓下去，女眷們的竊竊私語能壓下去嗎？到時候天家的威嚴、皇室的臉面，哪兒都找不著了。

顧太后想得更深，應邑懷的根本就不是馮安東的種，與其生下孩子姓馮，到時候陷入兩難，還不如現在斬草除根，先自保再做盤算。

但是天家從來吃不得啞巴虧，天子之怒，伏屍百萬，馮安東幹下蠢事，皇帝不可能嚥得下這口氣。

碧玉想不到的，行昭都想到了。

兩手交疊在膝上，規規矩矩地坐在內室裡的溫陽縣主，靜靜地看著壓低聲音商量著的親人們，縱然窗外雨打芭蕉淅淅瀝瀝，又有雷鳴閃電，可她只覺得心裡頭，滿滿的都是陽光。

又是一道驚雷，遊廊邊簷下的碧玉被嚇得縮了縮脖子，有小宮人急急匆匆地過來，口裡小聲說著。「屋漏偏逢連夜雨，也不曉得庫裡什麼時候漏了片瓦。」

是啊，屋漏偏逢連夜雨，也是在說城郊長公主府裡的應邑長公主吧？

青瓦連綿，長公主府沈悶得和這落著雨的天相得益彰，應邑紅著眼眶仰躺在暖榻上，雙手捂住小腹，身邊有丫鬟的勸慰聲。

「皇上能忍心給公主作主？您且放寬心，孩子總還會再有的。」

孩子還會再來嗎？

應邑失聲痛哭。不會了，孩子再也不會有了！

哭聲低迷且扭曲，像被悶在鼓裡發出的哀鳴。

身側的丫鬟紅了眼眶，將藥服侍到應邑嘴邊，語有哽咽。「您好歹將藥喝了吧。您這也算坐小月子了，哭不得也傷心不得，往後留了一身病可怎麼辦啊，您好歹為慈和宮想一想……」

應邑扭身偏過頭去，哭得無聲，眼淚一大滴一大滴地墜下來，像極了窗櫺外瓦簷邊串成珍珠的水簾。

「阿九，我對不住他……」

那個名喚阿九的丫鬟待了半晌，才等來了應邑這樣氣若游絲的一句話，語氣像是飄浮在空中，和微塵撞在了一起，發出了低低的嗡鳴聲，阿九的眼淚一下子就被逼了出來。

公主對不住誰？他，是誰？

是那個遇事便縮在女人後頭的繡花枕頭，還是那個面盤圓圓、逢人便笑的賀方氏，或是那個本來就不應該有的孩子？

她陪著應邑長大，看著應邑深種情愫，再陪著應邑出嫁、守寡，然後再燃起希望，最後眼睜睜地看著應邑的一生只剩下了絕望。她不知道應該同情、譴責還是可憐，仔細想一想，好像這三種情懷她都曾有過。

對應邑被拋棄、被愚弄感到同情，對應邑不擇手段的陰狠發出譴責，對一個女人死死糾纏在男人身上，耗盡了一輩子的辰光，最後落得一個物是人非的下場……

阿九眼圈發熱，靜靜地看著躺在暖榻上的這個形容枯槁的女子，她心生可憐，是的，她以卑微的宮人的身分，由衷地可憐這個已經被情愛蒙蔽了雙眼的、往日裡高高在上的……公主。

事到如今，公主仍舊覺得自己對不住那個人……

阿九抹了把眼淚，心裡頭長嘆出一口濁氣，佝下腰將應邑扶住，這才發現原本的珠圓玉潤變成了骨瘦如柴，低下頭近看，阿九幾乎想驚呼出聲，應邑的鬢間赫然有了幾綹白髮！

她不知道該說些什麼了，忍著哽咽，一勺一勺地將藥餵到應邑嘴裡。

外邊有雨打芭蕉的清脆聲，雨水氤氳在青磚地鋪成的遊廊裡潮氣頓生，擺在屋子西北角的更漏裡的沙撲撲簌簌地落下來，著素絹白衣，額上戴著兔絨抹額的應邑半合了眼，卻終究止不住眼淚奪眶而出。

大約是淚水和在了藥裡，應邑竟然從苦澀中嚐到了鹹濕的味道。

有一把刀子在慢慢地、動作極緩地割著她的肉，就像昨夜那般疼。她能敏銳而清晰地感受到有東西在拉扯著她的孩子，一點一點地從她的身體裡脫離出來，揪著她的心、她的眼睛、她的腦袋，半刻也沒有停留。

將嘴裡的苦緩緩嚥下，等著它慢慢地流到心裡，應邑陡然疑惑起來，方福喝下那瓶砒霜的時候，有沒有被這麼苦澀的藥味嗆得直哭？

一碗藥餵得艱難，阿九看著空空如也的碗底如釋重負，邊起身撚了撚被角，正欲張口說話，卻聽見外廂傳來了一陣急促的腳步聲，隨之而來的是馮安東低沈沙啞的嗓音。

「妳好些了？」

這是在問應邑。

阿九轉頭看了看渾身發顫的應邑長公主，垂下首接其話。「長公主才吃完藥，駙馬若是有事，何不等晚……」

「妳給我滾出去！」馮安東低吼打斷阿九後話。「就是因為你們這些刁奴，才會釀成這一連串的禍事！讓何長史將正院的奴才全都發賣出去，賣得越遠越好！」

阿九側過身去，置若罔聞地低下腰，輕聲問：「公主，您要不要去隔間歇一歇？今兒已經遞了帖子上去，明兒個太后娘娘就能將您接進宮，可如今您也要好好將養著。」

馮安東身形一抖，他心裡是虛的，顫顫巍巍地過了一夜，通體舒暢之後額角便直冒冷汗。

逞了一時能，他不是不後悔的，可當時他真是暢快極了，看著這婆娘捂著肚子躺在血泊裡頭，他感覺自己的頭頂都輕鬆了起來，呼吸都通暢了。應邑這個婆娘壓在他頭上的這一個月頭，他快被逼瘋了，梁家陡然翻臉，更讓他摸不著頭腦，被逼著寫字據是奇恥大辱，被逼著娶了應邑這娘兒們是奇恥大辱，若是往後還要養賀琰的兒子，他感覺自己隨時隨地都會掐上應邑和那個孩子的脖子。

現在流產是最好的選擇。

大不了皇帝龍顏大怒之時，他便將賀琰捅出去，光腳的不怕穿鞋的，他一個莊戶人家的兒子，不要臉、不要命了，也要把這人拉下馬！

心裡頭落定了一些，馮安東的語氣便和軟了許多。

「皇后娘娘也說了，兩口子過日子就像嘴唇和牙齒，還能沒個打架的時候？孩子沒了，往後再要不就得了？瞧起來臨安侯也不可能娶妳了，左右都已經被一道聖旨拴在了一起，咱們便好好地過，就當是緣分……」

皇后，臨安侯，聖旨。

應邑感覺自己的一顆心都快燒起來了，她蠢、她不幸運，是她中了方禮的計，皇帝下了一道聖旨，她投鼠忌器沒有辦法說清楚，可這並不代表她就認命了。

就算到了這個時候，她仍舊不認命！

孩子沒了，怪誰！

應邑下腹疼得像鈍刀子在割，仍舊顫顫巍巍地扶著阿九站起身，素指纖纖，搖搖晃晃地指著馮安東的鼻子，用盡全身氣力。

「你作夢！你算是什麼東西？孩子沒了……我跟你說，馮安東，我的孩子沒了，我要你給他陪葬！」應邑氣喘吁吁，眼睛卻睜得亮極了，有兩團火在熊熊燃著。「若是皇上不管，我就去求母后，母后不管，我就自己想辦法。是啊，你我夫妻，吃穿住行皆在一起，若是你的茶裡、酒裡多了些東西，就休怪我無情！」

阿九低下頭去，她感到自己手心直冒冷汗。

應邑長公主在硬撐，她能透過應邑打著抖的腿判斷，這個時候還要逞強鬥狠，阿九簡直不知道自己該想些什麼了。

馮安東怔了怔，隨即大怒。「若要撕破臉皮，那好！大家都撕破臉皮過日子！我是個男人，我委曲求全娶了妳，是因為皇帝以為妳肚子裡面的孩子是我的。若是皇帝曉得了孩子根本就姓賀，妳以為賀琰的仕途還會有嗎？薄情寡義之徒，行為敗壞之人，還可能在廟堂之上立足嗎？」

應邑放聲大笑，像聽見了最好笑的笑話。笑聲漸弱下來，眼睛瞇成一條縫，黏答答地浮在了馮安東身上。

「你拿什麼證據證明孩子是阿琰的？你當初既然接了聖旨娶了我，就表明這件事與阿琰分毫關係都沒有了。」應邑嘴唇發白，卻顯得愉悅極了。「甭說皇上不會信，說出去誰也不會信！否則別人該怎麼瞧你呢？我的馮大人。忠貞之士卻娶了個水性楊花的女人，我為了阿琰什麼也不在乎，可你卻不行啊，馮家還指望著你光宗耀祖，你還指望著入閣拜相呢！」

應邑的每一個字都像一根針，戳破了馮安東每一個盤算。

馮安東一顆心沈到了谷底，眼前這個女人就像一條色彩斑斕的毒蛇，蜿蜒的爬在枕邊，時時警惕著她會隨時隨地地撲過來將他咬死。

推搡公主，導致公主小產，這能算作是家事，可當真放在大周幾百年裡還真的是無跡可尋，皇帝會怎麼處置他，他心裡一點底也沒有。

應邑看著馮安東由青變白的臉色，大口大口地喘著粗氣，手緊緊捂在腹間。正好，正好！駙馬犯下了這樣天大的過錯，是不是，是不是就有了理由和離了呢？

馮安東自然不曉得應邑在想些什麼，可他如今就像陷入了泥沼裡，他發現自己什麼都抓不住了，梁家不知為何反目了，得罪了天家，賀家也攀不上，方家視他如眼中釘、肉中刺……

手在絳褐色的泥漿裡頭亂舞，身子像被誰直直往下拽，一直挨不到底，更落不了地。

被架在了火上烤，又像陷入了冰窟裡。馮安東手縮在袖裡，攥成一個拳，他想向眼前這個女人一拳揮過去，打瘸她的眼睛，打斷她的鼻梁，讓她的嘴再也不能說話，讓她的耳朵再也不能聽見，讓她再也不能呼吸。

應邑是累得喘粗氣，馮安東是氣得胸腔起伏。

既有氣，更有怕。

屋子裡面的空氣靜止凝結在這一瞬間，應邑與馮安東就像兩個伺機而動的敵人，尋找著對方的疏漏，再猛地撲過去，一口咬斷對方的脖子，所有恩怨便就此休矣。

可世間人的心願常常不能盡如人意，有小廝在外面畏畏縮縮地叩了叩窗板，小聲卻清晰地一把將屋子裡的對峙打破。

「馮大人，有人在門房候著您。」

馮安東眉間一皺，正要怒斥，又聽那小廝道：「說是急事，生死性命攸關，賴了許久了，您要不就過去瞧一瞧？」

應邑靠在阿九身上，挺直了腰板，眉角一挑，冷聲嘲諷。「馮大人真是處處都性命攸關啊，我若是你，活得這樣窩囊，便一頭撞死在柱子上。」說到這裡，輕聲一笑。「您也不是沒撞過，可惜腦子卻撞出一個包來，撞得輕重是非都不曉得！」

馮安東長呼出口氣，到底忍了下來，拂袖而去。

馮安東的身形一出院子，應邑便癱軟在了阿九身上。

門房靜謐無言，只有個戴著幃帽的男子候在邊上，馮安東風風火火地過來，避到內間裡去，那人一把揭開幃帽，頓時馮安東感到心都快跳出了胸腔裡，衝口而出一句話。

「方祈！」

第四十六章

定京城東郊被元河與絳河兩廂圍繞，一條像水頭極好的翡翠玉帶，一條卻像澄澈細密的蜜蠟串珠。元河源頭從遼東來，雪山上的冰化成了水，順著細膩的黑土地涓涓而流。絳河的水從西北來，大浪淘沙，混濁地捲過風沙鋪成的黃土，壓面而來。

四方水土各有不同，卻都匯合在了大周朝的心臟。

靠山吃山，靠水吃水，故而定京東郊的打漁人家特別多。日頭漸盛，有擺著攤沒賣完魚的小販百無聊賴地蹲在攤子跟前，眼瞅著三三兩兩的行人，日頭大得讓他都懶怠出聲吆喝。目光梭巡，最後定在了離集市百里遠的那對鎮宅的石獅子身上。

府宅莊嚴大氣，灰牆綠瓦綿延不絕，時不時有穿著錦衣綢袍的人進進出出，與集市的熱鬧喧闐涇渭分明。

賣魚小販叼著狗尾巴草眼神發光，那是貴人們的府邸啊，來往的可都是公主王孫呢，往後娶了個婆娘生個崽兒，還能在崽兒跟前充冒充冒，你老子我以前也是見過大人物的人……

「啪」的一聲，隔壁攤上賣餛飩的孫嫂子揮著鍋鏟，一下拍在他後腦勺，啐了一口才厲聲喝斥。「又管不住眼了！仔細公主府的管事們又把俺們趕到外頭去！貴人們也是你能看的不成？」

小販撇撇嘴，「噗」地將狗尾巴草吐出三丈遠，正想說話，他眼尖，眼神一亮，麻溜起身，湊到孫嫂子跟前朝那頭努努嘴，嘻皮笑臉壓低聲。

「快看那頭！」

孫嫂子手裡攥著鍋鏟，抬起手狠狠地又敲一下，小販捂著頭呼疼，連聲直嚷嚷。「有男人！公主府裡頭有男人出來！」

孫嫂子氣得反笑。「多稀奇啊？那公主府沒男人出來，還能有女人家拋頭露面啊？俺們是沒法子，不出來就沒飯吃，人家可不得……」

孫嫂子話在舌頭上打了幾個旋，後頭的話湮沒在了這熙熙攘攘的市集裡——她眼看著一個白白淨淨卻滿身氣勢的男人走了出來，一佝頭，眼神往這頭隨意一瞥，再將幃帽戴上，翻身上馬瀟灑而去。

該怎麼形容那道目光呢？

像一柄劍，不對，像一柄沾了無數血跡的劍，帶著寒光，叫人心頭哽住，血氣都上不去了。

孫嫂子後怕地撫了撫胸口，這個人可不是公主府裡的管事，那些管事凶是凶，可還沒凶到眼神就能殺死人的地步！那人簡直就像戲臺上的楚霸王，但比楚霸王還要可怕，楚霸王拿著槍，才駭人，那男人啥也沒拿，可就是唬得人一口氣喘不上去！

小販推了推孫嫂子，擠眉弄眼，瞧起來歡喜得十分神秘。

「公主們的名聲可不太檢點……那男人長得不壞，嫂子，妳說，會不會是那長公主的……那啥……」

「那啥！那啥！趕緊給俺賣魚去，你瞅瞅，一晌午了魚都半死不活了，早上沒人來買，過會兒更沒人來，你這小子回去又得挨罵！」孫嫂子罵罵嚷嚷，後頭有客人催餛飩了。利利索索地一挑腕一撒蔥，吆喝一聲便往後去。

平凡人算計著柴米油鹽，溫飽吃喝，不過片刻便將剛才錦衣華服的心有餘悸，拋到了九霄雲外。

定京的繁華與喧闐，走街串巷熙熙攘攘的人群，讓方祈，這個長年置身在西北風沙裡的漢子蹙著眉頭，坐在馬鞍上看著水泄不通的人群。

指腹摩挲著已經起了毛的馬轡，終究雙腿一夾馬肚子，扭身從小巷裡頭竄去。

確切來說東郊和雨花巷隔得並不算太遠，一個是清貴名流集聚的地方，一個是天潢貴胄落腳的位置，可騎馬走大道難免不會遭定京城裡的繁榮給堵住路。

方祈才入京卻已經將定京城裡的大街小巷摸得一清二楚了，哪條路適合往官道上跑，哪條小道適合逃脫到遼東去，哪條道裡的暗娼多。這可不是為了自個兒便利，這是為了抓到朝堂上那些誦風吟月的文人的把柄。

文人們嘛，講究個風流倜儻，好像沒個知冷知熱的紅顏知己，就丟臉得臊了八輩祖宗似的。

呸！

方祈想起將才馮安東那癟三樣就想笑，明明有賊心沒賊膽，偏偏還要裝出一副正人君子、兩袖翩翩的模樣來，嘴裡說的是這樣的話，眼神卻直往別處跑，義正辭嚴的模樣加上縮得成隻蝦的脊梁，可真是配應邑那老娘兒們啊！

賀琰那個龜孫子，就算心裡頭慌，面上還能鎮定下來，笑著一張臉和他談笑風生，時不時地還能扯出一句話來問——「景哥兒是要過些日子回來住呢？還是住在皇上賜下的府邸裡？雨花巷是賜給平西侯的，景哥兒久住在那裡，也不方便，左右是賀家的兒郎，總是認祖歸宗的。」

說得既無恥，又不能叫人撕破顏面，一口子悶在心裡頭。

擱到馮安東這處來，啥都完蛋。不過也幸好馮安東是個軟蛋，軟蛋嘛，任著人壓扁搓圓，又最會審時度勢，牆頭草兩邊倒，又會見勢不對，拔腿就跑，這種人他在戰場上看多了。

可看這讀書人穿著長衫披著道袍撒腿就跑，他還是頭一回。

馮安東驚慌失措的小白臉蛋，粉粉嫩嫩的，跟個小娘兒們似的，是好看，和那些暗娼能有一拚。

方祈心裡頭過了一遍，挑眉一笑，見家門將近，亮聲一「籲」，恰好停在了門前，毛百戶守在門口，方祈翻身下馬，將馬轡扔給他，粗聲粗氣地交代。「去宮裡回事處說一聲，七月半中元節請來了定國寺的高尼給臨安侯夫人唱經，若是皇后娘娘有心就賞點銀子下來，我就去置辦個荷葉燈，也算是祭奠了。」

毛百戶頓時將一張臉垮下來，看了看四四方方的天，又看了看自家都督這張白白淨淨的臉，心裡惆悵極了。

他不想進宮去啊！上回去是為了請溫陽那個小丫頭，這回憑什麼又是他！

宮女的脂粉味兒，軟聲軟調的語氣，內侍公公們的陰陽怪氣，叫他不能生氣更提不上心氣，憑什麼蔣千戶就能帶著人馬殺回西北，他就得留在這四四方方的定京城裡頭吃也吃不安逸，睡也睡不下去——那枕頭還熏了香！甜甜膩膩的也不曉得是個什麼香，衝進鼻子裡就讓人打噴嚏。

「將軍……」毛百戶一句話沒說完，就被方祈的眼風梗了回去，舌頭轉了幾圈。「都督……」

都督，肚肚，什麼鬼東西！將軍叫起來多好聽、多威風啊，現在還非得叫個肚肚！

方祈束著手往裡走，輕哼一聲，示意他說下去。

「老蔣帶著人回來了，他和宮裡頭的人熟，他是進過宮的，還見過皇帝的。」毛百戶越講越來勁，越想越有道理。「他去最妥當了！我老毛頭說不清楚話，形象又差，別墮了您老人家的顏面。」

方祈悶聲一哼，焦點在他前一句話上。「帶回來的是死人還是活人？」

「當然是活人了！連著他的家眷還有四方鄰居全都帶回來了，虎口奪食啊虎口奪食，從梁平恭手裡頭搶飯吃，一個弟兄也沒少！我老毛頭除了將……都督，最佩服的就是老蔣了！」毛百戶話一說完，才發現自個兒已經被自家都督帶跑了。

方祈頓了頓腳步，蒲扇大的巴掌「啪」地一下拍在毛百戶頭上。「你還不快進宮去！帶個話能要了你的命嗎？那些宮女一個一個的長得多好看啊，成天嚷嚷沒女人、沒女人，送你進宮去看女人，還不去了。自己和蔣大腳拚酒拚輸了，活該你去宮裡，他回西北去。」

毛百戶捂著腦袋，手裡牽著馬轡，三步一回頭眼淚汪汪地望著方祈，宮裡頭的女人那能是他看的嗎？

又是一番折騰，行昭挨著方皇后邊看書邊聽林公公回稟的時候已經是暮色四合了，書是歡宜才送過來的，《百年異遇志》，講的是書生遇上鬼怪的話本，一番一個故事，在原本的認知裡，妖魔鬼怪大抵都是壞透了的，可這本書裡頭的鬼怪大多都是重情重義的，最壞的卻是人心。

「方都督遣人過來傳話，說是七月半要到了，請了定國寺的定雲師太去雨花巷唱經，算是給先臨安侯夫人祭奠。」

行昭邊合上書頁，邊喜上眉梢，事成了！

若是請定國寺的去唱經便是成了，若是回話的說，請的是明覺寺的高僧，那就要另闢蹊徑了！

林公公繼續恭首說：「也問皇后娘娘要不要給先臨安侯夫人添盞荷花燈，以慰舊思？」

方皇后笑了笑，語氣卻顯得很平靜，似乎對這個結果沒有什麼意外。

「秤五十兩銀子吧，既添荷花燈，也算作我的香油錢，一定讓定雲師太多唱唱福。」

大周的舊俗，買紙錢啊、添香油錢啊、送花燈啊，只要是祭奠他人，無論親眷關係再密，自己的那份就一定要自己出錢，否則就不算自己的心意。

行昭想了想跟在後頭添了句話。「中元節不夜行，阿嫵沒有辦法出門去，蓮玉跟著林公公再去秤三十兩銀子，交給舅舅，煩勞舅舅將阿嫵的心意也帶給母親。」

小富婆終於找到了用錢的地方，可聲音卻顯得十分低沈。

林公公斂容稱是，告了退。「毛百戶在回事處還等著回音。」便又躬著身子往外退。

蔣明英笑眯了眼，隔著桃花紙瞧了瞧窗櫺外，瓦簷邊已經沒了連成一串的珠簾了，耳朵邊也沒了淅淅瀝瀝的雨聲，邊笑著撐出身子去將窗櫺撐起，邊軟了聲調說著話。

「主子得償所願，今兒個晚膳要不要加一盞楊梅酒？膳房才起出來今春新釀的楊梅酒，將才偷偷嚐了嚐，酸津津的，沒什麼酒味。溫陽縣主好甜，頂多再放些蜂蜜進去，好像也喝得。」

行昭抿嘴一笑，將書卷擱在案上，笑著搖搖頭，溫聲溫氣。「阿嫵喝不得，母孝在身呢。」

蔣明英笑容微滯，心裡忐忑起來，大約這幾日事事順遂，竟讓她忘了凡事要往心中過三遍的規矩！蔣明英警醒起來，這是在鳳儀殿，能夠容許她出錯，可出了鳳儀殿呢？有些人的眼睛透著血光，直愣愣地盯著瞧，就怕你不出錯！

「蔣姑姑今兒個歡喜壞了，等晚膳的時候姨母記得罰蔣姑姑三杯楊梅酒。」行昭捂著嘴笑，話裡透著善意和溫和。

行昭解了圍，方皇后自然樂得賣面子，笑著將眼放在蔣明英身上片刻，又移開。「罰她三盞楊梅酒，整日不學好，竟然還學會偷喝酒了，管事姑姑沒個管事姑姑的模樣，可別叫下頭的小宮女有樣學樣。」

沒提蔣明英忘記方福喪期的事，避重就輕地將此事算是帶過了。

蔣明英低了低頭，心頭暗自警醒，宮裡頭的日子是慢慢熬出來的，她至今都還記得方皇后被這座富麗堂皇的宮殿磨得頭破血流的模樣。顧氏出身不高，可方皇后卻母族強勢，多年媳婦熬成婆，就該折磨下面的年輕媳婦了，這放在尋常人家都是夠用的，更何況是皇家。顧氏的折磨就像把軟刀子慢慢地割，到底是皇家，她不叫妳整日整日地立規矩伺候，手裡頭卻掌著六司的人脈和帳本不放，硬生生地甩了方皇后一個耳光。

什麼最重要，錢最重要。

什麼最頂用，自然是將自己的人放在顯要的位置，才放心。

手裡頭掌著錢，關鍵處安插著自己的人，才算是真正成為了這座皇城的主人。顧氏不放手，方皇后是將門虎女，心氣高，得虧還與皇上琴瑟和鳴，否則腹背受敵，日子會過得更艱難。

慢慢地熬，一步一步站穩了腳跟，可只要鳳儀殿有一個人行差踏錯一步，整個局面就會變得搖搖欲墜。尤其在這個時候，方皇后攥緊了拳頭，要與慈和宮宣戰的時候。

蔣明英恭謹地將腰彎得更低了，朝著方皇后也是朝著行昭，溫朗緩語。「是，奴婢牢牢記著，再不敢犯。」

方皇后一笑，過猶不及，對別人適用，對心腹更適用，將話頭轉到了行昭身上。探過身去瞧了瞧擱在案上的那本已經泛黃的書卷，口裡將書名唸出了聲。「百年異遇志……」邊輕聲一笑，邊將行昭攬在身側。「怎麼想起來看這些鬼怪奇異的故事了？仔細晚上嚇得睡不著覺，挨著我睡又嫌熱。」

行昭臉一紅，面帶赧色，方皇后將她當作七、八歲的小娘子看，她卻不能將自己當成那樣幼稚的小人兒看，方皇后喜歡將她放在眼皮子底下，她到底是活過兩世的人，哪裡就真的習慣挨著長輩睡啊！

心裡頭發赧，話便只揀了前頭回。「以前聽人說這本書好看，上回便隨口在歡宜公主面前提了一次。誰承想，她就記在了心裡頭了，將才給阿嫵送了過來。阿嫵一瞧，才發現書頁上頭有崇文館的標識，心裡頭感念著歡宜公主記掛之情，便讓人送了些白玉酥去。」

宮裡頭相互往來一般不送吃食，就怕引火焚身。可重華宮和鳳儀殿的情分一向不淺，莫說淑妃與方皇后的情誼，就衝著歡宜從崇文館借了一本書出來給她，她都心裡頭萬分感動。崇文館的書可不好借，往前宮裡頭的皇子都只能在閣樓裡頭翻看，不許將書拿出去，如今皇帝膝下的皇子少，幾個皇子和公主就更得看重一些，這才將條例鬆了鬆。

方皇后沒在意白玉酥，心全放在了崇文館標識上，伸手將書頁翻了翻，果然上頭青底藍印是崇文館的印跡。

方皇后一笑，將封頁合了過去，捏了捏行昭的臉，攆她去裡間描紅。「常先生問起來，我可是讓蔣明英實話實說的啊，沒寫就是沒寫，寫了一張就是寫了一張，到時候常先生願意打妳的板子就打妳手板子，願意讓妳罰站妳就到牆根下去站著，我是不會心軟的。」

行昭臉又是一燙，常先生誰的面子都不給，說打手板就打手板，二皇子還在學的時候，整日被他打得「嗷嗷」叫，幾個皇子領了差事不在學了，常先生就將一雙綠豆眼全擱在了她與歡宜身上了。

這麼大個人還被人打板子，行昭想一想都覺得羞得慌，拉著蓮玉就往裡間去。

方皇后眸中含笑地看著小娘子的背影，直到背影隱沒在直直墜下的琉璃珠簾後，又將眼神放在了案上的那本書卷上，心頭不曉得是該悲還是該喜。

崇文館裡頭的書是珍藏更是古籍，皇城裡頭古玩珍寶數不勝數，大周的太祖皇帝卻珍視那崇文館，立下條例，想翻閱的便認認真真地坐在崇文館的閣樓裡頭，一概不許借出去，今朝的條例是鬆了許多，可也沒鬆到一個小丫頭片子、一個公主就能將裡頭的書借出來！

神來之筆的那封信，這本印了標識的書卷，讓方皇后的腦海裡浮現出了星眸劍眉的六皇子。

是一時的好奇和憐憫，是逢場相應的討好與奉承，還是少年郎貿貿然的情竇初開，方皇后邊摩挲著腕間的翡翠鐲子，邊細細想著，想來想去，突然發覺自己果真是老了，遇到事情便以利益與迎合當作切入口，完全摒除了人最原始的本能——情感。

儀態萬方坐在上首紫檀木雕花椅的皇后，神情晦暗不明，眼裡的光卻靜靜的，好像陷入了舊時的故夢裡。

是的，故夢。

她與皇帝的舊事，方福與賀琰的舊事，賀琰與應邑的舊事，枝蔓交錯，攀附錯節。往日的夢像蒙上了一層蒼茫，顯得迷離朦朧，不辨虛實，難分黑白。

皇帝與她從原來的琴瑟和鳴，變成如今的相敬如賓。賀琰不知惜福，只能苦果自噬。應邑天之驕女，卻將一顆心落在了不應當的人身上，最後雞飛蛋打，水月鏡花。

當時年少的人，如今已經物是人非了，而如今年少的人，她再也不希望他們重蹈覆轍。

方皇后輕笑出聲，搖了搖頭，喚來蔣明英，細細交代著瑣事。「帶話給欣榮，若是覺得王家三郎果真還行，就讓王夫人去臨安侯府瞧一瞧。阿嫵口中的賀行明是個不錯的，既然王三郎不當族長，那他媳婦兒也不會是宗婦。娶個性情開朗且心地善良的女子，這也沒什麼不好，但是也要王夫人親自去瞧瞧。告訴欣榮，就算賀琰倒臺了，看在景哥兒和方家的面子上，皇帝也不可能罪及二房，賀環是個沒用的，就讓他繼續沒用吧，到時候景哥兒掌了家，有個親厚的堂兄做侯爺好，還是有個疏離的伯父做臨安侯好，讓王夫人自己去算一算，隱晦地透露點意思，王夫人是個聰明人，知道這筆帳該怎麼算。」

方皇后的口氣篤定，讓蔣明英一一細細記下，忍不住低聲詢問。「既然賀家都不是什麼好東西，又何必為賀三姑娘這樣殫精竭慮呢？」

「到底和阿嫵姊妹一場！」方皇后眼神不動，望著窗櫺外。「賀琰垮臺，賀家不能垮臺，照皇帝的意思，景哥兒不可能跟著到西北安家落戶，一個武將不能出京，還能有什麼大的作為？賀家到底撐著一個百年世家的名號，這就讓景哥兒的背後不是空的，是有撐腰的在。景哥兒掌了家，自立了門戶，身上襲了兩個爵位，他想在賀家幹什麼幹不成？阿嫵姓賀，景哥兒姓賀，賀家徹底垮了，阿嫵出嫁的時候是從鳳儀殿出呢，還是從賀家出呢？背後有個垮臺的父族很得意嗎？」

一番話壓得極低，最後那一連串的問句說得極其憤懣。

投鼠忌器，她不能不為阿嫵和景哥兒的未來打算，景哥兒是要自立門戶的，可他不能有個臭名昭著的家族。

皇帝的個性，應邑的個性，馮安東的個性，她樣樣都能算到。阿嫵的提議，她的善後，方祈的實施，一連串的手段看似是兵行險招，可她能篤定，人的性子決定人的一輩子，阿福因為她的軟懦吃足了苦頭，照樣的旁人也會被自身的缺陷帶進一個深淵裡。

蔣明英沒插話，卻聽見方皇后長長嘆了一口氣，隔了半晌才道：「就這樣給欣榮說吧，透點意思給王夫人，再讓她去瞧瞧賀三娘，心裡喜歡就提親，也問問兩個孩子的意願，若真是不喜歡……」頓了頓。「不喜歡就再議吧。」

蔣明英點了點頭，轉身往外走，卻被方皇后叫住。「要是成了，讓賀三娘入宮來，我要瞧一瞧。」

成了？什麼成了？是這門親事成了，還是晨間的謀劃成了？

蔣明英不清楚，也沒發問。

日子從七夕過了中元，應邑沒出小月子不能帶著晦氣進宮。一日裡，下了早朝，倒是馮駙馬揣著袖口，神色不明地入了儀元殿。

「你是說，下了早朝，馮駙馬獨身入了儀元殿？」方皇后神色未動，耐心將冊子看完，這才抬起頭問林公公。「那方都督呢？」

林公公習慣性地將拂塵一甩，瞇著眼睛，越發恭敬。「信中侯請方都督和揚名伯吃酒去了，就在皇城根下的周記酒館，進出順真門，只需不過半炷香的時間。」

進出只需要半炷香的時間，也就是說能隨時拾掇妥當，進宮裡來。

方皇后點點頭，又側首吩咐蔣明英。「自從應邑長公主出嫁之後，太后娘娘的身子就不太好，讓張院判今兒個再去瞧瞧慈和宮那頭，該施針就施針，該熏草藥就熏，該喝藥就趕緊熬藥，吩咐人也不許懈怠了。外頭日頭這麼大，若是太后執意要出來走動，就讓身邊的人趕緊勸、趕緊攔，就怕萬一，罪責誰來背？太后的身子才是最要緊的。」

蔣明英頷首承諾，提了提裙裾便往外去。

行昭盤腿坐在偏廂的炕上，外間聽著響動，眼神落在捧在手上的那本《百年異遇志》，書還剩了薄薄的幾頁沒看，眼裡卻只有最開頭的幾行字。「書生宋徵瞪眼似銅鈴，手指三尺之遠，順其而亡，是以青面獠牙女鬼之狀。徵驚言，『吾生無愁無怨，何以糾之纏之！』」。

行昭一蹙眉頭將書輕輕合上，趿拉著鞋蹭到方皇后身邊去坐著，伏在方皇后的膝上，輕聲輕氣地嘀咕。「宋徵好沒有道理，他想升官想發財，死心塌地地去求了仙姑，得償所願之後，才發現仙姑原來是一個千年女鬼，面目猙獰。宋徵便翻臉不認人，直讓她不要再糾纏著自己了……」

輕輕一停，才放緩了聲調。「可惜那女鬼寡心寡腸幾千年，先是被宋徵暖了心腸，再遭宋徵攪亂了思緒，竭心竭力地幫他、助他，最後卻落得個煙消雲散的下場，可見男兒寡情的背後都有個蠢女人在成全。女兒家首先要把自己的一顆心收好，將自己當成珍寶來看待，別人才不會棄之如敝屣，才不會亂了方寸，錯了手腳。」

一番喟嘆，既是對前塵的悔恨，也是對母親的惋惜，也有被今日即將到來之事的不確定與惶然。

全心撲在一個男人身上有什麼用？春朝的彩蝶柳枝，夏日的碧波輕舟，秋天的煙凝暮紫，盛冬的雪皚天涼，因為一個男人錯過了世間更好更美的事，實在是蠢得慌。

方皇后靜靜地聽著小娘子綿和的話聲，心裡曉得行昭想說什麼，伸手摸了摸小娘子的脊背，汗涔涔的，便笑著讓蓮玉去換冰。「又畏熱又怕涼，明明都苦夏了，還自己給自己找罪受，不看心裡頭不爽快，看了又想罵書裡頭的人，我都替妳累得慌。改日讓老……讓歡宜，再去幫妳借本山川遊記、水河趣事的，不比看這些異怪的故事強？」

行昭想了想，沒注意方皇后將才的異樣，鄭重點點頭。大好的河山也要看，奇聞軼事也要看，重來一次，已經辜負了母親，便更不能辜負自己。

放寬心，好好活，人總不能一直活在緬懷與回憶中。

這頭說著話，那頭就有幾個小內侍，一人一邊抬著幾塊冰進來，宮裡頭的冰都是有講究的，或是被雕成芙蓉的模樣，或是並蒂蓮的模樣，或是麻姑獻壽的喜慶模樣，一路裹著涼氣進來，拐過屏風一入內，便帶來了沁涼的意味。

從剛才的緊繃，到如今的放鬆，小娘子的變化被方皇后看在眼裡，又讓人去小廚房準備。

「方都督和揚名伯若是不過來用午膳，那就是晚膳過來，清蒸鱸魚是揚名伯喜歡的，再烤個羊腿，估摸著多半是晚膳過來，備上什錦湯麵，方都督好這口。」

有方祈、有行景，卻沒有念著皇上，方皇后從來都嚴謹周到……

行昭想了想，跟在方皇后的話後頭交代一句。「最要緊的是備好魚片粥，皇上腸胃不好，喝粥好消化。」

方皇后一窒，隔了片刻回過神來，嘴角勾了抹笑，將行昭攬在懷裡，算是交代完畢，一錘定音。「嗯，魚片醃好，米也泡好，多放些薑汁，好去腥。」

宮人領命而去，從正殿走到膳房那段路，要經過一道長長的、沒有樹蔭遮蔽的宮道，心裡頭直嚷著熱，同身側的小姊妹小聲唸叨。「回去又得換裡衣，一天換三次，全被汗打濕透了。」

她卻不知在皇城的中央，儀元殿裡也有一位著深綠朝服、戴祥雲蹙銀絲紋補子的堂官背後直冒汗。

第四十七章

膝頭磕在儀元殿裡的青磚地上不由自主地直打顫，他冒汗不是因為天氣燥熱，而是因為太涼了，涼得叫人心裡頭發慌。

儀元殿四角都擱了冰，有小宮娥垂首屏氣撐著巨大的搖扇一下一下地搖，送出來的風徐徐而來，落在馮安東身上，他只覺得像是有一塊涼得沁人的冰塊落在了他的心頭，偷摸著抬頭，覷了覷皇帝的神情。

儀元殿的窗櫺和朱門都關得死死的，偶爾有光線透過窗櫺間的縫隙進來，卻險險地從這位喜怒不形於色的帝王面容上一掠而過。

馮安東頭一回抬頭，慌張中只瞧見了皇帝身上明黃色簇著金絲的九爪龍紋，鼓足氣再抬頭，這才看到皇帝的神情——並沒有太大的變化，沒有變化就是好變化。

馮安東感到通體舒暢，雙手伏在地上，耳畔響起了皇帝帶著些明顯壓抑怒氣的聲音。

「你剛才說……應邑藏著一封叛國通敵信，事關方都督？」

偌大的儀元殿陡然響起男人低沈的聲音，馮安東被嚇得猛地打了個寒顫，連忙將頭斂下，他現在不用照鏡子都能曉得自己的眼神慌亂得就像過街竄巷的耗子，眼睛瞪得大大的，緊緊盯著撐在地上發白的指尖。

皇帝的話不能不答，馮安東在心裡頭想了一遍，才放心開腔。

「回皇上，是有此事。半旬之前，微臣無意間發現長公主的嫁妝匣子裡有一封信，蓋著軍中常用的青泥封印，微臣心下好奇，便打開看了看……」

馮安東聲音抖得忽高忽低，青磚上一塵不染，他好像能隱隱約約看見自己汗流浹背的慌張神色。

不能慌，他不能慌。

形勢比人強，方祈手上掌握梁平恭的證據比他想像的還多，梁平恭在西北被秦伯齡壓制得死死的，一回來身上的盔甲就能立馬換成天牢的桎梏，著錦穿花的家眷能立馬變成階下囚。梁平恭可不是善男信女，他下了地獄，別人也休想在人間活得輕鬆！

應邑小產了，把所有的帳都記在了他的頭上，虎視眈眈地、隨時隨地都能撲過來咬斷他的脖子，梁平恭又似豺狼在後，他如今是進退兩難，還不如先發制人！

梁平恭膽子大，應邑有靠山，只有他，什麼也沒有，不，他還有時間。方祈對他的恨沒有對梁平恭的多，他還能活下去，他還可以依附在方祈身上活下去。就算活得沒那麼體面，沒那麼有氣節，等等，氣節是什麼？既不能吃又不能穿，鬼才稀罕它！

「梁平恭敢夥同應邑偽造老子的通敵信，倒賣軍資加上誣陷戍邊大將，應邑那娘兒們是皇帝的胞妹，有太后做靠山，就算東窗事發，她也可能僥倖留條命。我的駙馬爺喲，別人不曉得你和應邑那檔子事，老子是摸得一清二楚，那娘兒們懷著賀琰的孩子逼死老子妹妹，卻還是你頂的缸，你讓那娘兒們孩子都沒了，她能給你好果子吃？西北老林裡頭有句話叫『不惹有崽子的雌獅，不留被蛇咬了的胳膊』，兩樣隨便沾上一樣，小命都不保，還不如把自己推拖乾淨，先保住條命。」

方祈說這番話的時候，一副居高臨下且似笑非笑的模樣，讓他恨得牙癢癢，卻不得不承認，方祈是在拿裹著糖的黃連誘惑他，可他竟然動了心。

繼續忍氣吞聲等下去，只有魚死網破，還不如現今趁著兩方還沒反應過來，率先反水！

先下手為強，至少不能讓自己坐地等亡，他還有老子娘要養。馮安東想起白髮蒼蒼的老子娘，神色晦澀極了，他不忠不義，可他是果真孝順啊。方祈那日似是隨意一問，「馮駙馬是邕州人？正好我有個故舊在邕州當差，可以相互關照關照。聽說馮駙馬尚了公主之後，令尊就從愛好種地變成了愛好買地，手筆極大，如今怕都有近千畝良田了吧？」

方祈後頭的話沒問，馮安東卻聽得手心發膩，這是隱晦的威脅。民不與官鬥，更何況是手裡握著錢財的平民，官家還沒發話，就有人撲上來恨不得能從你身上活生生地撕下幾塊肉來！

儀元殿靜悄悄的，什麼聲音也聽不見，就算沒有亮光照進來，鋪就而成的青磚地照樣光可鑑人，影影綽綽間，馮安東到底橫下一條心，憋住一口氣，心裡頭既有報復的快感，更有不安的忐忑。

「微臣打開一看，原來是方都督寫給韃靼主將托合其的一封信，裡面既有兵士排列，也有城中軍備，這分明是一封通敵信！可再一想，方都督和揚名伯生擒托合其凱旋回京，這……這又怎麼可能會有通敵叛國的行當呢？前些日頭是微臣妄言冤枉了方都督，微臣悔不當初，當即來不及細想，拿了信就想入宮面聖，以求個公道。」馮安東頓了頓，腰板伏得更低了，語氣裡悲慟難抑。「誰料到長公主神情激動，上來就搶，微臣一時心急，便推搡幾下……方才釀成大禍……」

自鳴鐘鐘擺向左右來回擺動，陌生的「咔咔」聲一下一下極有規律地在響著，馮安東額角的汗順著鬢邊一劃而過，砸在青磚地上，一滴汗能有多深？

可馮安東直愣愣地望著汗滴，感覺像是一汪海朝他鋪天蓋地地壓過來。

皇帝穩穩地坐在上首，沒開腔也沒出聲。

難耐的沈默如潮水般洶湧襲來，馮安東覺得自己的手腳都軟了，伏在地上將眼輕輕抬起，他說出來了，他說出來了！這樣至少能開脫應邑流產這一樁事的罪責了吧？揣在懷裡的那封信，燙得炙人，方祈的勝券在握，證據充足，他不出面，卻讓自己出面，無非就是算準了自己得罪了應邑，被逼到絕境想要奮力一搏的心態。

馮安東感覺自己像被豹子逼到懸崖邊的羚羊，面前橫著的深淵，不跳過去就會被豹子咬死，若是橫下心來跳，至少還有一半的機會活下來！

「應邑長公主是皇上的胞妹，更是太后娘娘的掌珠，微臣以下犯上，僭越上位，禍已釀成，微臣亦心有戚戚……」

馮安東再一抬頭之時已是眼眶泛紅，滿眼淚光。男兒有淚不輕彈，馮安東心裡在想，這也不算是輕彈了吧？淚眼矇矓中看到皇帝神色如常的一張臉，又連忙將頭佝下，在青磚地上重重叩了個頭，半晌之後才晦澀開口，語聲哽咽地將皇帝逼得必須做一個抉擇。「微臣有罪！可忠君奉朝之心天地日月可見，懇求皇上明鑒！」一語言罷，已是泣不成聲。

可惜遠在鳳儀殿的行昭沒能看到這樣的場面，否則小娘子一定笑著拍掌，再往戲臺上投兩個梅花式樣的銀錁子去。

戲子唱唸做打皆無情，馮安東若是不當讀書人了，自薦到四皇子管轄的伎坊裡頭當差，一定能成為頂好的角兒。

儀元殿被馮安東當作了戲臺子，皇帝自然也被帶成了戲中人，隨著戲子半低半側的臉，半帶粉彩、半帶陰影地意動心隨。

「信呢？你若是告訴朕信被應邑毀了，或是信又被應邑藏了起來，朕立馬治你個欺君罔上的罪名。」

皇帝語聲低沈，又拿話反將他一軍。

方皇后對皇帝的認知一直沒錯，心軟、耳根子軟、手腕軟，話裡頭明面上的意思是要看看信箋，才肯作罷。可細細一想，皇帝仍舊在無條件地護著應邑，哪怕心裡已經承認了有這封信的存在。

馮安東一咬牙。從懷裡抽出一封皺巴巴的信箋奉在掌心裡，手肘過頭頂，以一種絕對謙卑與低微的姿勢奉上。

向公公瞅了瞅皇帝的神色，垂眸斂首，指尖觸到那封尚還帶了些體溫的信箋時，這位儀元殿第一人手指微不可見地輕輕顫動。

向公公心裡很清楚皇帝看到這封信後意味著什麼，馮安東敢頂著天子的怒火來面聖，那一定有自保的本錢——這封信就是。

因為看到了應邑長公主藏著方祈通敵叛國的信箋，推搡中才導致了她的小產。

一切都合情合理、情有可原，甚至叫人為馮安東扼腕嘆息。

他是慣會將自己塑成一個忠上正良的君子。

方祈已經凱旋回京，活捉了托合其就能夠完全表明了方祈的忠心，那這封所謂的通敵叛國的罪證，只可能是子虛烏有。一個公主手裡握著誣陷朝中重臣的信箋，任誰聽了都覺得啼笑皆非，可細細一想汗毛都會嚇得豎起來。

盛唐的安樂公主、太平公主，前朝的雲紋公主，或是扶持與自己親厚的皇子上位，或是勾結朝臣把持大權，更有將眼明晃晃地擱在龍椅上的！

女人心狠起來，連自己的生死都不在乎，還有什麼做不成？

從下首到御前只不過十步路，向公公的腦子裡卻像演了一場雄渾壯闊的走馬燈，應邑偽造了方祈的罪證，目的不過在扳倒方家，連帶著方皇后失勢，重華宮陸淑妃遭殃，六皇子再無奪嫡可能，四皇子有腿疾，大寶之位，二皇子當仁不讓了！應邑長公主雖然地位清貴，可到底是個婦人，她的兒子還能有個勛爵，可到了孫輩、重孫輩就只能是白身了，若是家族裡沒出個精采絕倫的，長公主一脈就算徹底泯然眾人矣（注），再不復往日風光了。

可若是應了從龍之功，新皇會不記掛著姑母的恩情？會不著意擢升這一門的榮華？

向公公手裡捧著那封信箋，眼神直直地定在已經開了封的青泥封印上，應邑膽子太大了，可不得不說這事若是成了，當真是一本萬利的買賣。

向公公浸淫廟堂之上的爾虞我詐多年，卻不明白女人間愛恨情仇下的手腕、心計，更像一把泛著寒光的暗箭，殺人不見血，陰狠毒辣起來絲毫不比朝堂上的男人們弱。

信被呈在了御前，離皇帝不遠，伸手就能搆著。

皇帝卻偏偏穩坐如鐘，馮安東頓時慌了起來。

窗櫺關得死死的，明明偌大的正殿裡還充盈著令人窒息的沈默，看著乖順地伏在地上的四品朝官，向公公卻無端想起了下旨賜婚那日馮安東的惶然與掙扎，和如今的神色一模一樣。

「七月初八，三娘小產，如今是七月二十二日。這些天來，信在哪兒？你在哪兒？既然手裡攥著信為何不當天就呈上來，反而等到如今再說？朕憑什麼相信你這封信是真的，而不是你為了脫身，狗急跳牆偽造出來誣陷三娘的戲碼？」

皇帝眼落在信上，問出的話卻像冷厲的刀鋒。

向公公垂首侍立其後。皇帝、平陽王和應邑長公主是什麼樣的情分，別人不知道，他卻知道。顧太后出身卑微，以色侍人，加上兒女雙全才在後宮裡站穩了腳跟，可出身高貴的嬪御們最瞧不上的就是這樣的人。皇帝幼年時明裡暗裡受到的風言風語只有多的，沒有少的，應邑長公主會挑時候出生，那時候顧太后已經爬到了皇后的位置上了，皇帝漸漸成長，對這個幼妹既愛且護，否則也不會在應邑長公主寡婦偷人的情形下，一手將事情彈壓下來，還要叫妹妹嫁得舒坦。

皇帝看也不看這封信，這便已經表明了懷疑與護妹的立場了。

注：泯然眾人矣，意指先天的優勢消失了，變得同常人無異。

沈默被打破，馮安東感覺自己背上的千鈞重負好像輕鬆了些，皇帝還願意問，總是好兆頭。

「這些天來，微臣沒有一天不在矛盾與惶恐之中度過。應邑長公主是您最疼愛的幼妹，亦是微臣執手偕老的妻室，微臣又何嘗願意輕易地親手將信送到您的手中，讓您也與微臣感同身受掙扎的痛苦？」

馮安東涕泗橫流，神色悲慟卻無可奈何。「微臣在掙扎，同樣也在悲戚。應邑長公主小產，她心裡頭傷心，無暇顧忌他事，難道微臣就不會傷心了嗎？微臣忠君敬上，可微臣也是一個人，也是一個男人啊！微臣心裡在想或許這封信是真的，或許方都督生擒托合其回京只是知錯能改，或許他當真也有過動搖，因為他的動搖才會造成平西關的一度失守……

「微臣都想過了，更不願以最卑鄙的想法去揣測枕邊人的行徑，所以微臣將信暫且擱置下來，隨後便遣人偷偷去查。微臣是堂官又是文職，線索摸到西北便斷得徹徹底底的了……

「所以微臣只好去試探信中侯，心想信中侯與方都督是生死之交，定然知曉內情。信中侯一聽便勃然大怒，直說『方都督在前線浴血奮戰，尚且遭此詬病誣賴，我於江山社稷無關緊要，又何必再苟活於世了』，說完便拍著斷腿要一瘸一拐地遞帖子來見聖上，微臣嚇得夠嗆，便尋了個藉口就告了辭。哪曉得過後一日，方都督便登門拜訪了，方都督眼裡揉不得沙子，立馬下令去查，到底是在西北老林長大的，微臣沒查到的東西，就在今日晨間，卻叫方都督查得清清楚楚。」

馮安東語氣漸漸平緩下來，再一睜眼，已是一臉清明，就算在這個時候，他仍舊話裡有話地在皇帝面前給方祈上眼藥。

可惜皇帝卻沒有看見。皇帝低著頭，拆開了信封，快速將信掃過，一目十行。正殿的氣氛愈漸低迷，向公公覷著皇帝的神色，屏氣凝神，馮安東趴在地上，大氣也不敢喘，也不敢將頭往上抬，眼裡盡是明黃色祥雲龍紋的天子之徵。

信裡將平西關內的兵士排陣、軍需備甲明明白白地說得清楚極了！

信上青底黑字，紙張縐摺不堪，好些字已經瞧不清橫豎撇捺了，可墨色淡去，這是新造造不出來的。

「唰」地一聲，那封生死攸關的信被皇帝甩在地上，薄薄的澄心堂紙輕飄飄的，在空氣的微塵中飄了片刻，最後帶著天子衝上額角的怒氣，打了幾個旋，再搖搖晃晃地又落在了馮安東的眼前。

馮安東嚇得將繞在舌頭上的後話吞嚥回了肚裡，他的手已經麻得撐不起了，他在等皇帝說話。可是等了好久，耳邊一度只能聽見自己輕微且不均勻的呼吸聲，還有自鳴鐘鐘擺「滴答滴答」的聲響，再無他物。

事情牽扯到西北、應邑和方祈，皇帝是想將這件事壓下不提？

馮安東戰戰兢兢地想，隔了良久，才聽見皇帝語氣平靜無波的一句話。

「宣方都督、信中侯……」

口諭停了停，向公公猜想皇帝應當是在考慮要不要將賀行景也召進宮來。

緊接著的後話，就給了向公公答案。

「就宣這兩人入宮吧。」

不過半炷香的工夫，方祈率先推門而入，馮安東被門「嘎吱」的腐舊聲一驚，扭頭去瞧，灼人的陽光明晃晃地燒著眼睛，馮安東下意識地拿手去擋，半眯著眼卻見隨著盛光而至的，是一道被拉得長長的影子。

儀元殿大概是皇城裡最寬廣的宮室，門檻離中央的御案還有些距離，饒是這樣，方祈三步併作兩步走，幾個大跨步便順勢撩袍單腿跪在了御前，朗聲問安。

皇帝也沒讓向公公去扶，只聽見皇帝出聲詢問。

「信中侯呢？怎麼就你一個人來了？」

語氣顯得低鬱抑怒，方祈卻能理解。任誰的親妹子被牽扯到這檔子事裡，心緒大抵都不會太平靜。可自家的親妹子無辜暴斃，「不太平靜」這四個字好像還形容不了他的情緒。

「回稟聖上，信中侯腿腳不太好，臨進宮時又想起來還有些東西落在了家裡，怕您怪罪，就讓微臣先過來了。」

方祈沈聲回稟，眼神向下一看，便看見了躺在地上的那封信，餘光又瞥了瞥馮安東，馮安東連忙將頭垂下去，想了想又稍稍向上抬了抬，到底也不敢與方祈對視。馮安東的一番作派，叫方祈心裡哂笑一番卻又放了心。他至少把事一五一十地給說了，便又立刻斂容垂首。

皇帝沒叫起，他還得規規矩矩地跪在青磚地上。

「起來吧……」皇帝抬了抬眼瞼，深吸了口氣，朝方祈抬了抬下頷。「地上那封信，你可看過了？」

方祈微不可見地一挑眉，這才堂而皇之地將眼神落在了那封信上，蓮青色的澄心堂紙上密密麻麻的全是簪花小楷，他看都不用看，便能將信上所寫給背出來。

「守於關上者約莫三百人，或掌弓弩或點烽煙。關內糧倉置於西北角，裡有粟米黃粱，亦有花生稻穀，晨有二十名兵士挾器巡守，夜有五十名兵士布於西北、東南、正堂看守，因恐火靠水而建，因恐盜內有機竅……」

是的，這是他寫的。準確來說，這是他半個月前才寫的，裡頭所言，七分實，三分虛，當初六皇子拿過來的那封信他接過手一看，便大呼奇怪，這信上的字跡幾乎和他的字跡一模一樣，真假難辨。果真是真假難辨！

可信上所書，都與實際情況多多少少有所出入，這個是自然。西北是他的老巢，若別人輕而易舉地就能把西北的情況摸了個透底，他早就死了不曉得多少回了。

假造封信，交給馮安東，一是不能完完全全信任馮安東，不可能將東西完完整整交給他。二是若信上有著明顯的錯漏，皇帝又怎麼可能下定決心，摒除疑慮，將罪名坐實呢？

用摻了淘米水的墨水寫字，再用紅茶茶水噴灑在紙張上，待它半乾半濕之際，再拿燙紅的熨斗將紙張熨平整。乖乖，這下一看過去，像極了舊日的字跡！

雨花巷裡頭盡是五大三粗的男兒漢，又一向在誰拳頭硬誰就勝的軍營裡混跡，誰有這個見識和閒心來鑽研怎麼樣把字跡做舊？不過行昭不也是個七、八歲的小娘子，她怎麼就能曉得這麼多？

方祈邊起身邊撓了撓頭心下不解，又想起每回見行昭，小娘子手裡都捧著卷書的模樣，大約是人從書裡學乖吧，只可恨景哥兒和桓哥兒都不是喜歡讀書的，連女兒家的瀟娘都是一副看見書就犯暈的模樣，哪個有行昭乖乖巧巧地惹人憐？

驍勇詭詐的方都督越想越遠，上首的帝王面色愈漸晦暗，他等了良久也等不到方祈的回話，更不會曉得殿下這位慣會撒潑來事的臣子，心裡頭壓根兒沒想著國家大事，一腔心思左拐右拐，已經拐到了兒女經上。

皇帝輕咳一聲，皺著眉頭又問一遍。「方都督，這信你可看過了？」

「稟皇上，微臣看過……微臣看過！」

方祈斂首垂眉，第一遍說得緩慢，第二遍卻帶了些昂揚，「撲通」一聲又跪在了地上，扯開嗓子叫冤枉。「字看著是像，可這信著實不是微臣寫的啊！微臣是個莽夫，連給皇上呈的那封平西關求援信，都只有草草幾十個字，微臣看馮駙馬拿來這封信的時候，沈下心來數了數，這都快寫上千字了！微臣哪兒來這麼多話說，哪兒來這麼多字能寫啊，求皇上明鑒！」

皇帝面容一抽，方祈不按常理出牌，兵者詭也，這他知道，可他也想不到方祈竟然會以這種理由推拖……無賴，還讓人啼笑皆非。

和一箭射穿馮安東祖宗牌位的路數一模一樣。

向公公束手交疊在前，將身子隱在暗處，暗讚方祈一聲，聽起來什麼也沒說，細細想一想，卻能讓皇帝放心。信是馮安東發現的，告訴方祈的是信中侯，拿到信時方祈還有閒心數數上頭的字數。

誰都拖下水了，方家手上還是乾乾淨淨的，還能裝作小白兔的樣子，就算告狀也是別人看不下去幫忙告的……

向公公拿眼掃了掃緊緊闔上的朱門，這個時候，信中侯怕是該出場了吧？

方祈還跪在下頭扯開嗓子唸叨，從「西北能有什麼好東西？微臣帶著三千將士在西北老林裡啥都吃，就差鳥屎沒吃了，容易嘛！」再到「西北一到晚上狼就開始嚎，信中侯哪兒是經過這個的人啊，抱著微臣就開始哭，哭得鼻涕眼淚全往微臣的身上蹭，蹭得微臣直噁心！」什麼都說，身形歪坐在地上，瞅著殿裡頭沒旁人，就不太顧忌了。

捶地，哭嚎，臉皺成一團。眼淚同鼻涕一色，破音與哽咽齊飛。

馮安東半側了身子，一時間連怕也忘了，看得目瞪口呆。他長在田頭上，是見慣了潑婦罵架的，方祈這個模樣比往前他村子裡頭最厲害的那個婆娘還凶——至少人家的體力就沒他好。

皇帝皺著眉頭，望了望雕梁畫壁的天花板，上回他浩浩蕩蕩回京面聖的時候，也是這樣插科打諢，便把梁平恭販賣軍資的帳冊拿了出來的吧？那次他還能安慰自己，方祈是顧忌到梁平恭是天家心腹，才選了一個最委婉、最置身事外的方式捅破真相。

如今瞧起來，倒是自己多心了，這分明就是江山易改，本性難移！皇帝無端放心下來，面色也舒展了些。邊搖搖頭，朝著向公公指了指方祈那頭，邊吩咐道：「把方都督拉起來，叫別人看見了成何體統！」言語一滯，終是憋不住了，忿忿低聲道：「皇后是個沈穩端麗的，連故去的臨安侯夫人都是個嫻靜的人……」

方祈扶著向公公起了身，向公公湊近了看，才發現方祈一臉清明，將一張臉展開後，臉上哪裡看得出來半點淚痕！

方祈餘光瞅了瞅自鳴鐘，心裡頭默默盤算了時辰，暗數三聲，到了「一」時，果不其然聽到殿外一聲——

「信中侯到！」

沒隔多久，門被輕輕地「吱呀」一聲推開，信中侯一瘸一拐地進來，身後跟了幾個畏畏縮縮、神色惶然，統一的深褐色短打扮相的男子。

向公公擋在皇帝身前，低聲喝斥道：「什麼樣的人都能往御前領嗎？快帶出去！」

「等等！」皇帝伸手制止，眼神卻看向方祈。「這就是你說的信中侯落下的東西？」

方祈輕一挑眉，恭謹地佝了佝腰，既沒否定也沒肯定。「閔大人是個心思細的，或許還有別的東西落在了府裡？」

在皇帝面前甩了花槍，皇帝卻也沒惱，順著方祈的話，將眼神轉到信中侯身上，便道：「你來說。」

信中侯腿腳尚還有些不好，撐在向公公身上，恭敬答話。

「馮駙馬前些日頭找上門來，問了些話，說了些事，叫微臣又氣又怕。氣的是拚出一條命了，怎麼還能有人毀名聲？怕的是旁人來勢洶洶，打得人措手不及。」

信中侯不曉得馮安東說到哪一步了，緩聲緩語地邊說邊打量著皇帝的神色，餘光裡卻看方祈神情絲毫未動，心裡有了底。「可時過境遷，想查也不是那麼容易了，故而今兒個晨間一有了消息，馮駙馬也才敢握著信來面聖。」

朝堂上沈浮經年的，都能將話說得模稜兩可，沒說誰查的，沒說怎麼查的，只因為心裡頭知道皇帝如今的關注點在於查到了什麼。

信中侯頓了頓，單手指了指跪在最前面的那個男子，解釋道：「這是在梁平恭別院柴房裡找到的張三郎，找到的時候已經奄奄一息了，半點瞧不出還有個好出身，西北平西關人，秀才之家出身，自小好臨帖、練字，考了稟生後因為家裡郎君多，就沒再繼續考下去了，靠教人描紅寫字為生。這都沒什麼稀奇的，唯一稀奇的一點便是他臨摹方都督的字臨摹得好極了，郎君怕引火焚身，這樁事藏得極好，若非今日之事，方都督恐怕一直不曉得平西關裡還有個郎君將他的字當成字帖在摹。」

又指了指跪在右側、身如抖篩的男子，道：「那是張家鄰居家的郎君，和張三郎一向親厚……」說到親厚之時，信中侯的神色變得有些古怪。「和張三郎要好，平素是日日要見的，可就在今年三月至七月，張三郎消失得無影無蹤，倒把這個小郎君急得坐也坐不住了。

「那邊那個是西北原州的王大郎，身上擔了個小差，是守城門的。原州與應邑長公主的封邑應城挨得近，據他說，這幾個月間來來回回的人裡總有幾個手上握著西北總督府標識，或是握著長公主別院標識的人進出城門。

「跪在左邊那個是定京城裡的小混混，三月的時候收受了五十兩銀錢，便走街竄巷地傳謠，說方都督通敵叛國。微臣去他家中搜，在他炕下發現了還沒用完的兩錠銀子，上頭有官印，品色又好。」

跪著的五名男子已經介紹了四名，剩下那個抖得更厲害了。

信中侯嘸了嘸口舌，才介紹最後一個。「懇求皇上勿怪，這個是微臣從應城裡的長公主別院那兒強擄回來的，沒上刑，就餓了他幾天，他就全招了。是長公主別院的一個小管事，手上捏著幾本帳冊，上頭應城來往定京的車馬費比往年高出了幾倍，各項支出也遠遠超出往年的額度。」

形勢已經分明了，應邑長公主勾結梁平恭，誣陷傳謠朝中重臣。事實放在眼前，衝著販賣軍資這一項就能讓梁平恭屍骨無存，幾個大臣著實沒這個必要再來構陷他！可做這麼大的局，難道就為了陰一個無足輕重的長公主？

皇帝心裡頭明白得很，這件事十有八九，不，十成十是真的！

儀元殿裡像一潭深水，表面平靜無波，底下卻暗流四起。

第四十八章

行昭素手交疊離於窗櫺之前，靜靜地看著不遠處的金簷廊橋，腦子裡陡然響起了六皇子那句話——「若事有萬一，慎願當眾對質。」

投我以木桃，報之以瓊瑤。

君願以身維護，阿嫵又怎麼忍心把君架在火上燎呢？

這件事裡不能有六皇子出現，一旦涉及天家血脈，整件事的形勢就會發生天翻地覆的改變。

蔣姑姑垂首蓮步入內，輕輕湊在方皇后耳邊說道：「皇上下令，請應邑長公主入宮覲見。」

蔣明英的聲音輕得像柔順的羽毛落在地上，卻如雷貫耳。

行昭咯噔一下，將眼從窗櫺外的那一叢開得像紅燈籠般爛漫的石榴花上，緩緩移到了深絳溫寧的內堂，蔣明英佝著頭神情飛揚，眉梢眼角之間都帶著些歡喜。

「是嗎？是讓她來鳳儀殿還是去儀元殿？」方皇后分明知道答案，卻仍舊問了這句話。

蔣明英躬著身，抿唇一笑。「自然是儀元殿。若不是將才路過宮道時遇見了儀元殿的秋雁，她多了句嘴，咱們鳳儀殿都還不知道應邑長公主要進宮來呢。女人家坐小月子是頂重要事，皇上怕是著了急了。」

皇帝當然著急了啊，大周的江山被胞妹玩弄在股掌之中，寵溺與庇護算什麼？跟這大好河山放在一塊兒，什麼也不算。

鳳儀殿不知道得好啊，不知道就證明方家和方皇后什麼也沒做，最多只是順個水推個舟，手上什麼沒沾上，一雙眼掃過去，只有馮安東是個居心叵測的壞人，站在大義的立場上，逼著皇帝去處置唯一的妹妹，秋後算帳，就找馮安東慢慢地算吧。

暖陽微熹，幾縷澄亮的陽光順著窗櫺的模樣幾經曲折蜿蜒而下，透在桐油的朱漆上好像照耀了一大塊的寶石，行昭從窗櫺間探出頭去，拿手摸了摸，才發現已經遭陽光照得十足發燙了，便縮回手，「嘎吱」一聲將窗櫺合上。

定京的夏天就如同這座城，看起來溫和婉良，實際卻步步驚心，暗藏殺機。

慣會扮豬吃老虎。

行昭歪著頭，手背輕輕探了探用來糊窗的桃花紙。有些發溫，卻遠沒有裸露在外的朱漆那樣燙手。

棒打出頭鳥，這件事由馮安東去挑破是最好的選擇，方祈不出面，方皇后也不出面，連信的來源都能有一個完美的解釋。

若是方祈出面，皇帝厲聲一問，信是打哪兒來的？方祈該怎麼回，潛入長公主府偷的？六皇子給的？

哪個回答都會讓皇帝懷疑，還容易引火焚身。皇帝迫於無奈要處置胞妹，心緒一定不平靜，掀起的波瀾靠誰去填？還不是捅破這層窗戶紙的那個人去填！馮安東被逼到了牆角，往哪邊走都是條死路，還不如另闢蹊徑，反水會付出代價；可固守，付出的代價只會更高。

應邑的枕邊人發現了這封信。幾經猶豫，終究遞到了皇帝手上，一切都合情合理。

方皇后一手將茶盅擱在小案上，一邊抬頭，卻見小娘子歪著頭，眉間微鎖，神色十分平靜的樣子。笑著輕聲喚。「阿嫵，快過來！」將小娘子攬在臂彎裡，不由怪道：「都是那本書惹下的禍事，今兒個一整天妳心緒都不太好，晚上就讓蓮玉還到重華宮去，再不許看這神叨叨的東西了。」

「哪裡就是書的緣故了呢！」行昭不由啞然失笑，笑著扭過身子。大人們總愛將孩兒庇護在自己的臂彎裡頭，遇到事便潛意識地覺著錯處都在外物上，自家孩兒是好的，全是別人的錯，饒是方皇后這樣的女人，也倖免不了。

一直壓抑的心緒陡然間開朗起來，彎眉展顏。「阿嫵是惦記著前殿的事，有些落不下心來，更不曉得讓舅舅再假造一封信的建議是對是錯，心裡頭一直忐忑。」

邊說邊將小案上的書冊往後掩了掩，端了杌凳坐在方皇后跟前，仰首笑言。「兩封信其實沒什麼差別啊，可就是不想把真信拿給馮安東握著，若是他鬼迷心竅了，連退路都會斷掉，總不能拿封假信再回過頭去尋別人吧？」別人自然是指六皇子。

行昭話裡，好像是與六皇子利益糾葛占的因素，更多一些。

方皇后卻聽出了別樣的意味，她也不贊同將周慎放在明面上，可她考慮更多的是利益權衡。行昭也有這個顧慮，可更多的好像是為了保護周慎，若是周慎出面指正，皇帝該怎麼看待這個幼子？大義滅親，好聽卻不好做。

就算將窗櫺合得死死的，也有一縷黃澄澄的光線從縫隙裡偷偷鑽進來，正好灑在了小娘子微微揚起的面頰上。

在暖陽下，一雙杏眼像是一面平滑的銅鏡，能將世間萬物清晰明瞭地映在其中，小娘子面容之上最美的便是這雙眼睛，不像阿福，時刻的軟和與溫柔，也不像她自己，嚴肅而端正。裡面有一種柔和且倔強的光，可又矍鑠熠熠，精氣神十足。

懂得以德報德，這點很好，可方皇后同樣希望行昭不會因為個人情感而喪失理智與尊嚴。

「兩封信的差別大著呢。」方皇后一笑，卻扭身先叮囑蔣明英。「妳提點荷花瓊漿和白玉酥去儀元殿，皇上和幾位大人都沒用午膳，恐怕是餓了。再讓人去請張院判，叫他隨時候著。再讓幾個小丫鬟把隔間收拾出來，若是向公公有空閒，也請他喝杯茶，說說話，他會賣鳳儀殿這個面子的。」

交代完了，蔣明英應諾告退。

滿屋子裡只剩了蓮玉一個人在搖著扇，搖扇大極了，撲哧撲哧地將風送過來。

讓蔣明英去和向公公閒聊，是為了打探，請張院判是為了防止應邑裝暈，讓小丫鬟收拾隔間，難道是怕皇帝將應邑拘禁在宮裡？

行昭想了想，覺得有這個可能，就算皇帝震怒，也不可能就地發落應邑，將她拘在宮裡頭，再從長計議，這是最好的選擇。

靜謐中，方皇后接著前言又道：「阿嫵當時提出換信，我心裡面有高興、有欣慰，小娘子總算願意遇事多想想了。一是不放心將信給馮安東，二……」微微一頓。「二是那封信還不夠引起皇帝的危機意識，原先的那封信上只有淺淺的幾句話，並沒有深入太多，皇帝是個心軟的。總還能以信上沒有太多有價值的資訊為理由，先將應邑的錯處降了幾等。送佛送到西，信都呈上去了，總不能虎頭蛇尾吧，寫上排兵布陣，寫上糧餉軍備，寫上那些重要的與社稷國計相關的機密，皇帝一看，只會更生氣。」

方皇后抿了抿嘴角，靜靜地看向行昭。

「先將皇上的怒氣撩起來，應邑若是在言語間再不注意著些，觸了逆鱗，這把火只會越燒越旺。若是皇帝轉念一想，更會痛恨梁平恭。這不算落井下石，只能叫他們自作自受……」

行昭眨眨眼睛，接著往下說：「其實沒有六皇子的那封信，您也是準備要偽造出這封信給馮安東架勢的吧？反正您篤定應邑背不下來信上的所有資訊，偽造一封拿給馮安東，完全能行得通，只是六皇子送得及時，手裡頭捏著應邑原本的那封信，行事定略便會更穩一些。您……是這樣想的吧？」

沒有六皇子的那封信，方皇后會介意偽造一封嗎？

對於這個答案，行昭十拿九穩。方皇后膽子大，方祈膽子也不算小，只是手裡拿到原先的那封信，心裡才會穩妥下來。人的心思就是這樣的奇怪，既想將所有的事都納入謀略之中，可又想放開手腳去拚上一拚，占上個理字，才名正言順。

行昭的猜測，方皇后沒做評價，手裡捏著小娘子軟軟白白的小手。女兒家的手金貴，要細細的、嫩嫩的才叫好，等再長大些，塗上紅彤彤的蔻丹指甲，一雙手伸出來指甲明亮，素指纖長，誰不會讚嘆一聲？

這樣的手不能沾上血腥味，否則她便對不住九泉之下的胞妹。

天色漸晚，蔣明英一直沒回來，行昭靠在方皇后身側朗聲唸著《詩經》，唸得順暢卻沒能從其中聽見一絲半分的情緒，方皇后合著眼聽得倒是很專注，宮人們躡手躡腳地在遊廊、隔間裡掛上了燈籠，再換上了幾塊冰，碧玉過來問了三次「要不要現在上晚膳？」方皇后的答案都是——「再等等，讓膳房準備著，清蒸鱸魚放在最後的籠屜裡蒸。」

暮色臨近四合，天際盡處皆是昏黃一片，半分也看不出在正午時候，天藍得像一疋水天碧的杭綢緞子。

庭院之外除卻蟬鳴鶯歌，還有掃地宮人拿著掃帚沙沙的聲音，行昭耳朵靈，不由得眉梢間盡是些喜氣，彎腰同方皇后低聲道：「舅舅來……」

話音未落，便能聽見廊間有斬釘截鐵的兩道腳步聲，然後懸著的湘妃竹簾便被人一把撩開了，方祈白白淨淨的一張臉似笑非笑地露了出來。

行昭長長鬆了一口氣，趕忙快步跑過去，扯著方祈的衣角，也不說話。

方祈朗聲笑開，將行昭一把抱掛在臂間，倒惹來方皇后一聲驚呼，男兒漢直擺擺手。

「我臂力穩著呢，桓哥兒掛兩、三個時辰都沒事！」

方皇后端坐如儀，幾乎想對著方祈翻個白眼，餘光裡瞥到蔣明英進來，眉梢一抬，蔣明英便笑著上前，邊將行昭抱下來，邊通稟。「您不該收拾隔間的屋子，您應當收拾宜秋宮的屋子，皇上見應邑長公主氣色不太好，直讓長公主這些日子先歇在宮裡頭，吃穿用度都由您安排，等定京城裡平靜了些，再讓人給應邑長公主好好診回脈！」

輕描淡寫一句話，行昭卻清楚感受到了皇帝的怒氣。

應邑的舊閨在明珠苑，宜秋宮是歷來公主的住所，可大周朝的公主們身分尊貴，大都是挨著自己母妃住，誰還孤零零地住在皇城最偏僻的地方啊！好好診回脈……這是皇帝在給自己一個考量的時間。

方皇后緊跟著問道：「皇上還下了別的口諭嗎？」

蔣明英沒答話，方祈眸光一黯，道：「讓秦伯齡加緊攻防，最遲要在八月結束西北之役，讓人護送梁平恭先行回京。」

方皇后緊蹙眉頭，冷聲一問。「沒了？」

方祈輕輕搖了搖頭，他知道方皇后想聽到什麼，可應邑那娘兒們嘴巴硬，死活沒說賀琰那個老王八啊！

行昭緊緊地貼在方祈身側，應邑沒有將賀琰供出來，情理之外，意料之中。

就像小孩子為了摘到樹上的果子，木梯備好了，衣裳也換了，籃子也擱在身邊了，已經投入了這麼多的精力與心血，為了那個執念，就算功虧一簣，也不願意親手把果樹砍斷。

應邑太癡了，太癡了！

心裡頭除了賀琰這個執拗的初願，什麼也沒有了！

方皇后沒有再問，輕嘆了口氣，讓蔣明英上膳。

方祈明顯是餓了，捧著大大碗公，大口大口吸吸呼呼地吃湯麵，連湯帶麵都喝了個精光。方皇后也跟打完一場硬仗一樣，渾身鬆懈下來後，就把眼睛放在行昭身上了。

「雖然是母喪未過，用不得葷腥，小娘子家還想不想長高了？青豆和天麻都吃，豆腐吃了也好……」

難得見方皇后絮絮叨叨的模樣，方祈拿手背一抹嘴，大笑起來，笑著笑著便慢慢沈下臉，四下望一望，蔣明英眼尖，趕緊讓碧玉領著幾個宮娥魚貫而出，方祈這才出聲，低沈而篤定。

「依我看，應邑不把賀琰說出來，倒是個好事。」

話音一落，方皇后眉梢上挑，行昭埋首扒了幾口飯，今兒個的翡翠白玉豆腐煲做得好，豆腐挨在舌頭上，軟軟的還帶著些青豆的香氣，嚼都不用嚼，拿嘴抿一抿，便感到滿嘴鹹鮮。

方祈的意思其實不難懂，是搶男人的罪名大，還是覆國的罪名大？

應邑不是傻子，兩廂權衡之下，還是做出了死扛，先保住賀琰的決定。

行昭眸色一黯，就著勺又狠狠吃了塊豆腐進嘴，一碗豆腐兩個滋味，如今吃進嘴裡，苦得讓人心裡不舒坦。

方祈沒耽擱，又要了碗湯麵，幾口就把一隻烤羊腿吃完了，呼呼啦啦又灌了幾口涼茶，便酒足飯飽地要告退。

方皇后連聲叫住。「給景哥兒帶點吃食回去，雨花巷也沒個女眷打理，幾個老爺們整日能做出個什麼東西吃？鱸魚才上貢來的，新鮮著呢，原以為景哥兒也要進宮。」

皇帝沒叫景哥兒入宮，至少表明了一個立場——他不願意此事宣揚出去。

方祈接過蔣明英呈上來的黑漆描金食盒，點點頭便往外走，行至門廊處，像想起什麼來，回過頭壓低聲音囑咐方皇后。「應邑那婆娘會哭會鬧，皇帝問她什麼，她都知道撚著帕子哭，什麼話也不說，我硬生生地聽著皇帝的語氣一點一點軟下來，可到底想一想江山社稷還是狠下心腸。皇帝能狠下心來，是因為這天下姓周，是他自己坐在龍椅上，想一想那婆娘的作為就後怕。可難保顧氏不會心軟跋扈，孝字遇上理字，誰也說不準是誰輸誰贏，再說顧氏也不是沒有為難過妳。」

行昭仰頭望向方皇后，暖光熠熠的大周皇后神情堅定，眉梢唇角卻帶了些溫和。

「方都督不必擔心。」

也是，如今的方禮早已經不是二十年前的方禮了，如今的方禮是掌了掖庭事宜十幾年的方皇后。

方祈輕聲一笑，將目光向下移，落在了還留著頭的小娘子臉上。白白淨淨的，常常掛著笑，不笑的時候眼睛睜得大大的，一笑便彎得甜到人心坎裡去。鐵血男兒漢心裡頭說不出來是什麼滋味，景哥兒的倔氣他見識過了，才聽見阿福去世消息的時候，小郎君哭過那一場後便再沒哭過，成天像隻狼崽子似的陰著一張臉，紅著眼有勁沒處使。

他讓老蔣頭陪景哥兒狠狠打了一架，小兒郎的神色這才好了些。

男兒漢還能打架渾罵來紓解心懷，在他記憶中這個小小的阿嫵好像從來沒有失過分寸，冷靜且自持地會出謀劃策，會笑著問他「舅舅餓不餓？」還會叮囑景哥兒回去給一大家子人熬綠豆湯，還會備好一兜一兜的藥膏……

大概那日與賀琰的夜談對立，是他頭一次聽見小娘子歇斯底里的厲聲詰問。

也不怪六皇子肯照拂著阿嫵，毛頭小子們見著這樣的小娘子，心鐵定都會化成一灘水。

方祈招手讓行昭過來，佝下身咧嘴一笑，拿鬍渣去扎她的臉，笑嘻嘻地又揪了揪行昭頭上的雙丫髻，直道：「八月瀟娘和桓哥兒就進京了，到時候妳記得帶著那兩個四處玩！」

行昭的臉被蹭得紅了一大片，眼神亮晶晶地望著方祈，心裡頭暖得就像午間的太陽，炙熱地烤在身上，她卻只想讓熱度更高一些。她多幸運啊，沒有一個能讓她依靠的父親，卻有這樣的舅舅與哥哥。

方祈一走，方皇后便忙活開了，有些事可不能拖到明兒個再做，宜秋宮的分例得送過去，派給應邑的人都選好，和慈和宮的氣也得先通好了，四下打點好才能見事不慌。

外頭的天已經完完全全地沈了下來，星辰密密麻麻地點在深藍色的天上，像寶藍色絲絨上墜著的珍珠。天晚了，人也倦了，可要緊的事卻等不了你舒服了之後再做，就比如給應邑選丫鬟，鳳儀殿必須趕在慈和宮做出反應之前，先將人敲定下來。

行昭盤腿撐著下頷窩在炕上，看著蔣明英忙忙碌碌地進出，又見方皇后讓鳳儀殿的人都進來，站成一排，親自挑挑揀揀，不是嫌這個不夠機敏，就是嫌那個話太多。六司的丫頭作夢都在燒香拜佛想被指到鳳儀殿服侍，誰願意去宜秋宮那個僻靜地服侍一個已經出了嫁的長公主？一個、兩個的都往後躲，行昭便一眼見到了束手垂頭、臉紅紅的、前額光光的其婉。

被遣到應邑身邊服侍的人，要機靈，曉得什麼話該往回傳，什麼話不該在那兒說，要安分，不四處蹦躂，就怕被人當靶子給打了。最重要的要忠心，對鳳儀殿忠心耿耿，對方皇后忠心耿耿，對方家忠心耿耿。

這樣的人，能進鳳儀殿內室的丫頭都算。

可方皇后卻捨不得給，別人也不見得願意去，去了還會被宮裡頭的人風言風語地說閒話。

蓮玉伺身奉上乳酪，行昭雙手捧住一口一口地抿，越想越覺得其婉好。上回六皇子相邀，她分明看見了，碧玉問她她咬死不說出來，這算是知道什麼該說什麼不該說吧？素日裡被碧玉拿出來打趣，被同輩的丫頭欺負，也只是笑笑，這算是豁達吧？平時低頭做事多，抬頭說嘴少。

行昭喜歡這樣的人，眼見著後頭縮著的小丫鬟把其婉越推越出來，不禁蹙了蹙眉，再抬頭看看方皇后，方皇后神色未變，卻將眼順勢放在了其婉身上，展眉一笑，隨口便問。「幾歲了？哪裡的人？進鳳儀殿都做什麼了？」

其婉紅著臉，口齒清晰地一一回之。

方皇后輕輕點了點頭。

行昭看得出來她十分滿意，蔣明英知機，將其婉帶了下去。方皇后沒發話，立在後頭的小宮人大氣也不敢喘，隔了一會兒，方皇后將分例劃定了，把冊子交給林公公後，這才出聲處置。

「往後縮的扣三個月月錢，才進鳳儀殿的留下，進鳳儀殿當差三個月以上的宮人發還六司，都是外院用的粗使宮人，做的事也不算大，不忙慌這幾個月，讓六司好好選選，隔幾個月再選些人手進來。」

發還回六司的宮人，還能有什麼好去處？浣衣局？膳房？還是某個不見天日的宮室裡當差？

行昭不知道，她只知道攘外必先安內。今時今日，事情已經進展到了刻不容緩的地步，一著不慎，滿盤皆輸。宮娥將才擅自揣測方皇后的意圖，又微不可見地往後縮，就這一點，便是對上位的衝撞，犯了大忌。

方皇后對宮人好，可也忍不了僭越，更好地能趁著這個時機把外殿的、來自各家的釘子不動聲色地拔除。

行昭一口一口地將甜膩的乳酪嚥下肚裡，看著白花花的碗底，陡然覺得強大才能令人安心。

行昭這一夜睡得好極了，將那本《百年異遇志》壓在枕頭底下，像是將不確定與缺憾都壓在了心底，被滿滿的、軟軟的泡泡充盈，一大清早起來，映著晨光微熹，覺著精神從未這樣好過。

換了衣裳，墊了兩口糕點便去鳳儀殿行早禮，隔著半個遊廊就聽見了陳德妃清清冷冷的聲音。

「把應邑長公主接回宮裡來養也是好的，皇上向來喜歡這個幼妹，臣妾過會兒就派人送點人參啊、鹿茸啊到宜秋宮去。」

陸淑妃曉得一點內情，隔著木案拉了拉德妃的衣角，笑著岔開了話。「聽說昨兒個皇后娘娘遣了十幾個小宮人回六司去，莫不是要學太祖皇后崇簡拒奢？臣妾轉頭就學著您，該裁減的就裁減了。」

淑妃倒找個好由頭。

行昭抿嘴一笑，轉身就進了偏廂，候在一旁多時的林公公迎了上來，看了看鏤空雕了喜上眉梢花樣的隔板，刻意壓低聲響，可內侍獨有的聲線還是尖細，又弱又細的聲音頓時像一根刺扎進了行昭腦子裡。

「皇上上早朝的時候，臨安侯彈劾馮駙馬家奴收受錢財，皇上順勢扣下馮駙馬三年俸祿，並斥責他『冥頑不靈，為人偏頗』。」

賀琰耐不下性子了。

這是浮上行昭腦海中的第一個念頭。

賀琰在試探應邑說到了哪一步。

這是第二個念頭。

皇帝斥責馮安東，卻沒給出實質性的懲戒，至少可以表明皇帝對馮安東是有怒氣，卻又是懷著一種極不平衡的心態，一方面覺得馮安東應當將事情說出來，卻又埋怨他不顧親緣敦理，把妻室推至風口浪尖處。

外頭正殿裡女人們鶯鶯燕燕的聲音此起彼伏，林公公一如既往地佝頭彎腰，餘光卻掃到了行昭若有所思的臉上，又道：「下朝之後，臨安侯邀馮駙馬上了侯府的馬車，他們說了些什麼，奴才便不得而知了。」

內室裡聽什麼聲音都有靜悄悄的感覺。

行昭回過神來，莞爾一笑，抬眼朝博古雕花的隔板望了望，林公公頓時會意，笑言。

「皇后娘娘自然是知道的，讓宮人們備著，怕是過會兒皇上要過來。」

昨兒個夜裡，皇帝沒過來，但是派了向公公過來，說是送兩筐新上貢的橘子來，四個內侍，兩人抬一筐，裡頭黃澄澄的，一個緊緊地挨著另一個，像小娃娃的笑臉。

送的是橘子，又不是金子。

就算是送赤金的橘子，也不需要讓儀元殿頭號總管來送，說是送吃食，不也是為了安方皇后的心。

記得方皇后見著這兩筐橘子時，神色晦暗不明，半晌之後才吩咐蔣明英把橘子抬下去，行昭當時沒聽清楚方皇后之後又低吟了句什麼話，如今回想起來，卻發現自己好像聽得一清二楚——

「二十年前的方禮會被偷偷塞過來的一方糖酥感動得不能自已，如今卻再也回不去了……」

語氣裡暗含著竭盡心力之後的悲哀，更有心死成灰的認命。

方皇后與皇帝的故事，大概也能譜成一曲悠長綿綿的悲歌，勢均力敵，兩廂角逐，多好。

行昭抱著軟墊靠枕，窩在紫藤搖椅裡頭，搖椅搖啊搖。她仰著頭望著紅瓦琉璃雕甍，微微合了眼，竟無端想起了前世裡頭一次見到周平甯的場面。

二皇子榮登大寶，一向與之親厚的平陽王庶子周平甯自然雞犬升天。

加銜為一字王，又接替平陽王掌了宗人府，一時間風頭無兩。

可沒頭沒腦撞進她心裡頭的那個人，只是春風得意地駕馬遠行在太液池邊的那個少年郎，不是什麼晉王，更不是在皇帝跟前紅透了的寵臣，只是個在暖陽下，扭身看向別人時，會咧嘴笑開了的男兒漢。

一見鍾情，再見傾心，從此便誤了終身。

現在想一想，若是周平甯沒有這樣的好相貌，自己會喜歡上他嗎？或許是不會的吧，前世裡被方皇后嬌寵得無法無天的賀行昭，見慣了美好的奇珍異寶，喜歡一切美好的東西。

多麼膚淺啊，甚至比她的母親還要膚淺，執著一生的男人在她心裡大概抵得上一只燒得極好、釉色極亮的古窯青花瓷器，可惜還沒拿到手，就被別人打破了，然後心心念念且痛苦地耗盡了一輩子。

外殿的聲音漸弱，行昭伴著女人軟語鶯歌的聲，緩緩合了眼，輕笑一聲。

行早禮一過，方皇后風風火火地進來，幾下吩咐完，便攆了行昭過去描紅，行昭不肯，將筆墨紙硯搬到了偏廂裡頭，便挨著方皇后寫字。

方皇后一頭看著冊子，一頭關心著行昭的字，時不時發表幾句評論。

「還不錯，小娘子臨顏真卿不好練，懸腕也懸得還算穩，字也方正。」

時人講究個「見字如見人」，字裡頭能見著的風骨好像就能代表這個人的秉性了，想一想也不見得，喏，賀琰不就能算上一個。

行昭便笑。「阿嫵本來是不願意練顏真卿的，累得慌。練小楷就不用懸腕，手能放在桌沿邊上擱著不費勁，往前三姊最討厭寫大字，就是因為這個緣故。」

方皇后捨不得真拿手去敲行昭的額頭，笑著做了做樣子，想起什麼，邊「嘩嘩」地翻著冊子，邊說：「賀三娘的婚事算是定下來了，最近一直忙叨叨的，沒來得及同妳說。欣榮夫家的王夫人去拜訪了賀二夫人，賀家的女兒生得都不差，倒一眼就看上了。聽欣榮說賀二夫人歡喜得很，提了八色禮盒去欣榮長公主府上拜訪，估摸著最近就能下聘吧。」

欣榮嫁的王家是世代讀書人家，不算太顯赫，可官場上擔著職的也一直沒斷過。人丁簡單，三代單傳，王夫人爭氣生了三個兒子，沒庶子、沒庶女，方皇后就是看在王家的家風上才讓欣榮嫁過去了，果不其然小夫妻倆琴瑟和鳴，好得跟一個人似的。

行昭手頭一頓，墨滯在了紙上，留下了一團濃密的墨色。

行明個性純良，直率體貼。王三郎是嫡幼子，聽起來也是個軟和溫良的人，兩個人應當會相處得很好吧？退一萬步說，行明難嫁，靠著方皇后總算是嫁了個體面的人，外人聽見了只會讚一句，門當戶對，佳偶天成。

可身邊的哪一樁婚事又不是門當戶對，外表光鮮呢？

行昭希冀著行明能過得好，這世間每一個有著底線的人都能過得好，可過得好和活得好，是兩碼事。

「能不能讓三姊進宮來一趟？阿嫵總歸是不放心她，三姊這個人看起來大大咧咧的，卻很是敏感。」小娘子輕聲緩言，有不放心也有牽掛。

方皇后哪裡聽不出來，她最喜歡行昭的，就是小娘子無論經受了什麼，總還能愛，心裡面還能容下人，還會竭盡全力地繼續往前跑。

「等忙完手頭上的事就召賀三娘進宮一趟，左右兩家也通了氣，王夫人是個聰明人，看得清楚得失。」

方皇后說得隱晦，行昭卻聽得很明白。就算賀琰失了勢，皇帝看在方家和景哥兒的面子上也不可能一擼到底，賀家世家名門，盤結百年下來，已經在定京苦心經營成了一棵枝葉繁茂的大樹，扳斷一派分支，樹是不會死的，保不齊還能長得更茂密。

行昭笑一笑，沒再說話。

安寧的辰光總是過得特別快，方皇后原以為皇帝下了早朝、批了摺子就會過來，哪曉得登堂入室的卻是另一位不速之客。

第四十九章

行昭侍立在旁，垂眸斂容，心裡卻驚呆了，這還是那個眉目高傲、神色恬靜的顧太后嗎？

和賀太夫人差不多的年齡，卻像是在一夕之間就花白了鬢髮，瞬間變得蒼老起來。兩鬢斑白，神情萎靡，只還剩了挺得筆直的脊背，強自鎮定。

是啊，從小捧在手心裡的幼女，惹惱了九五之尊，如今被淒淒慘慘地圈禁起來，後事未知，她哪兒能不急不慌呢？

方皇后沒來得及換衣裳，穿著一件絳紅蹙金絲凰紋的常服便迎了出去，笑盈盈地扶著顧太后的手入了內室。「母后，您怎麼過來了？昨兒個不是才說您身子不太好嗎？倒是臣妾不孝，還累得您……」

話音尚浮在微塵之中，便被顧太后拂袖強硬打斷。

「皇后是不孝！」

五個大字堵住了方皇后的所有出路，行昭卻眼見著方皇后神色一動，唇角微微勾起，眼裡頭的光慢慢匯聚成一個極亮的點。

有些人越挫越勇，有些人遇強則強，方皇后吃軟不吃硬，如今的架勢就像是大草原上一把亮出利爪，要護住自己身後幼崽的母獅。

「蔣明英帶著阿嫵去偏廂，碧玉帶著宮人去外殿候著，本宮和太后娘娘有話要說。」

行昭仰著頭，看亭立於大殿之中，衣袂垂地的方皇后，就像看見了一隻已經涅槃重生的鳳凰。是啊，鳳凰，除了方皇后，誰還能擔得起這兩個字呢！

顧太后冷聲一哼。「皇后莫不是還想把哀家孤零零地拘在這鳳儀殿裡頭，就像把三娘拘在宜秋宮一樣？」

若說方皇后是護崽子的母獅，那顧太后就像盲目護短的犬類，狂吠叫囂著，誰會買她的帳？

蔣明英牽著行昭的小手往裡間走，耳後卻能清晰地聽見方皇后的一聲悶笑，方皇后很少笑出聲來，表達愉悅也只是目光柔和一些，久在上位，好像已經忘了該如何笑出來。

「鳳儀殿是歷代正宮皇后的寢殿，就算是臣妾想將太后娘娘拘在這裡，御史大人們恐怕頭一個不答應，逾制僭越，三娘的駙馬馮大人就是最忠君知禮的，難保不會又一頭撞上儀元殿的落地柱，成全個大義滅親的名聲。」

嘴上功夫，方皇后早已經在行早禮時練出來了。

居心叵測的妾室，折磨人的婆母，不省心的小姑子，幾十年的日子日復一日地過，大概是勤能補拙，方皇后已經能夠遊刃有餘地將此間關係處理得輕絲暗縫了，顧太后話裡有話，還不許人避重就輕了？

顧太后氣得發顫，她受過的氣比她吃過的鹽還多，可她從來忍不下方禮！

「閒事莫多言！」顧太后想一巴掌打在方禮的臉上。一想到幼女的慘境，心裡湧上來的悲直撲撲地蓋住了火，轉了調，直入主題。「三娘和賀家的事，哀家很抱歉，可三娘丟了個孩子，總已經扯平了吧？皇后也是女人，自然知道女兒家的無辜，真正的罪魁禍首還在安然度日，皇后卻將矛頭直直對準三娘，莫不是柿子只找軟的捏？皇后不依不饒，可還知道兔子急了會咬人的道理？」

「是三娘和阿福的事。」方皇后好心糾正，抿唇一笑，轉身撩開寬大的雲袖，落坐於上首，眸色平靜，輕輕抬了下頷，靜靜地望著顧太后。「妳們不是兔子，是狼。我是在西北長大的，從小就知道，只要獵人稍稍鬆懈，狼就會一把竄上來，咬斷人的脖子。」

窗戶紙被捅破，露出一個巨大的窟窿，烈日傾灑而入，才能看見一直被掩埋住已經發腐的內瓤。

方皇后的神色越平靜，顧太后卻越發感到恐懼，這是一種遲來的後怕，她怎麼會蠢到以為方禮會在應邑嫁給馮安東又失去孩子之後收手呢？

顧太后腦袋轉得快極了，應邑成了槍靶子，方家只能盯著她打！如果禍水東引呢？賀琰躲在女人裙袂下面夠久了，先是賀太夫人陳氏，又是沾了方家的光，最後還妄圖讓應邑擋在他的前面？

顧太后深知幼女的個性，應邑只是篤定皇帝不會拿她怎麼樣，更篤定自己會出手，無論如何都會安然無恙，這才選擇將賀琰遮蔽在暗處。

她根本來不及痛心疾首，自己的兒子自己清楚，優柔寡斷，可在家國與親緣之間，任何一個帝王都會選擇前者！

「可是獵人想把狼群徹底打死，自己未嘗不會流血！」顧太后壓低聲音沈吟一句。「殺敵一千，自傷八百，方皇后是聰明人，應當曉得自己掂量掂量。皇帝總歸是從哀家肚子裡爬出來的，三娘和皇帝一脈相承，大不了哀家就去跪祖宗、哭先帝，到那個時候丟臉的可不只是哀家了！」

是丟臉重要，還是丟命重要？若要顧太后來答，她一定會選性命，可放在方皇后身上，就還需斟酌。

顧太后果不其然拿孝字壓頭上了。行昭端端正正地坐在內室，微不可見地撇了撇嘴，顧太后出身不高，身上沾著庶字，說實話時人看重嫡庶規矩也不是沒有道理。嫡女代表著能接受良好的養育，可以被帶在自己生母跟前廣見世面，而庶女代表生母出身低微，有些以色侍人的侍婢連字都認不全，還談何教導子女？

顧氏在女人堆裡能把把戲耍得爐火純青，踩著屍骨一步一步從采女爬到了正宮，先帝好美，同時她也是沾了膝下有兩個兒子的光。自先帝元后之子去後，先帝久久未立儲君，立當今的皇帝——當時的三皇子，是經過了深思熟慮後才下定決心。

儲君聖意一下，先帝便再不許三皇子與顧氏像往常一樣親近密切了，意圖昭然若揭。可見女人間的把戲終究只是小伎倆，一旦牽扯到朝堂之上的生死存亡，就只會黔驢技窮。

「丟臉？」方皇后垂眸輕笑一聲，輕搖了搖頭，不欲與她糾纏下去，索性直入主題。「太后娘娘前來，不知所為何事？是想讓臣妾把三娘放出來？還是想讓臣妾給三娘和賀琰賜婚？拘禁三娘是皇上的意思，聖意難違，您只管去尋皇帝。至於後者……」微微一頓，笑聲中帶著些嘲諷意味。「您是當臣妾腦子有毛病，還是您自個兒腦子有毛病？」

「成王敗寇，皇后盡可得意！」顧太后抬了抬下頷，終究還記得來意。「三娘心眼實，一張嘴死死閉著，不把賀琰供出來。若是說出來了，皇帝還能放她一馬，若是不說出來……」

若是堅決不說出來，構陷大臣，勾結朋黨，意在上位，三罪齊發，應邑不可能還能留著一條命。

因為有這樣的認知，在皇帝大怒將應邑拘禁宮苑時，方皇后就已經預見到了結局。她需要煽風點火，讓皇帝在梁平恭回來之前將應邑定罪，遠送也好，削髮為尼也好，只要應邑脫離了宮闈的視線，方皇后有一百種方法叫她生不如死。

顧太后會護女心切，將賀琰抖出來嗎？

如果她已經下定了決心，還來鳳儀殿做什麼？八成是打著挑起方皇后怒火的算盤，藉方皇后的口將賀琰說出來。

行昭單手緊緊攥著一只透著沁涼的青玉繪花間詞茶盞，眼神卻從排在矮几荷葉盞上的那幾個橘子上一閃而過，皇帝或許是為了讓方皇后安心，或許是猜想到了顧太后會來尋鳳儀殿麻煩，先略表心意，好叫方皇后心軟？

呵，可見做到哪個地步的男人們，都會玩這些把戲。

行昭能想到的，方皇后哪裡想不到？可惜方家一向是清清白白的，甚至在皇帝眼裡還是被梁平恭和應邑狠狠陰了一把的弱者，顧太后當真以為這世上只有她是聰明的？

「您要三娘說出什麼來？您只管去宜秋宮尋她，三娘左右是您的女兒，一定聽您的話。臣妾再同您說一個法子，您是皇上的生母，又是大周的太后，是這世間最尊貴的女人，您將實情說出來，皇上一定會信您的，到時候所有的錯處都在賀琰身上，咱們三娘只是個被情愛蒙蔽了眼睛的可憐女人，在皇帝跟前再一哭、一暈，又能回去和馮駙馬順順當當地過日子了。」方皇后啜了口茶，一番話說得風輕雲淡。

顧太后氣得渾身發抖，她不能在皇帝面前提到賀琰，就算是為了幫應邑求情也不能提起賀琰這個名字！

別忘了，偽造信件，她也是知情和默許的，應邑做出這樣一番荒唐事，是有著她的相幫和庇護，連西北的顧守備——她的侄兒，都是皇帝看在她的面子上，才將他遣去掙功勞的。

若讓皇帝知道當朝太后包庇公主去偽造大將通敵信件，皇帝只會怒火更盛！她是想保住幼女，可她卻不想把自己也拖進深淵裡！她寵溺疼愛應邑沒錯，可若連她都說不上話了，她們母女倆又上哪裡去活呢？

「賀琰還是當朝一等勛貴臨安侯，坐享榮華富貴，錦繡繁華，皇后當真忍得下？三娘何辜，不過一時鬼迷心竅，受了男人的蒙蔽，才做下荒唐事！可當真就只是三娘一個人的責任嗎？但凡賀琰有一絲擔當、一絲仁義，這樁悲劇就不會發生，方福但凡能多想那麼一下，腦筋再聰明一點，便會看破三娘的破綻。妳以為妳就沒有責任了嗎？妳高高在上地坐在鳳儀殿上首，遇事只曉得遣了蔣明英去安撫。安撫安撫，除了安撫，妳還做了什麼保護妳的胞妹！

如今卻將所有的擔子都壓到了三娘的身上，方禮，妳當真是好家教啊！」

伴著碎瓷碰撞在青磚之上的清脆聲音，顧太后一聲比一聲高，一聲壓過一聲，到了最後一句高高揚起，再更高的落下。

方皇后目瞪口呆地望著顧氏，當朝太后的這張臉是美豔，到了這把年紀都能依稀從高挺的鼻梁和尖尖的下頷處看出年輕時候的風華絕倫，是不是生得美豔的女子多半沒有頭腦？

上天已經給了她們美貌當作利劍，便將腦子從她們身上奪走。

先帝雖然喜好美色，可納的都是寒微小家之女，翻不起什麼波浪來，同時也教導不出什麼好兒女，所以在猶猶豫豫終究是定下儲君之位時，才會下定決心讓皇帝跟著太傅學，連忙給皇帝定下了世家名門的妻室與家學淵博的妾。

一灘深褐色的茶水緩緩地淌在青磚地上，往四邊流去，最後沁在了磚與磚的縫隙之中，消失不見。

「所以我們都得到了教訓。」方皇后眼神定在成一條紋路往下流去的冷茶上，輕笑出聲，再緩緩抬頭，以作規勸。「您既不敢去尋釁皇上，又沒把握讓三娘自己把賀琰的名字吐出來，您來鳳儀殿喧鬧又有何用？若我是您，立馬去皇上面前求情，將顧守備召回京來，既然女兒保不住了，自己的宗族總要保全了吧？否則雞飛蛋打，最可憐的人，就變成了您。」

顧太后輕吸口氣，迅速戒備詢問。「妳這是什麼意思？」

「顧守備年輕壯志，臣妾記得顧家子嗣不豐，您的哥哥是單傳，顧守備亦是一脈單傳下來，想一想，下一輩的兒郎就只剩個顧守備了吧？」方皇后笑著挑眉。「顧守備年輕氣盛，跟著梁平恭沒少在西北捲錢捲物，方都督看在您的面子上沒抖出來，否則這回顧守備也能跟著梁平恭一道回京，來看望您。」

方皇后這是將顧家和應邑一邊擺一個，讓顧太后選。

外殿陡然變得沈默，行昭抿唇一笑，將青玉茶盞輕輕地擱在了案上，碗胚做得薄薄一層，還能看見光透過其中穿出了身影。

令人沈默的窒息，令人窒息的沈默。

還有令人窒息的自私。

行昭將手試探性地虛浮在杯沿之上，手頓時被照映的綠透了。她從來沒有見過竟然會有人這樣的自私，母親方福軟懦，卻仍舊會在最後一刻選擇犧牲自己來保全親人，先不論有無用處，至少這個素日流淚軟弱的女人，在生命的最後一刻，尚且能做出這樣的決定，她便是勇敢果決的。

賀琰至少還會當著她的面，涕泗橫流、情真意切，無論真假，行昭捫心自問，確確實實是陷入了一段迷惘過的。

可顧太后呢？

她在這個女人的身上竟然看不到一點光芒，呵，當然除了她顯而易見的美貌與楚楚可憐的身世。她喜愛幼女，願意成全，事已至此卻想將幼女孤零零地甩在斷頭臺上了。

皇家無真情，說得果真沒錯。

顧太后捨不得讓自己拿命拚出來的榮華富貴拿去填別人的坑，哪怕那個人是她的女兒。

有些母親選擇拿命去回護子女，有些母親選擇將子女庇護在自己的羽翼下，有些母親卻縱容著兒女做下了荒唐之事，卻不願意一同承擔後果。

行昭如今真心覺得應邑可憐，遇到的男兒沒有擔當，一直當作靠山與依靠的母親，也是個靠不住的。

抬頭朝著蒙著一層薄紙的隔窗，能看見模模糊糊的人影，分不清楚誰是誰的，方皇后也沒有出聲打破靜謐，顧太后更是陷入了沈思。

可憐之人必有可恨之處，可再反過來想一想，可恨的人未必就不是因為她可憐。

蔣明英輕輕睃了眼坐在炕上晴暗不明的小娘子，心裡有些不是滋味，正想佝下腰來溫聲說句話，卻聽見外廂裡傳來了衣料摩挲窸窸窣窣的聲響，行昭蹙眉抬頭，便能透過隔窗看見一個梳著高高髮髻的身影緩緩起身。

顧太后將才過來時，行昭便將眼從她的鬢角一點一點移到了那高高綰起的墮馬髻上，當時還心裡頭低呼一聲。女人啊女人，妝飾就是利器，好像髮髻越高便能像更高的山崖，狠狠壓制住對方的氣勢。

而後便聽見了顧太后的聲音，晦澀而沈悶。

行昭突然想起來前世聽到的一句話，容貌會騙人，膚容打扮會騙人，但是聲音永遠都不會騙人，話音一出，分明就是個已近天命的老嫗。

「三娘在宜秋宮……」

六個字說也說不下去，哽在半道上，叫人聽得莫名其妙。

行昭卻早在顧太后遲疑之時，已經知道了答案。會遲疑就代表著不確定，顧家與應邑，榮華與冷落，顧太后算帳一向算得精，她會退讓與偃旗息鼓，方皇后不驚訝，行昭卻只是感覺有些可笑，外加可悲。

「三娘在宜秋宮好好的，吃穿用度一應不缺，皇上宅心仁厚，也不可能要了她的命，太后娘娘儘管放心。」方皇后雲淡風輕地接過話頭。「倒是顧守備要時刻警醒著，牽一髮而動全身，別偷雞不成蝕把米，叫大家都不好做。」

顧太后心頭一哽，眼中滿是布滿了鳳儀殿的明黃與華奢，紫檀木鑲金邊的八仙桌，萬字不斷頭落地罩。簇擁地擺著銅琺瑯嵌八寶的花籃，靛藍白底亮釉梅瓶，西北間擺著一副檀木長案，一手供著時令的蔬果，一手供著一只掐絲琺瑯的香爐，下頭還藏著一塊雕著芙蓉花開的整冰。

有些人運氣就是這樣好，出身高貴，一帆風順，從一個豪門嫁到另一個豪門。或者嫁得更高，在皇家登堂入室，指手畫腳。

她以為她和她的女兒能拚得過，至少能懷著一種魚死網破的心情拚出個天地來，可是，她從來不曾想到，就算她一步一步爬到這個位置，她還需要忌憚著其他的人，忌憚著一直讓她懷恨在心又心生嫉妒的那些名門貴女。

憑什麼啊？

就憑她們會投胎，從小到大都養得金尊玉貴，素手纖纖伸出來，連條皺紋都看不見。

她日熬夜熬陪著姨娘做補子，繡屏風，夜裡嫡母不給燈火，她便從廚房偷偷拿一塊豬油來點燃，可是豬油能點多長時間？嫡母要的繡品又要得急，常常湊在油燈下趕工，要是一不留神，油漬滴到布上，不僅第二天飯吃不上，還會被拖到那幾個老邁又話多的僕人面前脫了褲子打板子。

先帝膝下兒子少，女兒倒是一串一串的，除卻中宮有個嫡子，宮裡頭再也沒生出個帶把兒的了。

來她們鄉裡頭小選，那宮人一眼就瞧上了她，進了宮她才知道，連宮裡頭的奴才做錯事都只罵不打，打人不打臉，哪裡還會有被脫了褲子架在幾個人跟前打板子的屈辱啊！

顧太后陡覺往事如風，可最近她常常想起在六司時過的那些日子，原來想一定要做人上人，可她的出身制約著她，就算做了人上人，頭上也還有人壓著，她永遠都得不到解脫，永遠不能要什麼就有什麼。

她還在捨棄，她都拚著一條老命往上爬了一輩子，她還必須要捨棄最珍惜的東西才能活下去！

方皇后神色平淡，靜靜地看著顧氏變幻莫測的神情，她猜不到顧氏在想些什麼，可她能篤定，反正沒什麼好話。

「您是要臣妾給您備輦去宜秋宮瞧一瞧三娘，還是讓人去儀元殿稟告一聲，說您在鳳儀殿候著皇上呢？」

顧太后深深地望了方皇后一眼，名門貴女，少年夫妻。

多好笑啊，皇帝是她生的，她還能不知道皇帝有多護著方禮？可無論有多護著，有多捨不得，皇帝就是不讓方禮生個兒子，甚至連一個跛子寧願讓德妃養，也不拿到鳳儀殿來給方禮養著，先是讓老九欣榮養在鳳儀殿給方禮解解悶，過後又默許方福的女兒養在方禮身邊，就像養條解悶解乏的貓狗……

等等，方福的丫頭？

顧太后下意識地朝內廂望過去，也不知看沒看到行昭的身影，心頭一聲冷笑，女人啊，就是怕有弱點，一有了弱點就像給別人立了個靶子。

「哀家身子不舒坦，回慈和宮。」

顧太后不再歇斯底里，而是斂容緩笑，變成了一副沈聲慢語的模樣，卻讓方皇后皺了皺眉頭。

待顧太后一走，行昭便小碎步地跑出了內間，一把撲倒在方皇后膝上，倒惹得方皇后笑著連聲呼著。「輕點！輕點！別磕著了！」

行昭將頭埋在方皇后裙袂裡，家常的裙子有著家常的百合香氣，暖撲撲的，直直地沁入心脾。

看的人越多，便越覺得真心相待的人更難得。

方皇后輕輕撫著小娘子那一頭烏壓壓的頭髮，心裡頭陡然變得開闊起來，將才的鳳儀殿是壓抑的、沈重的，如今卻像初春時節綻開的迎春花般，燦然而溫暖。

行昭頭捂在裙裾衣料之間，悶聲悶氣問道：「應邑……她會活下來嗎？」

方皇后一下一下地從頭頂撫到髮梢，手上好像甜得快發膩了，這是她的孩子，是阿福可憐她，是上蒼可憐她，送給她的孩子。

「妳覺得她會活下來嗎？」皇后的聲音柔柔的，壓低了的聲線，像極了方福。

行昭悶了半刻，隨即將頭抬了起來，輕輕搖了搖頭。「她活不下來了。應邑何嘗不是在賭啊，在賭她的心上人會不會身騎白馬，闖過千難險阻，越過振臂高呼的人群，出現在她的面前，只為了來救她。可惜她注定是輸，她顧惜她與賀琰的情分，可賀琰卻從來沒有真正在意過。她篤定她的母親能為了她萬事不顧，可顧太后好像更在乎自己的安危與榮華。應邑的死穴無非這兩個人，若在他們心中，她都成了一顆可有可無的棄子，那於她，當真是生不如死。」

行昭邊說邊拿手扯過方皇后的一根拇指，垂首看著那片染得殷紅發亮的指甲，輕聲繼續道：「倒是她一直沒有顧惜過的兄長，還在維護著她，就算她犯下了覆國通外這樣大的罪孽，皇上也還在猶豫和觀望著。」

「那倒不一定……但是男人大多還是心軟一些的好。」

方皇后做了總結陳詞，邊說邊順勢握住小娘子的小手，蹙了蹙眉頭。「手心怎麼這麼燙？不許再吃蜂蜜和乳膏了，多喝點菊花茶，清清火氣，妳這孩子忒怪了。冬天手涼颼颼的，焐都焐不暖，夏天手心倒還燙起來，明兒個讓張院判過來看看。」瞬間就從氣勢凜人的皇后變成了絮絮叨叨的慈母。

行昭愣了愣，隨即展眉笑起來，管她顧太后心狠陰辣還是賀琰寡情薄義，只要方皇后與方祈，還有景哥兒都還好好的，她就願意相信世間還有人在全心全意地對她好。

林公公說皇帝要過來，方皇后一天便候在鳳儀殿裡，既等來了顧太后的捨棄，也等來了其婉的回稟。

「除卻我去服侍，顧太后也派了人過去，但是不怎麼做事，裡裡外外都是奴婢在收拾，左右也是做慣了的，倒也習慣。長公主倒也沒怎麼哭得厲害，白著一張臉臥在床上，不說話也不哭，問了問顧太后派過來的人幾句話，便沈了臉再也不出聲了……」其婉邊說邊拿眼瞅行昭，行昭略帶訝異時，就聽見了她的後言。「長公主身子看起來不太好，下身一直在流血，聽向公公說，昨兒個在儀元殿就這樣了，皇上讓太醫去診治，照著方子熬了藥，長公主也喝，但總是不見效。」

怪不得要瞄她呢，此刻她還只是個未及笄的小娘子，下身流血，不就是小產之後的污濁還沒排乾淨嗎？

行昭算了算，應邑雖然還沒出小月子，可好好養著，養幾天下面就不會出血了，這豈不是血崩之症？再抬眼看看方皇后，方皇后不以為然，左右要死的人，是血崩而死體面，還是其他的方式死體面，這還真是不好算。

方皇后揮揮手，又交代了幾句，便讓其婉先退下了。

到了晚上，皇帝也還沒露面，臨到要睡時，帶了個旨意過來，說讓方皇后準備著行囊，收拾收拾送應邑長公主去大覺寺清修。

方皇后一愣，應了承後，便笑著同行昭解釋。「原以為發配的指令還得再等幾天，沒想到今兒個就出來了。皇帝按下不發，想來一是給自己一個思考的時間，二是給下頭人一個做事的時間。」

行昭眨了眨眼睛，隨即便明白過來，皇帝養的心腹，就是為了暗訪用的。可奈何在與梁平恭交涉的時候，應邑一向是衝在最前面的，去找馮安東的也是她，和梁平恭車馬書信來往的也是她，賀琰在後頭藏得好好的，一、兩天的工夫雖只能查個大概，可也夠給應邑定罪了。

第五十章

應邑的行囊都在長公主府裡，兩、三日的工夫，方皇后添添減減的收拾出來三、四個箱籠，皇帝沒說清修多少日子，可稍稍知曉內情的人都明白，應邑長公主是回不來了。

冬天的大襖，春天的外衫，秋天的褙子，夏天的襦裙，都得備上，就算一切從簡，也是一項大工程。

從崇文館回來，行昭便直接往正殿去了，將踏進鳳儀殿時，便瞧見裡頭進進出出的，人聚了很多，可看起來還是有條不紊的樣子。

行昭抬腳跨門檻，便有個著素青色長衫，襟口兩顆扣子扣得緊緊的，木著一張臉，瞧起來有三十歲出頭模樣的女子手裡頭拿著本厚厚的冊子佝頭舉步出來，餘光瞥見了行昭，便頓了頓，朝著她福了福身，低聲問安。「奴婢給溫陽縣主問好。」

聲音如人，肅穆而刻板。

衣裳的鑲邊上滾了一圈素心蘭花樣，用的是雲錦絲，通身上下卻只有一副小小的鎏金丁香花耳墜子作裝飾，藏在靛青色絲絨底子裡的雲錦絲，可比耳垂上的那對鎏金丁香花耳墜子值錢多了。

隱於內裡的華麗，符合宮裡人的一貫作風，行昭迅速上下打量一番，這應當是六司掌事的姑姑。

她邊笑著頷首回之，邊讓蓮玉把捧著的碗蓮先送進殿裡。

「盛夏日曬，姑姑也辛苦了，何不去偏廂吃盅茶歇歇腳再走？」

那宮人一愣，反應極快，片刻之後，便將腰佝得愈低，緩了聲調回道：「多謝縣主，可近來事多且冗，還望縣主體諒。」

雖是婉拒，可拒絕時的語氣比開頭問安的語氣軟綿了許多。行昭不在意地笑著擺擺手，正想開口，卻聽方皇后揚高了聲音在喚她。

「阿嫵！外頭曬得慌，快進來吧！」

行昭瞅了那宮人一眼，笑著先吩咐蓮蓉送她出去，便提了裙袂跨過門檻往裡走，靠著方皇后的下首已經擺好了一個紫藤小杌，這是行昭一貫的位子。

方皇后一壁眼瞅著宮人將汝窯梅瓶抬進箱籠裡，一壁歪了身子衝著行昭介紹。「和魏平君有什麼好說的？她是六司的掌事，手上是管東六宮的開銷分例的。」邊說著邊朝西邊努努嘴。「和那頭不清不楚，將才過來還在問我應邑的俸祿和封邑該怎麼算？是收受庫房的好，還是照舊發到應邑手裡頭的好。若是不能直接發到應邑手裡頭，那是交給鳳儀殿還是慈和宮？她把她的心思放在明面上，拿到我跟前，還以為我看不出來？」

主人家都進了寺廟清修了，手上攥著錢財，是能買香燭還是能買紙錢了？

這個宮人看上去正派肅穆，回稟提問倒也算機巧，若是俸祿和封邑都收到庫房裡了，那當真就沒再出來的機會了。

「那您是怎麼回的呢？」行昭笑吟吟地探出了身子，將碗蓮擱在案上。

碗蓮裡的清水將將沒過青碧葉子，粉嫩的小荷飄在上面，想隨波逐流，可惜下頭還有根莖在牽扯著。

「我讓她問向公公去，這種大事我管不著，我只負責把應邑的行囊給收拾好。」方皇后起了身，蔣明英連忙上來扶，陪著她屈膝翻看箱籠裡頭的東西，邊看邊繼續言道：「今兒個黃昏就走，日子緊著呢，大覺寺那邊遞過來的信是已經拾掇了間坐北朝南的廂房，被褥僧服也是一應俱全。既然慈和宮那邊近來身子不舒坦，那吃穿用度只好都我來定了。」

那日顧太后走後，便未曾再登過鳳儀殿的門。皇帝去慈和宮，聽宮人們說，顧太后狠狠地哭了一場，扯著皇帝的袖子直叫兒啊兒啊，皇帝看不下去，便告了退就來了鳳儀殿。

「朕是兒子，是長兄，卻更是大周的皇帝……」

鳳儀殿裡喧喧嚷嚷的，方皇后腦子裡突然迸出來這樣一句話，深夜秉燭，皇帝肩上披著舊日的長衫，仰躺在鳳儀殿偏廂裡的那把紫藤木榻上，合著眼，輕輕地、意味深長地說出這番話。

三個身分的順序，應當是皇帝排在最前面。

首先是皇帝，然後是兒子，是長兄，是丈夫。

「應邑這件事做得太荒唐了，朕讓暗衛下去查，翻過來覆過去，也只能查到應城的長公主別院與梁平恭往來甚密，又查到應邑在婚前就和馮安東頻繁往來，甚至在城郊的一處青巷裡還置了個宅子，四下一打聽才知道她和一個男人還會時不時地過去，這件事裡頭還有疑慮和破綻，再等等暗衛的消息和梁平恭回京審訊時的供詞，再做最後定論吧。先讓應邑遷出去，也好叫母后想想清楚，若是……若是事情屬實……」

方皇后記得異常清晰，皇帝是拿著一種怎樣的語調在說這樣的事——斷斷續續，羞於啟齒，卻又如同破釜沈舟，荊軻斷臂。

話到最後，一聲長嘆代替了其後所言，若是事情屬實，他大概也不會吝惜一碗湯藥的吧？

到底在什麼時候，那個心軟又沈默的男人長成了這樣一個帝王了？

為了不讓顧太后趁著時機將鬧起來，事情都還沒完完全全查清楚，竟然能狠下心將應邑先移出去，而後再做打算。

心裡頭不知道是悲是喜，既沒有計謀成功的歡喜，又有些兔死狐悲的假惺惺地悵然，方皇后手上的動作一滯，暗自一笑，後宮沈浮幾十年，早就學會了斬斷七情六慾的本事，如今卻被計劃內的結局攪暈了頭腦。

「姨母……姨母？」

是小娘子輕輕柔柔地在喚著她，方皇后朝她展眉一笑，點點頭，表示在等小娘子後話。

行昭想一想，話在口中轉了幾個圈，到底還是踮起腳尖，湊在方皇后耳邊說了出來。

「梁平恭是由秦將軍派人護送回來，還是舅舅在西北的舊部護送回來？從西北到定京快馬加鞭一天一夜能到，可若是帶著輜重糧草，還護送著人，那慢慢悠悠地三、四天都到不了吧？道阻且長，若是有個萬一……」

平心而論，梁平恭是死是活，行昭一點也不關心，甚至恨不得拿上軟刀子親自去割梁平恭的肉。可如果他的死活關係到別人的命運，就由不得行昭不多想那麼一、二分了。

方皇后眉頭驟然一擰，皇帝讓人護送梁平恭回京。「護送」這兩個字就很有看頭了，用押送則太重，用召回則太輕。護送，自然是由他人陪著梁平恭回京，不僅是陪護，更是看押。

這個他人，自然指的是秦伯齡的部下，一是為了避嫌，二也是不放心讓方祈押回梁平恭。

方祈與梁平恭之間的恩怨，皇帝心裡頭明白得很。梁平恭造謠誣陷方祈，方祈手裡攥著梁平恭的罪證，若是梁平恭真在方祈的地界上出了事，方祈跳進黃河也洗不乾淨了。

行昭能想到的，方祈不可能想不到吧？

方皇后暗恨自己的百密一疏。趕緊讓林公公進殿來。「去雨花巷帶個話，就說讓方都督趕緊接平西侯夫人、桓哥兒還有瀟娘進京來。西北戰事將定，右軍都督在定京城裡沒個打理中饋的人，皇上是著眼社稷大事的，本宮只好關心這些家眷女人間的小事……」

行昭將手規規矩矩地交疊於膝上，曉得方皇后還有後話。

方皇后說完這番話，頓了頓，林公公踱步上前。方皇后壓低聲音道：「梁將軍是皇上信重的臣子，若是方都督在西北尚且還有故舊，就託人照料幾分，西北至定京路遠日長，要切記仔細路上的豺狼虎豹。」

林公公垂身應諾，出了門。

行昭望著碧空之下，林公公因長年佝腰已經有些直不起來的背影，長長舒了口氣。浮生似夢，徐徐南風，就算腰桿再也直不起來了，人也會掙扎著活下去，無論是卑是尊，都想活得更遠、更長、更好。

可有些人尚存底線與良知，有些人卻已經在掙扎中徹底地瘋狂，不怪這個世間，但憑本心。

一晌午的時辰，行昭盤腿坐在炕上，手裡握著銀勺舀湯喝時，方皇后正襟危坐地聽著蔣明英校對冊子上的東西；行昭挺身坐於案前手提紫毫筆時，方皇后正襟危坐地聽著六司的回稟；行昭癱在暖榻上手裡捧著乳酪小口小口地啜飲時，方皇后正襟危坐地囑咐宮人們謹言慎行。

行昭想捧著冊子替方皇后分憂，方皇后卻直接道：「往後嫁了人，做了主母，妳能捧這些帳冊捧幾十年，現在慌什麼慌！」

行昭想留瑰意閣的宮人們再細細囑咐一遍時，方皇后又道：「閒得沒事做了？再去把描紅多習兩遍，常先生若是告妳的狀，我可不會同妳求情。」

行昭被唸得鼻子不是鼻子，眼睛不是眼睛，方皇后想將她從這些雜事繁事裡隔離出來的心昭然若揭，想將她護得牢牢的，她也明白。可前世，她就是這樣被養成了一個倨傲恣意的紈袴的啊！

行昭悵然，便亦步亦趨地跟在方皇后身邊聽她說了什麼、做了什麼，再時不時地端個茶、送個水，甜甜地對方皇后說：「您嚐嚐這盞蜂蜜梨水，潤喉得很！」

沒一會兒又仰著張臉，笑咪咪地捧著碟點心，方皇后不拿點心吃，她就一直捧著也不放，方皇后被行昭鬧得沒辦法，又提不起心來生氣，左右算是願意坐下來歇一歇吃吃茶了。

行昭望著方皇后連坐下來歇歇，背都不敢靠在椅背上的端肅模樣，不禁心生感嘆，皇后這位置，可真不是誰都能坐上去的。瞅瞅顧氏，強拉硬拽求這個位置，最後還不是耗盡了福氣，攤上這樣的兒女。

臨到暮色落下，青幃小車候在了宜秋宮門口，兩個宮人一左一右地攙著應邑出來，方皇后揚了揚下頷，憑欄而立在朱漆遊廊間靜靜地看著。行昭跟在其後，眸光閃爍，亦是靜靜地看著這個面容慘白、身形孱弱的婦人只能將全身都靠在宮人身上才能行走的模樣。

心裡頭不是不痛快，可好像除了痛快，還有點不足之感。

小娘子身子朝方皇后靠去，頭低低垂下，只能看見微微閃動的睫毛和緊緊抿住的唇角。

遙寄憑欄處，隻言片語短。

清水牆，朱紅漆，叢草深幽，曲徑蜿蜒。方皇后與行昭，就像一對相互依靠的母女，靜默的時光短暫且悠長。

「走吧。」青幃小車漸行漸遠，順著狹長幽靜的宮道，逐漸變成了沈默夜色中的一小點，方皇后輕輕攬過小娘子，小聲地又重複了一遍。「走吧，咱們回家。」

行昭眨了眨眼睛，正要開口，餘光裡卻瞥到蔣明英急急忙忙往裡走，將過片刻，便聽見了蔣明英急促而倉皇的一句——

「梁將軍在山西府內遭到暗算，生死不明。看狀況，應當是韃子下的黑手。」

陡然大風呼嘯而過，高高懸在飛簷之下的大紅燈籠四下搖曳，明明暗暗的光東西南北地晃著投射在青磚地上和紅漆落地柱上。

然後黃得發白的光再一點點地爬到人的臉上。

行昭猛地抬頭，恰好看見方皇后輕輕地將眼睇成一條縫，驚極反靜，怒極反笑。

「山西府都能進韃子……」

廊間像一個狹長封閉的筒籠，從心頭油然而起的冷笑聲在肅黑的天際之下悶得像聲驚雷，霹靂而下，卻兀然將世間照亮。

「若山西府都能進韃子，平西關怕早就不保了！」方皇后撂下一句話，拂袖往鳳儀殿走。

行昭低眸擰眉，輕提著裙袂加快了步子，蔣明英連忙跟在後頭，語速極快又穩地回稟。

「韃子來襲只是猜測。聽從山西府發來的消息，也並不排除是土匪的原因，那帶一向不太平。秦將軍遣了三百位兵士護送梁將軍回京，人一多，七七八八的事就出來了，時辰也耽擱了，所以每到一個驛站都先保證馬匹的休息，將士們的體力好像並不太足。山西總督趙幟派人去接應的時候，發現隨行的珠寶珍奇已經被一掠而空，死死傷傷加起來接近八成之數，梁將軍在馬車裡又有死士抵死相護，胸口中了一刀，後背中了一刀，如今被趕忙接到總督府裡請名醫診治了。」

方皇后步子走得極快，蔣明英跟在後頭還能大氣不喘地說這樣一長番話。

行昭亦步亦趨地跟在後頭，緊隨其後發問。「那緣何蔣姑姑將才回稟的時候，率先說的是韃子來襲？但珠寶珍奇被劫掠，死死傷傷過半，這樣聽起來土匪搶掠的可能性更高。」

鳳儀殿宮門近在咫尺，朱門緊闔，兩列的羊角宮燈發出像是暈染出彩霞的光。

方皇后步子一緩，往後側眉，靜待蔣明英答話。

「是黃大人的猜測……」蔣明英的聲音低緩得像涓涓而流的山溪。「護送梁將軍那三百名兵士都是精中之精，盔甲步兵，紅纓怒馬，任誰看也知道這是朝廷的事，落草為寇已是逼不得已，誰還敢明晃晃地來打朝廷的臉呢？」

「所以他們以此為憑，說成是韃子來襲？」

方皇后伴著宮門緩緩而開的「嘎吱」聲輕聲出言，行昭分明從其中聽到了戲謔與譏諷的意味。

蔣明英垂手立於宮門之畔，隔了半晌輕輕頷首。

方皇后眉梢一抬，終是忍不了了，低聲怒斥道：「荒唐！」

到底是晚了一步！晌午行昭那一番話提醒了她，趕緊讓林公公去雨花巷查探，方祈回話說是已經安排人在山東府接應，再一細想，西北老林至北天池山都是方家的地界，出了山西就有了方家的人接應，怎麼想也出不了事吧？

百密一疏、百密一疏！

方皇后心頭惱火，技不如人，被人鑽了空子，她輸了這一城，心服口服！

梁平恭這步棋擺在明處，為了自保，一旦進京面聖了，他一定會將所有的罪名都往應邑與賀琰身上推，到時候就把一直藏在暗處的賀琰扯了出來，狗咬狗這齣好戲，是怎麼看也看不厭的，卻被人先下手為強、捷足先登了！

有人想讓梁平恭說話，就一定有人想讓梁平恭一輩子也說不出來話！

方皇后撩裙落坐於鳳儀殿其上，下頷微不可見地高高揚起，幾欲委地的裙袂低低地直垂在青磚地上，這個失掉一城的皇后依舊將氣勢擺得足足的。

「皇上怎麼說？」行昭不由自主地挺直身子，將淺絳蘇繡裙裾輕輕擺好，如今的氣氛有種劍拔弩張的壓迫感，這是她頭一次看見方皇后這個樣子，就算暫時丟掉戰局，卻仍舊鋒芒畢露、咄咄逼人，叫人心生臣服。

這是女人的另一種美，稜角尚全，叫人可遠觀而不可褻玩焉。不同於定京城裡講究大家閨秀應有的端和淑德，也不同於母親的低姿態，卻能叫人明白，原來女人也能這樣過一生，就算洗手作羹湯，就算綰簪清素面，卻還能在某些時刻某些場合，活出自己。

蔣明英見是行昭發問，沒像往常一樣去瞅一瞅方皇后的神色再作答，而是抿唇一笑，躬身回之。「皇上不置可否，只讓山西總督趙大人好好照看梁將軍，『生死由命，富貴在天，若是實在躲不開這個劫，也只是梁平恭的命數』，這是皇上的原話。」

皇帝的態度並不強硬，甚至給人遐想的空間。

行昭手一緊握，她完全能夠理解皇帝的顧慮，帝王制衡在於心術，公主勾結外臣構陷忠良的事並不是什麼體面的話頭，再大為宣揚，就是將皇室的名譽、大周的顏面拿到火上烤。

就此打住吧，這大概是皇帝的心聲。

梁平恭的遇襲詳情，皇帝一定會繼續查下去，可梁平恭回京吐出口裡的話後也只能落得個死，如今也只能落個死。他的死活，在皇帝手上攥著暗衛徹查西北的證據後，好像也不會太關心了。死了一個對朝廷有二心的將軍，拘了一個為所欲為的公主，對皇帝來說，是大事嗎？這根本就不能算事。

「山西府，方家的勢力尚未涉足。既然能把護送的三百位兵士都打垮，來劫掠的人必然身手不凡，又不是在演水滸，哪個正正經經靠著手藝能有口飯吃的人願意去當土匪！韃子來襲……更荒唐！」方皇后昂頭吩咐，一錘定音。「這件事沒那麼簡單，方都督知道該往哪頭去查。明兒一早，梁將軍的死訊若是傳了過來，就再派幾個人手往大覺寺去服侍應邑長公主。若是沒傳回來……」微微一滯。「若是沒傳回來，方都督也知道在外面該怎麼做！」

行昭手縮在雲袖中，心服口服地聽著方皇后一句趕著一句的吩咐，突然感到自己還要學的東西甚多！

皇帝說的那句話今夜肯定能傳回山西府，若山西總督趙大人趙幟是個聰明人，肯定心裡是鬆了一口氣的，弦一鬆開，梁平恭就很難活過今晚了。

人往高處走，水往低處流，方祈一回京封爵，定京城裡的風向就徹底轉了個彎。希望梁平恭回京的人有瞭解內情的政敵、方祈、行昭、顧太后……

等等，顧太后會希望梁平恭回來嗎？

梁平恭若是回來，至少能證明一件事，應邑並沒有因為權勢勾結朋黨。因為一個男人玩弄權術，這比把手插到皇帝的江山裡的罪名可是要小很多了。可如果梁平恭一回來，顧守備與顧太后做下的事會不會吐出來，這個可就說不好了。

顧氏既然願意放棄應邑，那她防患於未然，先下手為強，也沒什麼稀奇的了。

行昭在心裡默默地在賀琰的旁邊寫下了顧氏，這兩個人大概是最不想梁平恭回來的吧？

賀琰如今尚在迷局之外，他不想因為梁平恭的回京而發生改變這是無可厚非的，想來想去，賀琰的動機還是最大的。

果不其然，待蔣明英躬身應諾，往後退去將大門閉緊後，行昭的耳畔邊便聽見了方皇后的一聲輕笑。

「總算是出手了，管她的結局和罪名會是什麼，拚個魚死網破。動手有可能輸，不動手卻一定輸，只是不知道這是他的主意，還是聽了陳氏的指點。」

前一個她是應邑，後一個他是賀琰。陳氏，自然就是賀太夫人。

方皇后也覺得臨安侯府出手的可能性更大。想一想也是，賀家經營定京幾百年了，雖是勛貴文臣，可幾百年的累積，手底下能沒有幾張拿得出手的好牌？暗襲梁平恭本事這麼大，相比之下，作為外戚一躍而上的顧家就少了些根基，自然做不到這麼大的場面。就拿狙殺那三百位兵士來說，顧家上哪裡湊出這麼多人手和死士？

行昭臉上扯開一絲苦笑，小手鑽進方皇后的掌心裡頭，再反手緊緊握住，也不知道賀琰破釜沈舟的這一招算不算是男人？可他如今卻是徹徹底底地將應邑棄之不顧了。

就同那日，毫不顧惜地捨棄了她的母親，一模一樣。

呵，男兒的薄情常常有個蠢女人在成全，這句話還有些差池。應當是男兒的薄情常常有無數個蠢女人在前仆後繼的成全，這才算改得周全了。

夜深暮合，一夜無話，行昭半睡半醒，昏昏沈沈地透過雲絲罩看窗櫺之外的天地，輾轉反側了一夜。

第五十一章

第二天將醒，小娘子便趿著木屐往方皇后身邊湊，陪著方皇后沈沈穩穩地喝過乳酪、用過點心後，便如願等來了林公公的通稟。

「今一早，山西府快馬加鞭趕回京，送回來的消息是梁平恭昨兒個夜裡嚥了氣。」

大概是氣餒和後悔在昨夜裡都用完了，方皇后顯得很平靜，又將昨夜的叮囑重複了一遍。「就從正殿裡選兩、三個宮人派去大覺寺服侍，碧玉算一個，她會說話。另外讓其婉趕緊回來，中庭裡的碗蓮蔫了幾朵，別人都不會侍候。」

行昭聽得心驚膽戰的，派碧玉換回其婉，方皇后在捨一個，保一個！

行昭隱隱有些明白方皇后想做什麼，腦子裡轉得快極了，明明近在咫尺的東西偏偏又從指縫裡頭滑溜溜地抽離。

一石驚起千層浪，梁平恭身死的消息風風火火地傳開了，朝堂上卻一窩蜂地參奏方祈，有人拿毛百戶偷喝酒不給錢的罪例，參方祈治下不嚴，有人拿平西侯為何與揚名伯同處一居發出疑問，甚至還有人將方祈以前在西北用四十根軍棍打死軍士的舊聞，直指方祈暴戾不堪。

如同蚊子在大象身上咬包，沒多大實質性的傷害，卻讓人直癢癢。

行昭聽得忍俊不禁，笑著仰倒在方皇后身上，行景坐在下首眉飛色舞地繼續說著。

「老毛氣得鬍子吹得有八丈高，直嚷嚷『那酒連個酸味都沒有，連涼白開都比它好喝。只曉得把那兩窟窿眼放在我身上，真是吃飽了拉不出屎！』恨得想拿著弓去射那御史祖宗家的牌位，可惜人家不成親！」

梁夫人平氏急得團團轉，往鳳儀殿遞了幾次帖子，都如同石沈大海，等梁平恭的棺木進了定京城的時候，平氏哭得手緊緊卡在棺材縫裡，十個指頭都磨得血肉模糊，十指連心，行昭能夠想像得到她有多麼痛苦。

可別人呢？

有人設身處地想一想，母親死後，她的親眷家人，痛成了什麼模樣嗎？

「儀元殿的幾個小宮人笑得嘴都快僵了，聽素心說，她端著甜白瓷茶盅進去上茶，本來都還順順利利、規規矩矩的，可一抬頭，正好對上了趙大人眼睛，臉『唰』地一下就紅了，一雙手擺在膝上也不是，擺在腹前也不是，像隻八隻腳的蜘蛛抓不著頭腦，她自個兒說的那個時候，都快臊得想鑽進地裡去了。」

梁平恭的棺木就是由這位山西總督趙檝大人送進京的，先把棺木送到了梁府，然後不急不慌地回了驛站等待皇帝的召見。廟堂之上的風起雲湧，行昭算是摸著石頭過河，隱隱約約明白了點。

皇帝隔了三天才傳召趙檝，方皇后卻一天比一天放鬆，只笑著同行昭咬耳朵。「趙檝不先去請罪，就證明他至少是有底氣的，或者手裡頭攥著的東西只能由皇帝來要，而不能自己貿貿然地呈上去。」

那皇帝呢？應該心軟的病又犯了吧，不願意見到活的人證，這下好了，連死的證據也不想見了。拖了三天才召見趙幟，是明擺著給趙幟時間摸清楚定京城裡的底細，還是給自己留出時間，行昭不得而知。

行昭見過素心，是皇帝身邊一等一得用的宮人，好在鬢邊簪一朵秋海棠，為人知機沈穩，這都不難得，難得的是和鳳儀殿關係一向曖昧。

蔣明英捂著嘴笑，方皇后聽了抿唇一笑，輕輕淡淡地算是應和。「趙幟趙大人還在定京城裡做官的時候就是有名的美男子，往前每到元宵節，定京城裡勛貴人家未出閣女兒們的花燈上一半畫的羽飾之旌旗，另一半畫的大概就是冰鍔含彩了。」

羽飾旌旗為幟，冰鍔含彩為琰。

行昭捏著針線的手鬆了一鬆，微一斂容。梁平恭身死之後，她看了一遍又一遍山西總督趙幟的生平，如今都快背下來了。

而立之年，定京人士，出身名門。

可笑的是名門這兩個字到如今都快成了一個笑話了，趙家也不例外，金玉其外，敗絮其中，在外面還端著世家的架子，內裡已經是空蕩蕩的了。趙家比其他世家唯一幸運的就是還剩了一個趙幟支撐門面。趙幟年少輕狂之時，時常出入秦樓楚館，常常為了名旦花伎一擲千金，而後趙老太爺身故，趙幟一夜明志，考過三試，金榜題名。

紈袴子弟奮發圖強的戲碼，時人怎麼看也看不厭，閨中娘子更是邊聽邊咬著帕子淚眼婆娑，大約女人家都願意把自個兒當成男人的娘，聽著浪子回頭的故事，是既心酸又欣喜。

可無論如何他也不可能風頭無兩。定京城南有碧玉，絳河城北有明珠，說的便是賀琰與趙幟。

令行昭感興趣的卻是兩人的私交，並頭而立的兩個人要嘛成為知己，要嘛成為面和心不和的死敵。從往前看起來這兩人哪一邊都不沾，可再往下一查，趙幟的妻室卻是賀太夫人陳氏的娘家姪女，時人重視姻親，結了姻親的人家常常有同氣連枝之感。

若說顧家沒這個本事劫殺梁平恭再按住趙幟，那行昭能夠肯定的是，賀家絕對有這個實力。

臨近八月，好歹天算是涼快了下來，可晌午時分的暖陽卻仍舊烈得嚇人。方皇后不想提起賀琰，先是打發了蔣明英去儀元殿守著，又扭過頭和行昭閒話。「其婉昨兒個夜裡回來了，本還想去給妳磕個頭，我想了想妳怕是睡了，便給攔下來了。今兒個妳記得囑咐人賞她點大紅的東西，紅雞蛋也好，紅綢子也好，去去晦氣。」

這是把大覺寺當成晦氣的地方。

行昭想了想，覺得也是，歷代要嘛是瘋了、病了，要嘛是失了寵、犯了錯的貴家女眷就往大覺寺裡送，幾百年來攢下的怨氣還不夠讓人晦氣？前世就聽積年的宮人們說過——

「大覺寺裡頭的樹都透著些陰森森的氣味，那些尼姑不罵人、不打人，沈著一張臉靜靜地看著，就能讓人渾身的雞皮疙瘩起來。甭說瘋了、病了的人在裡頭，就是好端端的一個人在裡頭過些時日也能被磨得半瘋不瘋，恨不得死了才好。」

心裡是解氣的，她既想親眼看看應邑的慘狀，又怕到時候會難受。

行昭邊點頭邊扯了根水天青碧的線來，輕聲緩語。「好的，也給碧玉備著幾個紅雞蛋，再串幾瓣大蒜等她回來。」小娘子的手指短短小小的，繞啊繞，也沒能將線繞到頭，索性低頭拿牙將線給咬斷，嘴裡頭迷迷瞪瞪地繼續說著話。「其婉同您說了什麼呢？她瘦了沒？」

小娘子扮著大人做針線的模樣將方皇后逗樂了，笑著摸摸行昭的頭，心裡頭輕鬆下來。「沒瘦，整個人就是看著有些蔫，給了她三天的假讓她好好歇歇，妳的碗蓮還指望著她救活呢。」又說：「倒也沒說什麼，只說了應邑整日都唸佛，手裡頭攥著串佛珠，整天瞇著眼睛神神叨叨的，也不曉得是在唸地藏經還是心經。藥也還吃著，可其婉卻說應邑都把藥湯倒進了花裡，花都蔫了，身下出血的毛病還是沒大好。吃的是素齋，住的是小廂，她倒也沒鬧，天天不說話，睡得也少，吃得也少。」

邊說邊探頭瞅了瞅行昭做的針線，繡的是碧波蕩水竹紋扇套，針腳細密，生動逼真，方皇后大讚，轉了話頭笑言。「小娘子用芙蓉、百合花樣就很好，用水紋竹節倒也顯得英氣。」不過，就算是行昭繡了個餅，方皇后也能讚成一朵花。

地藏經是超度亡魂的，心經是讓自個兒心安的。應邑在超度誰？難道是母親？行昭想一想就覺得噁心。

當作沒聽見，抿嘴笑笑，仰頭笑著回方皇后。「阿嫵是俗人，喜歡芙蓉花，嫌棄竹紋太單薄。這是歡宜請阿嫵幫忙做的，說是想送給端王，可惜自個兒又不太會，讓六司做又顯得沒誠意，就乾脆拿了一方賀蘭硯來賄賂阿嫵。阿嫵想一想，左右沒事，既不是以阿嫵的名頭送出去，也不是要做什麼天大的物件，幫忙做也不是不行，就當作還人情好了。」

聽行昭解釋了再看這帕子，方皇后頓時覺得鼻子不是鼻子、眼睛不是眼睛了，連看那竹紋節都歪得有些居心叵測。

送藥、送信、送書，如今連親手做的扇套都求上了，老六這是撬牆腳撬到她家門口了！

十一、二歲的小郎君明白什麼？不過看著小娘子好玩罷了吧！

下回方祈進宮的時候得好好和他說說，阿福嫁得讓人生悲，她嫁得也不如人意，阿嫵是千萬不能重蹈覆轍，嫁個老老實實的兒郎，身世就算不太顯也沒關係，只要家有恆產，人品端方就行了，生得再好看些，既能討小娘子喜歡，又能生出好看的孩兒就更好了。

方皇后的思慮一下子就從趙幟跳到了應邑，最後落腳在了小娘子的歸宿問題上，幅度之大，行昭當然猜不出來，她的一顆心還懸吊吊地掛在儀元殿上頭，上蒼沒讓小娘子掛心太久，用過午膳之後，皇帝便往鳳儀殿來了。

皇帝一進來，偌大的鳳儀殿好像陡然沈寂了下來，隨之而來的是令人氣悶的窒息。

蔣明英牽著行昭同皇帝屈膝行禮，便習慣性地往花間去，卻遭皇帝低聲止住。「帶溫陽去瑰意閣小憩。」

行昭硬生生地轉了步子，微不可見地一抬頭，匆匆掃了一眼，皇帝面色鐵青，方皇后神色如常，心裡咯噔一下，竟不知是福是禍。

心頭百轉千回，難道是趙幟調轉矛頭指向方家？畢竟他才是最後一個見到梁平恭的人，任他說什麼，皇帝都會掂量幾下。是真是假不重要，混淆視聽，把本來就渾濁的一潭水攪得更渾，才能叫人看不到魚兒在哪兒！

趙幟又是從未涉足此事之人，清清白白的身家，讓皇帝對他的話就認可了三分。如果她在賀琰如今的境地上，她會怎麼做？

行昭一腳俐落地跨過門檻，暖陽便如同潑墨一般傾灑在了小娘子的面上，光烈得像針扎在臉上似的，行昭不由自主地將頭撇開避光，腦海中念頭湧雜撲來，若她是賀琰，她一定會抓緊一切時機敲定應邑的罪名，把賀家和他自己隱藏在一潭渾水下，再伺機抽離！

行昭攥著蔣明英的手猛然一緊，再慢慢鬆開，可惜啊，這都只是權宜之計，此事既然已經入了皇帝的眼，更失了三百名精銳，皇帝就一定會再查下去，到時候任何東西都會無所遁形。

中庭暖陽如歌，光明斑斑駁駁地投射在石子地上，內殿卻沈悶得像一支久久不完的歌，到底先是皇帝打破了沈默。

「調製一碗湯藥送到大覺寺吧。」

不過幾個字，像用盡了這位帝王的全身氣力，緊隨其後又一聲輕笑。「趙幟手裡有一封梁平恭藏在懷裡的他與應邑的通信。梁平恭死前瞪紅了一雙眼睛，咬牙切齒地只叫了一個人的名字，那就是三娘。山西府裡的人都聽見了，連隨行且倖存的兵士也聽見了。今兒一早，西北的暗衛發來消息，說信中侯那日在殿上所言，句句非虛，證據確鑿得讓朕不能不信。以一己私利，誤國誤民，梁平恭的家眷、男丁充作苦役，女眷沒入掖庭。說起來三娘的罪孽更大，想一想，這還是朕頭一回對她生氣，也是最後一回。」

鳳儀殿明明亮堂得像澄澈的一池清水，紫檀木家具擺得方方正正的，落地紅漆柱日復一日、年復一年的都是這樣鮮豔的顏色，方皇后低眉垂首，她幾乎能看見虛浮在明光中的微塵與細絨。

皇帝頹靡地靠在太師椅上，像極了一個年逾不惑的中年人，拿不定到底是走馬前卒還是隔山炮的模樣。

這位端肅嚴謹的皇后突然感到有些無奈，又不明所以的暢快。

看看吧，看看吧，你一向庇護的妹妹到底做了什麼，你一向信重的寵臣是怎麼樣違逆著你，而你一直嚴防死守著、忌憚著的權臣卻是如何死心塌地的為你保衛疆土，拋頭顱灑熱血。

諷刺吧？

更諷刺的，還在後面呢。

「我一向覺得三娘是被嬌寵了的，可大家貴族的女兒家，哪個不是被捧在手心裡頭慣著、寵著長大的呢？」方皇后長嘆口氣，將茶盅雙手呈給皇帝。「新泡的忍冬茶，您也別嫌苦。我們不比往前了，總還以為自己是半大的小夥子，精力旺著。如今秋老虎曬人，更要好好保重自個兒。」

皇帝眉頭一抖，隔了半晌才探過身來接茶，拂了拂甜白釉繪花鳥紋茶蓋子，幾朵花萼細小，淡綠色的忍冬花靜靜地浮在水面，輕啜一口，不禁緊皺眉頭，「咯」地一聲便將茶盅擱在了案上。

「自己不服老，總有人想讓你服老！老二才多大？外臣內眷就按捺不住了，四處活動的活動，擅自揣測的擅自揣測，以為把方家拉下去了，王氏和老二就能上位？他們混個從龍之臣的名號？未免也太天真了！土匪……韃子……當真將朕當成傻的癡的在戲弄！」

本不該屬於自己的皇位，因為元后之子的枉死，這才落到了他頭上。

有時候，皇帝望著那襲明黃色的龍袍，會陡然產生疑惑，這真是他的嗎？還是，終究有人會把這身衣裳套到適合它的人身上。

話中涉及方家，方皇后不好開口，眼見話題朝著一個未知的方向拉得越來越遠，趕緊出聲拉回來。「朝堂爭鬥一向都是你死我活，至親至疏夫妻，我與皇上夫妻幾十載，斗膽說句不好聽的。那賭坊裡頭為了幾兩銀子的蠅頭小利，都能有拿把刀捅死別人的，更何況事關千秋萬代的家族利益？」

方皇后邊說話邊低頭拂了拂茶蓋，輕輕吁出一口氣，吹起了半絲瀲灩，又言：「梁將軍鋌而走險，動搖國本，死有餘辜。三娘是皇上的胞妹，是皇上看著長大的，從這樣小這樣軟的小娘子，為她籌嫁妝，看著她蓋上紅蓋頭，十里紅妝送嫁。若萬一是梁將軍推拖罪責，胡亂攀扯，您一碗湯藥賜下去，於心何忍？」

皇帝一日沒正式廢了梁平恭的官職，別人一日就要稱他為梁將軍。

挑起了皇帝心頭那根弦的軟綿話語，有時候是救命稻草，有時候卻能變成催命符。

「此事無須多言，朕意已決！」皇帝欲言又止，終究話在舌頭上打了幾個圈，吐露了一點意思。「無論是放在明面上的，還是藏在暗裡的證據，三娘都和這件事脫不了干係，不是主犯，就是同謀。謀逆叛國，沾到哪一條都是個死字！今兒個夜裡妳親去大覺寺，太后那頭一直瞞著，等塵埃落定了再告訴慈和宮，否則太后一哭一跪，難保朕不會心軟……」

話漸漸低下去，低到和偌大正殿的氣氛相得益彰，皇帝終是輕嘆了口氣，江山社稷與兒女情長，孰重孰輕？為了防備方家逼宮，扶持幼帝篡奪朝政，他連兒子都不讓方皇后生，沒有嫡子就是沒有名正言順，這個道理他如何不懂？

可和江山比起來，名正言順算什麼！

狗屁都不算！

「三娘有什麼未了的心意，都儘量滿足她，朕……會為她選一個遠房皇親的孩兒過繼，她的碑文上還是大周的金枝玉葉，她還能享人間的香火……」皇帝說到最後話頭哽咽，言盡於此，終是拂袖起身，不忍再言。

高几上擺了一座流水船塢布景，這是六司為了討好行昭，特意送過來的，拿賀蘭石雕的假山層嶂，拿象牙雕了幾只指節大小的船塢，栩栩如生，偶清風拂過，便出現「乘風破浪」會有時的場面。

乘風破浪是有了，可會有直掛雲帆濟滄海的結局嗎？

方皇后低低垂眸，似笑非笑，應當是有的吧？心狠手辣誰不會啊，可惜一旦越過了底線，自有天來收。

應邑她可曾想到過，她拿著一瓶藥逼死阿福的時候，有一天她的親人也會拿著一碗藥，逼她走向黃泉。

晌午用膳的時候，行昭插科打諢著問起早晨的事，方皇后便挾了塊蓮蓉藕盒放在行昭身前的粉彩小碟裡頭，笑著叮囑她。「夜裡要去給太后祈福唸經，病了這麼多日頭，還沒見好，皇上也放心不下。」話說完便又讓舀了碗蓮子竹蓀翡翠羹來，又細聲細氣地交代她。「說到唸經，還是大覺寺的最靈。一來一回怕是要兩、三個時辰，自個兒不許往外走，就算有林公公陪著也不許，歡宜來下帖子也不許，若是覺得悶了，妳請歡宜過來一道唸唸書、繡繡花。」

說來說去就是不准出鳳儀殿的大門嘛！

方皇后去大覺寺，事情總算要有個了斷了，人來人往，進進出出的，就算最親近的人說起話來也要懂得猜與想。

行昭抿唇扯開一抹笑，心裡說不出什麼滋味，索性垂眸舀了勺羹湯，一口咬破了一顆蓮子，裡頭的那個淡綠色的芯子沒去乾淨，苦得像從心裡翻湧上來一樣，蓮子心、蓮子心，兩個人的心都連在一起了，相互牽扯，輕輕一觸當然就會疼得鑽心了。

木木愣愣地嚼了兩口，再慢慢吞嚥下肚，終究是輕輕點了幾下頭。

日出東升，日落歸西，鳳儀殿裡頭悄悄地備好了出行的儀仗。悄悄的，自然就是一切從簡了。

行昭在這頭描紅，那頭還是能聽見蔣明英壓低聲音地喝斥——

「八月的晚上是有多涼？值得把坎肩都帶上？皇后娘娘是去祈福誦經的，又不是去過冬留宿的！」斥責完這處，聲音又飄到那處去了。「香爐妳也想帶？妳怎麼不把那幾盒檀香也一併帶上呢？什麼？妳說妳已經把檀香裝進了箱籠裡頭？」哭笑不得的女聲停了一停，終究忍不下去了，稍稍鬆開了嗓門近乎發飆。「快去給我拿出來！誰見過去祈福誦經的佛寺裡沒有檀香的啊！」

行昭噗哧一笑，手一抖便將一筆垂柳豎寫得歪歪斜斜的了。

外院的小宮人因著前頭的事被方皇后該打發的都打發了，開恩留下來的如今都在廂房裡頭養著被打的屁股，盡善盡美的蔣姑姑最近像一支懸在弦上的箭恨不得逢人便射出去，把那些沒出息沒眼力見的、觸了霉頭的小宮人們一個一個都射得鼻青臉腫。

謹言慎行、端方沈穩的蔣姑姑遇到唯唯諾諾，還留著頭、紅著眼的小丫頭們會有勁沒處使，想狠狠地罰又心有不忍，想輕言細語地教導到最後又會被逼得怒火上腦。

世間從不缺少可愛的人與事，行昭歪著頭看了看將才寫歪的那個字，展顏一笑，一團揉起來扔到了地上。又下了炕趿拉著木屐跑著靠在方皇后身側，小娘子軟軟柔柔的聲音像有一根羽毛掃在心尖尖上。

「您早些回來，晚上的驪山涼著呢，雖不至於穿坎肩，您也記得帶上外衫好歹能披上一披。既是聖命，就有人在替您撐腰，您只是奉命行事之人。有些人就是種錯了花圃的花，說什麼做什麼都是不合時宜的，您別和這些人爭氣，仔細將自個兒氣得夠嗆。」

說得隱晦，卻讓方皇后笑吟吟地緊緊摟了摟行昭，還有人的心牽掛著她呢！

臨到暮色四合之時，城東驪山上的大覺寺寺門緊閉，清水牆，灰瓦礫，鋪就於地的素石子，松柏參天聳翠，上衝雲霄，飛簷既有青碧佛禪，又有朱砂鮮豔。晨鐘暮鼓，堪堪響起的悶聲悶氣的鼓聲，倒將山林中不知是鹿、是兔的頗有靈性的牲畜，驚得踩碎了地上的苔蘚與落葉。

時值黃昏，有一青幃小車馬蹄「踢踏」地從遠間的山路而來，寺門「嘎吱」一下打開來，又重重地關得緊緊的了。

這是一個與世隔絕的地方，老樹參差不齊，圍在樹幹下的一圈碧青雜草都像沒了生機似的，就像宮人們所傳言的那樣，幾百年來女人們的怨氣與恨意，連菩薩的慈悲都化解不了。這裡沒有平常佛門清淨地的安寧與雋永，反倒清冷安靜得有些磣人。

方皇后扶著蔣明英的胳膊下了馬車，大覺寺的住持師太已經輕撚佛珠候在了門廊裡，輕唸了一句「阿彌陀佛」，便佝腰低聲問好。「貧尼上回見皇后娘娘時，您還是東宮太子妃。一晃經年，您如今母儀天下，丹陽朝鳳的氣勢，愈盛。」

「一別經年，住持久在佛門聖地，浸於經書之中，自然禪意濃重。本宮常居繁華人世，自然多染一些凡塵俗氣，乃是人之常情。」

方皇后一笑，話音一落，便正好聽見佛堂之上響起了撞鐘的「咚咚咚」的聲，原本萬籟俱寂，倒將棲息於山林枝椏之中的飛鳥驚起了一波又一波。「暮鼓晨鐘，今兒個敲完了鼓又撞鐘，大覺寺多少年沒這樣熱鬧過了？」

住持眉梢眼角皆是悲天憫人的神態，可皇家寺廟掌事的住持，若只是有慈悲，只會早登極樂，陪著菩薩唸經聽了。

「應邑長公主前些日子來，倒是敲了幾下鐘，可惜身下血流不止，也不好讓長公主進佛殿裡去點炷香。」話鋒一轉，笑著側開身，請方皇后先行。「皇后娘娘是想先去上炷香，還是先去瞧瞧應邑長公主？」

住持得了信便吩咐人搗鼓了一桌上好的素齋送去應邑房中，交代廚子。「怎麼說也是金尊玉貴的公主，菜市口行刑的犯人前天晚上都能吃頓好的。」

這是問方皇后是先沾血，還是先贖罪？

「先去看應邑長公主，過後若是得了空閒就給菩薩請炷香。」方皇后似笑非笑，她不信佛，更不信命，可憐的人苦苦掙扎時，菩薩在哪裡？若非人力殫精竭慮地布下局、設下套，那作惡多端的壞胚子會得到應有的懲罰嗎？

不，不會的。

他們會過得一路順遂，榮華餘生。

方皇后素手交疊被請於樓閣之上，臨行回望，眼簾裡卻撞入了一尊面容慈悲的菩薩石像，手持淨瓶，眉間含笑。

她輕嘆口氣，再轉過眸時，已是神色淡定。

第五十二章

雙手猛然一推，門隨之「嘎嘎」作響，方皇后輕抬下頷，能透過直直垂下的白絹素紗朦朧間看到側臥床間，一襲青衣，神色婉容的應邑，該怎樣形容如今的應邑呢？

其婉說的是實在話，可如今瞧起來，更像是一朵豔光四射的牡丹一夜凋謝。

哀莫大於心死。

心都死了，人還活著有個什麼勁？

「三娘，本宮來瞧妳了。」方皇后朝後勾手，蔣明英提著黑漆描金食盒亦步亦趨地跟上，一道說著話，一道往裡走，腳步踏在陳舊的木板上，腐朽作響的聲音伴著方皇后的後言。「既然治病的藥都餵給了花草，幸好皇上還賞了碗湯藥來，無論如何也得喝了。」

「方禮，妳如今何須耀武揚威？妳妹妹死了，妳不算贏，我也不算輸。」應邑手撐在身後，強自撐起身子來，捂嘴怪笑。「我昨兒夜裡夢見方福了，她站在那兒靜靜地看著我，看著看著，眼睛、鼻子、嘴巴、耳朵全都流出血來，一滴接著一滴就砸在那兒！」應邑神色亢奮，拿手指著方皇后站定的腳下。「就滴在那兒！血是紅豔豔的，這木板是綠灰灰的，好看極了！」

方皇后神情漠然地望著她，站得穩穩的，輕笑一聲，朝蔣明英使了個眼色，蔣明英趕忙佝頭將食盒放在桌上。方皇后笑言。「何必在本宮跟前裝瘋賣傻，就算阿福在這裡又當如何？怕的也只會是妳和賀琰，本宮只恨沒見到阿福的最後一面。」

「鬼怪永遠不是最可怕的，人心才是。」

方皇后腦海裡陡然浮現出行昭說過的這句話，微不可見地輕輕甩了甩頭，眉梢一抬。

「閒話莫提，皇上的聖命，太后的默許，賀琰對梁平恭痛下殺手，斬斷妳的所有退路，這些都逼妳不得不死。三娘，妳以為妳現在還有活路嗎？」

食盒上蓋著的蓋子被輕輕推開，亮堂堂的深褐色湯藥讓應邑無端想起了方福喝下去的那瓶，拿亮釉官窯雙耳瓶裝著的砒霜。

黃昏依稀，斜陽婉麗，遠山如黛，層巒疊嶂，浩浩蕩蕩。

應邑掩眉一笑，艱難地輕輕揚頭，眼神從那碗深褐色的湯藥上移開，揚高了聲音。「這是什麼？附子？重樓？細辛？能讓人死的藥也就那麼幾樣，可妳應當知道不是這些湯藥讓我心甘情願去死的……其婉走後，換過來的那個丫頭，叫什麼來著？碧玉，碧玉對吧？蔣明英慣會教人，把那個丫頭教得真好，日日在我旁邊耳提面命，說的都是什麼梁平恭被暗殺……太后稱病不出慈和宮……她一個丫頭哪裡曉得朝堂上的事情，可我卻不能不信……」

應邑邊說邊仰天笑起來，哈哈笑著，眼角兩行淚直直落下，砸在地上，將木板上的微塵驚得虛浮在了空中。

「就算皇上不賜藥，我也只能死！死在我的親眷手下！死在我的情郎鐵石心腸下！我傻，我真是傻，賀琰既然能夠硬起心腸來逼死為他生兒育女的髮妻，又憑什麼會把我看得比他自己還要重，我高估了自己，低估他……」

初秋，黃昏之下，竟是昏黃一片，鬱鬱蔥蔥的層嶂就像被染上了一層薄薄的光熹，徒增悲涼。

方皇后神色不動，卻輕鎖眉頭，沈緩出聲。「誠如妳所言，想讓妳死的並不只我一個，其實比起賀琰的落井下石，顧氏的沈默卻更讓人害怕。妳應當知足，至少皇帝是真心看重妳這個幼妹，為妳過繼也好，許妳葬入皇陵也好，都是為了讓妳身後還能享人間香火……」

「我不要那些東西！」應邑厲聲尖叫，渾身抖得厲害。「我不要那些東西！方禮……方禮……我對不起妳，我對不起你們……可人之將死，其言也善，我求求妳……」

應邑仍舊在說，長長的一番話，卻只有幾個字反覆重疊，方皇后的眸色隨之變得越來越黯。

大覺寺是佛門清淨地，可閣樓上的尖利女聲的吵嚷好像沒有給靜心修行的僧侶帶來困擾。住持平淡無波地數著佛珠，立於寺門之前，雙眼微合。身後的小尼支起耳朵聽，卻沒有聽見熟悉的心經，而隱隱約約只聽見了這樣幾句話——「因愛故生憂，因愛故生怖。若離於愛者，無憂亦無怖……」

小尼若有所思，偏頭望了望閣樓上掩得實實的那扇門，眨了眨眼睛，再不言語。

直至夜幕堪堪降下，青幃小車「軲轆軲轆」地又從那扇大門中出來，行於山間，穿過叢林，駛過華燈初上的集市，最後湮沒在了黑得泛著涼的皇城裡。

行昭眼神尖，一眼便瞅見了廊間行來的神情疲憊的方皇后，手腳俐落地下炕趿著鞋往外走，小手拉過方皇后的手。細聲細氣地一句接著一句。「山上可涼吧？路上可還順利？喝盅熱茶好還是先用點心墊墊肚子好？將才才用過晚膳，要不要讓廚房下碗細麵來？」邊說邊攙著方皇后往裡走，語聲低緩拉長一句。「應邑長公主……她怎麼樣了？」

鳳儀殿還是那個樣子，可方皇后卻覺得這暖洋洋的光照得讓人暖到了心裡頭，笑著摸了摸行昭的頭頂，沒答話卻揚聲喚來林公公。「無論皇上在哪裡，一定請過來。」

行昭眉頭一凜，不過幾刻，皇帝便來了鳳儀殿，行昭避到裡間。沒隔多久，便聽見了原委——

「應邑想見臨安侯。」方皇后單刀直入，問過安後，抿了抿唇，續言。「您說過要盡力滿足三娘，臣妾亦心覺不尋常，三娘只想見臨安侯最後一面，才肯坦然喝下湯藥。臣妾拿不定主意，便將藥留在那裡，急急慌慌趕了回來，您看……」

行昭大愕！

不過半刻，便舒展下來，方皇后這一招借花獻佛，用得甚妙、甚妙！

當真是應邑想見賀琰嗎？行昭以己度人，她大概是想的吧，執拗多年的執著，不可能會被一朝一夕打垮。

是因愛成恨，最後也想陰賀琰一把，還是想拉著賀琰一起死，或是只想見一見他？

行昭手縮在袖裡，攥成一個拳，屏住呼吸細聽皇帝後言。這是賀琰的名字頭一次捲入是非之中！

自鳴鐘響得規律，一聲死死地咬著另一聲，咬得越來越緊，逼得越來越近，到最後已經幾近重疊。行昭的心提得越來越高，這可以算作另闢蹊徑，也可以看成兵行險招。事成，賀琰順理成章地進入到皇帝的視野裡，應邑也能有個結局；不成，便是又要再做斟酌與定奪！

「見賀琰？」皇帝的聲音如同行昭所料，掩飾不住的驚愕。「見他做什麼？不想見馮安東，不想見朕，卻想見賀琰？」

「所以臣妾也心覺不尋常，趕回來請您拿主意。」方皇后柔聲接其後話。「三娘一著不慎，做下覆國錯事，您心懷慈悲，總不願意讓胞妹含恨而終。馮駙馬是三娘心心念念的如意郎君，用盡手段想嫁給他，可事到如今三娘未必不怨馮駙馬不顧舊情，大義滅親。臣妾從大覺寺出來時，滿腦子不解，想了又想，若臣妾至此境地，最想見誰？自然是最難以放下的人。又憶及曾有耳聞，先帝在時，臨安侯曾在崇文館與王孫公子一道唸書，少年郎與小娘子之間的情意，旁人又怎麼猜得透？」

行昭感到背上冷汗直冒，低下頭來，卻見窗櫺外的天還沒完全沈下來，天際盡處尚還存留一方火團似的紅。

「使君有婦，羅敷有夫。對女子而言，或許尚未涉足人世險境的年少時光，才是最難忘的……」方皇后神色悵然，語聲婉轉地既是解釋，也是迷惑。「我是三娘的嫂嫂，您是她的胞兄，您兩難，我又何嘗不是兩難？應邑鑄下大錯，不惜構陷方家，一面是娘家，一面是夫家，我向著哪一頭也不應該，可看應邑哭得肝腸寸斷，淚眼婆娑，我一顆心又軟得化成了一灘水。全了她的心願，讓應邑能瞑目，也算是咱們唯一能為她做的了。」

幾十年的夫妻，縱然已經沒有了情愛，方皇后仍舊靠著手腕與對皇帝的瞭解，在六宮之上立於不敗之地。

行昭手扣在窗沿上，夫妻間不靠情愛也是能活的，只要一方夠聰明，能句句話都撓到對方的心坎上。

皇帝感觸頓生，半晌未言。

「向德明，你悄悄去臨安侯府，請臨安侯立即往大覺寺去，你……警醒著點。」

向公公應聲而去。

終是一錘定音。

行昭長長吁出一口氣，扯彎嘴角笑成一輪彎月。馮安東引出應邑和梁平恭，梁平恭的死讓應邑非死不可。應邑引出賀琰，然後呢？細細一想，心頭那股像軟刀子在肉上磨磨蹭蹭地割的感覺又上來了，冤冤相報，生死不休。她眼睜睜地看著她的母親死在她的跟前，推波助瀾地讓她的父親身陷迷局。

行昭斂了笑，母親的死讓她從重生中真正長大，算計賀琰卻讓她一點一點地在成長中老去。

彼時的鳳儀殿陡然安靜得像陷在山嶺中的大覺寺，可深處鬧市的臨安侯府卻被壓抑在一片混沌與暴怒中。

「白總管帶著一隊車馬到山西府來給我送禮時，我便詫異，卻仍舊看在你與太夫人的顏面上留了他們幾日。既幫忙打理行館食宿，又是賞飯又是賜酒，到最後還拿了權杖開了宵禁，給放了行，讓他們一路暢通無阻地到了京城。」

別山館院裡竹影幢幢，內有男聲清冷卻暗含憤懣。「送來兩車禮，又怎需一百來個人傾力護送？阿琰，你我至交，何必拐彎抹角，世間諸事怎麼就會這般巧？車隊告辭前一晚，梁平恭便在山西府內遇襲！阿琰，我從未想過你也會對我使陰招！」

燭光淺淡，於窗櫺之前，挺身而坐，將才平朗出言的赫然就是絳河明珠，趙幟。

於其旁者，著青布直綴，素手搖扇，眉目輕斂的便是當今臨安侯，賀琰。

「阿幟，何須急於下定論？」賀琰未有踟躕，似是成竹在胸。「你有何證據就是那一百來個人劫殺了梁平恭一行？你沒有，皇帝更沒有。皇帝查下去也只會查到我臨安侯家給遠在山西府的姻親通好之家送了兩車禮，以慰趙大人的思鄉之情。梁將軍遇襲之時，護送土儀的兵士可是住在山西總督安排的驛館裡，喝著山西總督賜下來的酒，吃著您賞下去的宴呢。阿幟，你自己想想，你有什麼理由去劫殺梁平恭？皇帝再怒，也只會怪責你沒將北池山的那一眾匪類制住罷了……」

燈下有佳人，賀琰高挺的鼻梁旁側下的光影像極了一隻振翅欲飛的蝴蝶。

「阿琰，你總算變成了那個你想成為的人……」趙幟怒極反笑。「梁平恭懷裡的信我不敢拆，死前說的話卻讓我心驚膽戰，我沒你那個膽子，只能老老實實地回給皇上。賀家經營了多少年，養下了多少死士，你我心知肚明，我雖不明白你為何要殺梁平恭，卻仍舊篤定那一百來個人是精挑細選出來的，他們絕對有本事做到全身而退！如今被你下了個套，陰到了溝兒裡，我認了。但你捫心自問，可對得住我們往日的情分?!」

賀琰垂眸輕輕一笑，走投無路，說的是誰？說的就是他。應邑尚且念及舊情，顧懷著他，梁平恭卻沒有道理不將他咬出來。梁平恭不死，他遲早要完！

索性魚死網破，尚且自身難保，又何必再去顧慮他人死活！

趙幟一語言罷，靜候片刻，未聽賀琰接話，氣得拂袖起身，將行至門廊，便聽見了白總管輕叩窗欞的聲音。

「侯爺，向公公過來了，在二門候著您呢。」

趙幟大驚，反首望向賀琰，卻見其人亦面容惶惶，又聽賀琰語氣極快地連聲詢問。「可是宣我入宮？」

白總管佝在窗欞外的黑影越發低了，半晌沒答話，應當是顧忌著屋裡還有外人在。

趙幟輕聲一笑，鳳眼上挑，流轉著便往賀琰掃去。

賀琰與其對視片刻，沈下臉，往前跨行一大步，壓低聲音喝斥。「快說！」

「不是宣您入宮，好像是請您去城郊東邊，向公公自個兒備了兩輛馬車過來，估摸著不需要咱們府裡自己備車了……」

去城東？

城東有什麼？

大覺寺！

賀琰頓覺天旋地轉，雙手撐在木案之上，久不能語。

驪山百丈之淵，暮靄沈離，以為下臨深潭，微風鼓浪，水石相搏。

小徑蜿蜒如羊腸之道，忽見兩盞青光小燈隱然於黯，明暗之間有馬蹄並重，亦有山風忽驟，俯仰百變。

賀琰手撐在膝間，神色晦明不定，向公公什麼也不肯同他細說。去哪兒？見誰？誰的主意？因何而去？心裡頭明明有答案，卻仍舊跌跌晃晃地在蹦躂，不敢說道出來。

可一進驪山山口，耳畔邊全是呼嘯而過的山風，撩開車簾一看，原本懸吊吊地掛在心頭中間的那顆心，沈甸甸地直直往下墜。

果真是去見應邑！

皇帝知道了什麼？知道了多少？應邑說了什麼？方家說了什麼？

賀琰面色越來越白，眼睛靜靜地眯成一條縫，他感覺自己像一個漂在水面上幾近溺亡的人，抱著的那根沈木卻一直將他往水底下拉，把生死交到別人手裡頭握著，絲毫不由人的感受沈悶惶恐得讓人窒息。

為什麼要讓他來見應邑？梁平恭身死，死無對證，應邑板上釘釘地應當活不下來，她怎麼還沒死？既然當初選擇了回護他，半途而廢又算是什麼狗屁道理！

梁平恭死了，應邑死了，明明形勢一片大好，他所需要做的只是封住顧太后的嘴，方家拿不出證據，上哪裡去扳倒他？

可如今應邑將死未死，竟然將他也牽扯了進來，只差那麼一點點，就差那麼一點點，他就能夠從這件事情裡全身而退了！功虧一簣，功敗垂成！

等等，是應邑將他扯出來的嗎？

兵不厭詐，這會不會是方禮的一步棋？不、不，方禮雖然是皇后，可向公公那個閹人也不是她能隨意指使的。

賀琰腦中越來越亂，每一種可能都像一根長長的、滑不溜手的線，慢慢地一條連著一條纏在了一起，到最後已經不能找到頭尾了。剪不斷，理還亂，賀琰沒有底氣去和方家硬碰硬，所以在方祈親臨的時候，他選擇了虛與委蛇，他更沒有底氣和天家對抗。先下手為強給趙幟下套，劫殺梁平恭，已經是他沈下心來思量下的結局了。

若東窗事發……

賀琰猶如困獸，手握成拳，一拳砸在馬車的綈綢內壁之上，悶聲一哼，倒把旁邊跟車的內侍驚得不輕，神色惶然地瞥了瞥馬車，一面低著頭加快腳程，一面心頭暗道倒楣。

大覺寺是個什麼地方，外頭人不清楚，宮裡頭長大的哪個不曉得？

犯了錯的妃嬪、觸了線的皇親女眷，還有那些天家不想讓之活下來的女人。

小內侍偏頭想了想，卻怎麼也琢磨不出應邑長公主究竟是算作第二種，還是第三種？

山風呼嘯，馬匹低低嘶鳴之後，賀琰便聽見了外頭有一道尖細且刻意柔緩的嗓音。「大覺寺到了，臨安侯，您請下車吧。」

是向公公。

賀琰單手一把挑開綈綢車簾，羊角宮燈暈暈冉冉的光下，能隱約看見這個儀元殿第一人謙卑且恭敬的神情。這並不能代表什麼，見人說人話，見鬼說鬼話，這樣的段數在宮裡頭能活下去，可不能讓人爬得高。

見鬼說鬼話，見人也說鬼話，這樣才能順風順遂。向公公連對五品文官都是這副恭謹又卑微的姿態。

賀琰驚詫於自己還能有心思哂笑別人，心裡發虛，面上卻雲淡風輕，撩袍下車，踏過朱紅佛門門檻，還是不由自主地壓低了聲音。「敢再問向公公一句，皇上究竟因何夜半宣我至大覺寺……」

向公公眉間斂笑，躬身低微，沒答話，腳下卻走得快極了。

賀琰見狀，只好緘默下來，緊隨其後。

步子愈沈，青石板路上還鋪著細碎的小石子，膈得人心口疼。白日裡的大覺寺都很難見著幾分慈悲心懷，賀琰心裡藏著鬼，走在夜幕下的大覺寺中更得不到清淨，胸口直喘，兀地一下止住了步子，疾音驚呼出聲。

向公公身形一頓，扭身順著賀琰的眼神望去，只是一個手持淨瓶，面容含笑的觀音石像罷了！

向公公微不可見地蹙了蹙眉，話裡加緊催促。「臨安侯，您且著緊（注）著些吧，皇上這樣的安排自有皇上的道理。」向公公望了望天色，連小內侍都覺得晦氣，他只會覺得更晦氣。他淨身入宮生生死死幾十年，說這雙手沒沾過血，任誰都不信。

本就是殘缺的命薄人，他最厭惡進這所謂的佛門清淨地。

注：著緊，意指趕緊。

能清淨嗎？不可能吧，有人的地方就有爭鬥，放小裡來說或是因為一塊饃，往大了說就是榮辱與江山，有爭鬥就不能有清淨。

向公公順著佛寺中庭的那棵百年松樹向上望了望，再看看眼前這個窄小的只能由一個人通過的樓梯，偏過身去，躬身示意賀琰先行，待賀琰小步小步地手頭扶著扶梯往上行後，向公公想了想，朝後頭跟著的兩個小內侍揮揮手，便扭頭跟在後面上去了。

「左廂盡頭處的那間屋子就是您今兒個要去的地方，奴才就在廊口候著您。」

向公公將聲音壓得低極了。

賀琰卻覺得振聾發聵，他的掌心出汗，能感到面上發燙，一步一步地往裡挪步。無論大覺寺的哪個地方都是灰撲撲的一片，高高懸掛在廊間懸梁上的慘白燭光投射下幾道白晃晃的影子，他幾乎想轉身落荒而逃，他的未來、他的豪想就像這一條狹長的遊廊，一眼能望得到頭，可盡頭處只是一堵堅實卻腐朽的牆壁。

答案呼之欲出了。

賀琰停在那扇雕著蓮印菩提的門前，他甚至能看到細縫中鋪天蓋地而來的微塵，微不可見地輕輕擰住了眉頭，終是深吸一口氣，將門一把推開。

亮堂堂的光便從門間的縫隙中鑽了出來，從一條細縫變成了開闊的敞亮。

賀琰負手於背，神色複雜地看著半坐在妝奩之前，手持菱花鏤空銅鏡描眉抿脂的那個女子。是應邑，眉青如黛，唇紅似火，高高挑起的丹鳳眼流轉百變，最後定在了他的眼裡。

「阿琰，你來了。」清清冷冷的一句話，說得異常熟稔，好像常常纏繞在舌尖上，時時演練。

賀琰迅速朝廊口回望。快步踏入房內，門「嘎吱」一聲闔得緊緊的。

應邑身形微側，靜靜地看著他這一串動作，她的手已經握不住那支輕飄飄的螺子黛了，索性輕顏嬌笑，面有赧色且軟綿綿地遞給賀琰。「阿琰你幫我畫眉吧，『小吏如初日，得婦美行雲。琴聲妄曾聽，桃子婿經分。蛾眉參意畫，繡被共籠熏』……」

話落得越來越輕，應邑見賀琰並不接，手亦垂得越來越低。

「我傻了多少年啊，原以為我們可以像尋常夫妻那樣，你在執筆作畫，我在紅袖添香；你在行書作冊，我在織就錦衣……」應邑笑了起來，一連番的折騰讓她瘦得剩皮包骨頭了。一笑，顴骨便高高地突了起來。

賀琰側眸垂首，不忍再看。

應邑卻哀哀地笑出了聲。「我多傻啊，你能為了家族與權勢棄我一次，又怎麼可能沒有第二次呢？我曾想，你將權勢與地位看得最重，那也還好，至少我還排在第三位，可我卻不曾想過你會毫不猶豫地負我，不僅負我，還砸了一塊最重的石頭下來。我在大覺寺裡住下的這幾日，廟裡每敲一次鐘，我便渾身上下都發冷發抖，這都是我該得的，我不知道方福……」

「應邑！」賀琰提高聲量打斷其後話，重而轉身將門掩得死死的，又快步朝應邑走去，按下其肩膀，壓低聲音。「往事切莫再提！大覺寺是佛門聖地，菩薩最是慈悲為懷，任妳犯下多大的罪孽，菩薩都會諒解妳。」

應邑不可置信，瞪圓了雙眼，猛地抬頭，第一眼便將賀琰惶惶的神色看得清清楚楚。眼前頓時一片模糊，應邑狠狠眨了眨眼，一大串淚便直直砸在了賀琰的手上。

事到如今，賀琰擔心的仍舊是話會不會被外面的人聽見！

應邑扯著嘴角想露出一點笑，眼淚卻卡在眼眶裡再也流不出半滴，她還在期待著什麼？她還在憧憬著什麼？這就是她想踩著別人屍骨得到的愛情和良人？笑聲震耳欲聾，卻滿是淒厲，懷著的期望就像一柄利刃，狠狠地朝著自己捅了過來，頓時便鮮血直流！賀琰啊，你當初又何必給我希望與寄懷，如今棄之如敝屣，當時卻珍之如異寶？

不，他從來沒有珍重過她，毒殺方福是她的主意，偽造信件是她的主意，連最後承擔罪責也是她！賀琰多無辜啊，他什麼也沒做，只是在必要與關鍵的時候推波助瀾，只是在她的耳邊吹了吹暖風罷了！

賀琰緊緊地扣住應邑的臂，緊張地看著她，看著她到底會說出什麼來。

哪知半晌之後，應邑漸漸地止住了笑，喘著粗氣地癱在賀琰懷裡，又掙扎著起來，身子撲倒在桌前，滿臉是淚、幾近瘋癲地口裡輕聲呢喃。「上好的龍井，阿琰最喜愛喝龍井茶了，阿琰最喜歡喝我泡的龍井茶了……」

她邊說著，手上邊顫顫巍巍地執起桌上的茶壺，又顫巍巍地分出兩個杯盞，一杯接一杯地斟茶，亮褐色的茶湯灑在鋪著絳紅色麻漿布的罩子上，不一會兒便氤氳成一團飄渺的霧。

應邑咧著一張嘴，搖搖晃晃地將茶盞遞給賀琰，帶著祈求與乞討。「阿琰，我親手泡的……大覺寺的住持鐵石心腸，我求了她三次，她才肯給我這點茶葉……你嚐嚐……」

賀琰艱難地將頭往後縮了縮，手往前伸出幾分，指尖剛剛碰上輕薄的茶杯壁，卻聽應邑尖叫一聲。

「阿琰！」

賀琰指尖一頓。

「阿琰，你究竟把我當成什麼？」

應邑的聲音尖利而聒噪，可這一句話卻讓賀琰無端地想起了那個在死前也這樣問過他的女人，她有著一張圓圓白白的臉，會溫溫柔柔地笑，她祝他「烜赫永遠」，多好笑啊，是他親手逼死了她，如今捨不得的卻是他。

難耐的沈默與遲疑，讓應邑歪著頭靜靜地看著賀琰，嘴角彎得像明月。

「你不愛我……你根本就沒愛過我……」應邑終究朗聲仰面大笑起來，執起茶盞一飲而盡，溫熱的茶水在口裡好苦啊，苦得讓人能將心全都嘔出來。

應邑神色茫然地看著泛著清亮與明色的甜白釉茶盅杯底，然後輕輕地、委頓地癱在了桌沿邊上，眼淚最後還是溜出眼眶，難耐心酸與悲慟地順著面頰輕輕滑落。

她嘴角囁嚅，賀琰皺著眉頭輕輕佝下腰去聽，卻聽見了這樣一句話——

「臨安侯，你根本就不配和我一起死……」

天色愈晚，自鳴鐘響過十下，林公公敲響了鳳儀殿內廂的門——

「應邑長公主暴病身亡了！」

第五十三章

人生如戲，每個人都是戲臺上粉墨濃妝的生旦淨末，有些就只能當畫上白臉、額中點上一個紅點的丑角，言語誇張，行為逾矩地供人指點調笑。

短短幾天裡，定京城裡就經歷了一場浩劫，不，準確地說是一場震盪，天翻地覆。

戍邊守疆的總督前腳躺在棺木裡被抬進了定京城，金尊玉貴的長公主後腳就在皇家寺院大覺寺暴病而亡。

暴病而亡……

行昭佝著頭做女紅，輕聲一笑，記得母親對外傳言，也是暴病而亡的吧？

多好用的四個字啊，給一切非人力可及、風雲詭譎的事情，都安上了一個冠冕堂皇的由頭。

小娘子低低的淺笑是午間的鳳儀殿偏廂裡最清亮的聲音。

方皇后一手輕撚了一枝狹長簇擁著的月白色槐花，一邊抬起頭來笑著問她。「做針線也能做得這樣高興？將把老六的扇套繡完，這就又給自個兒攬了活兒了？也不曉得歡宜有沒有給妳工錢？不錯不錯，咱們家也能出個端莊嫻靜、繡工卓越的小娘子了，一早叫妳舅舅將妳帶回西北去，叫西北那老姜家還有張副將都饞得眼紅。」

方皇后身出將門，不擅女紅，一向對行昭的繡花繃子敬而遠之。

行昭小聲笑出來，方祈領了右軍都督的直隸，哪兒還能回西北呢？若叫桓哥兒襲了職，倒還能回去。

「這是給大表姊繡的香囊！」行昭笑嗔。「也不知道大表哥與大表姊什麼時候回來，就先做著，免得大表姊一來，手一攤拿出好多賀儀（注），阿嫵卻什麼也送不出去！」

方皇后邊笑邊拿銀剪子，將槐花多餘的枝條「哢嚓」一聲給剪了，邊說：「千金難買真情意，妳拿親手做的香囊去換瀟娘送妳的金銀頭面，阿嫵妳虧不虧？那兩個要進京，方都督整日愁眉苦臉地提著八色禮盒，今日登黎家的門，明日登閔家的門，求完教書先生，求教引嬤嬤，就曉得那兩個有多不讓人省心！若不是最近朝堂上不太平，他怕能一舉成了這些時日定京城裡最大的話題……」

話到最後落了落調。

應邑身故後，鳳儀殿有著十足的默契——不提此事。任外頭紛攘熙熙，鳳儀殿巍然不動。賀太夫人遞帖子進來，方皇后直接將帖子退了回去。信中侯閔夫人帶著閔寄柔過來，也只是被請到了偏廂坐了坐，行昭給閔寄柔送了幅張朝宗的古畫，閔寄柔隔天便拿了張米芾的字帖送進來。兩個小娘子拿自家的庫房做人情做得不亦樂乎，方皇后也不管，只笑著點了點行昭的額頭，嗔怪她——「小富婆光曉得敗家！」

當方皇后見了閔夫人，六司每天接到的摺子便多得像雪花片似的了。方皇后索性讓蔣明英將名字都抄了下來，又拿給行昭看，問行昭從裡頭看出了什麼來，這是方皇后樂此不疲的訓練方式，行昭捏著澄心堂紙想了想，當天下午便交了答卷。

「皇親裡只有平陽王妃與中寧長公主遞了摺子來，其他的都沒有動靜，這也好理解，平陽王是應邑長公主的胞兄，中寧長公主卻一直靠著慈和宮過活。可勛貴裡除了黎家、中山侯家，還有信中侯家外，都或多或少遞了摺子上來。黎令清大人敢梗著脖子和皇上說『國庫沒錢』，就自然有這個膽量確信禍事不會波及到自己身上；中山侯家不涉政事，家底豐厚，清清白白，也不在乎。其他的或多或少都與梁家、顧家、應邑長公主有聯繫，長了腦子的人就算不知內情也一天惶惶不可終日。朝官家眷除了梁夫人十分認真地每天遞摺子，其他的都還保持著觀望的態度。」

題不難，可在方皇后眼中，七、八歲的小娘子能有這樣的觀察力與分析，還是算難得的了。

做母親一向是矛盾的，方皇后既一心一意想將行昭嫁到安穩平實的人家去，可還是一手一腳地將手腕與心機慢慢教給她，又不希望孩子能用到心機與手段，卻仍舊不放心小娘子是一張潔白無瑕的紙。

看一看她的胞妹就明白了，人生世事無常，誰知道自己最後會落到一個怎樣居心叵測的坑裡頭？學會站起來，學會活下去，總是最重要的。

這回難得，方皇后頭一次主動提及應邑身故，行昭將針線攏在一起輕手輕腳地擱在了身側的箱籠裡頭，眉目輕斂。「算算日頭，應邑長公主暴斃是在八月二十三日，如今是二十六日，您明明該是最忙的，平衡六司，辦小殮禮、大殮禮……」輕輕一頓，唇角微微展笑。

注：賀儀，意即賀禮。

「是皇上對喪事自有安排嗎？」

方皇后將那枝槐花拿得遠遠的，白衣勝雪，沒急著答話，先將枝條斜斜插在了青玉湖色花斛裡頭，偏了頭換個角度又瞧一瞧，終是覺得不滿意，又將槐花拿了出來，低下眉重新修剪一番。她話輕聲出口，卻答非所問。

「在西北，貴家女兒們可不興插花、繡針、抄佛經，我們常常換上胡服，換上籠褲，駕上爹爹的駿馬，一揮馬鞭便在西北的黃沙荒漠裡揚長而去。」

行昭手放在膝上靜靜地聽，晌午時節正好，自應邑去後，她的心便悶悶的，蔣明英也不願細說應邑的死狀，她所知道的只有賀琰去了大覺寺，應邑死在了賀琰的面前，僅此而已。

可除了暢快與復仇之後的釋然，還有淺得幾乎嚐不出味道的心酸。

方皇后平心靜氣地娓娓道來。「娘親去得早，爹爹不願續絃……」說到這裡唇角微微上勾，是對舊事的緬懷，更是對今朝的排斥。「說來也奇怪，西北的男兒漢放在荒漠裡頭個頂個都是能斬狼撲虎的好手，可一回家便能在自家婆娘的面前輕言軟語，半句重話也不多說……」她帶著笑輕輕搖搖頭。「扯遠去了，回歸正題吧。爹爹不願續絃，一個家裡就剩個老姨娘在操持家務，喪婦長女不好嫁，可在西北並沒有這樣的規矩，爹爹卻一個接著一個將求親的人打了出去。直到前朝元后之子突亡，先帝為三皇子求娶方家長女。」

這是行昭頭一回聽見方皇后自己的故事。

方皇后是慈母、是摯友、是嚴師，是一個完全能讓人依賴的人，可她的苦卻從來不比任何人少。

行昭屏息靜氣，鳳儀殿此刻的時光好像靜止不動了，沈甸甸地一直停留在這一刻，蔣明英早已帶著宮人退到了外間，行昭躬身坐於炕上，方皇后仰臉靜默地隱隱在槐花之間，好像桃李芬芳，再不能眠。

「皇家上門求娶，爹爹總算不把人打出家門了，對八字、備嫁，然後出嫁。出嫁那天平西關裡浩浩蕩蕩，滿眼都是大紅喜慶，吹的嗩吶打的鼓，鬧得好像要把人的耳朵都震聾一樣。這是我頭一次進京，嫁的是皇子，可那個時候先帝分明已經將二皇子當成儲君在待了，別人看皇子妃是一個要求，可看太子妃又是一個要求。我不能穿胡服，不能穿籠褲，不能大步走路，不能跑，不能跳，我的人生好像就這樣被拘在了一個四四方方的天下面。」

方皇后仰著頭比劃了個手勢，笑著看向行昭，目光溫溫的，又將手勢放大。「等當了皇后，進了宮，原本這麼大的四四方方的天就變成了這麼大，大了規矩卻更重了，原來的那個以美豔與聲色侍君的顧皇后，一夕之間就變成了日日都要見面的慈和宮裡的顧太后，我心裡怕不怕？自然是怕的。可我不能怕啊，因為我的阿福也嫁進了定京，嫁到了人人讚頌且規矩極好的臨安侯府賀家，嫁給了定京城裡的碧玉明珠。娘親去得早，我也嫁得早，我出嫁的時候阿福才五歲，扯著我的袖子哭著叫『姊姊、姊姊』，爹爹不會教女兒，只會一味地寵，也幸好阿福個性溫和，否則又是個養得跋扈任性的小娘子。阿福嫁進京了，我得護著她，再多的怕也只能變成更多的勇氣。」

行昭輕輕揚了揚頭，方皇后這樣平平淡淡的一番長話，幾乎讓她的眼淚奪眶而出。

這個世間誰活得不難？

應邑是活得艱難，母親生活單純所以見識淺薄，遇見的男兒都是偽君子真小人，身為金枝玉葉卻活得壓抑偏執。

因為她活得艱難，因為她有痛苦與悲傷，因為她需要，她就可以罔顧人倫道德，為所欲為了嗎？

活得再難，也要堅守，堅守一種信念與底線。

午後的光輝如同清水一般直直地傾灑下來，方皇后的話鋒一轉，回歸正題。「我便是在那個時候才真正地與我這位嫡親的小姑子相處的。」

是了，太子尚未登基，沒入宮住，方皇后對顧氏與應邑也只能遠觀。

「長得極好，個性也強，想要的東西一定要拿到手，東宮的黑漆羅漢象牙床她想要，顧太后便找皇帝討，皇帝心軟，揮揮手給了便也給了。應邑拿到手了卻嫌棄，『嫂嫂在西北長大，半分家教也沒有，一張這樣好的床也能用得連象牙也不那麼白潤瑩然了。』皇帝當作笑話和我說，我卻不能笑，只能第二天又開了庫房選了一張嶄新的黑漆象牙屏風給她送去。

「向公公回來稟告，應邑死前喝下的那杯茶裡正好摻了我留下的湯藥，盛茶的茶壺裡也有。有趣的是，應邑斟了兩杯茶，可只有一杯被她自己喝了，另一杯卻被孤零零地遺棄在了桌上。」

方皇后邊說話，邊側過頭將槐花插在青碧無瑕的蒲草之中，語聲平朗。「應邑想讓賀琰和她一起死，可最後一刻又變了主意。兩杯茶水，一杯沒了，一杯放著，直到涼透了，變冷了，就該被倒掉了。就像這兩個人一樣，應邑撒手解脫了，賀琰卻還活著，日日膽戰心驚地活著。這是應邑一生中對賀琰的最後一擊，也是對他的唯一一擊，並且一擊即中。愛人變成敵人，這才是最可怕的。」

行昭的手緊緊揪住裙裾，再緩緩放開，糯裙上縐縐巴巴的一片像極了時光長河裡永難磨滅的傷疤。

賀琰是應該怕的，他不僅應該怕，還應該愧疚與恐懼，他更應該每天惶惶不可終日地苟延殘喘在這個人世間。

人生中兩個對他肝腦塗地的女人，都以同樣的方式死在了他的眼前，母親是他逼死的，應邑又何嘗不是被他逼死的！

「愛……」行昭歪著頭低低呢喃著這個難懂的字眼。問世間情為何物？直教人生死相許。或許應邑到最後已經不愛賀琰了吧，只有看透了才會選擇孤身赴死，獨自走向一個沒有賀琰的未來？有了愛，才會有恨，反之亦然。在最後的最後，應邑看穿了賀琰的嘴臉，放下了執念，已經不愛他了，又怎麼會恨他呢？

再想一想，若是當時賀琰喝下了那杯茶，她的心境又會變成怎樣呢？還是會歡欣的吧，因為計謀的成功和人力干涉之後的回報，以及總算能給母親一個交代的釋懷。

可歡欣之後呢？

所有的荒唐與愚蠢一旦被蒙上了「愛」這層紗，就會奇妙得變得讓人憐惜，可行昭卻並不喜歡這樣的感受。

錯了就是錯了，可憐並不能當飯吃。

方皇后輕笑出聲。透過染上初秋昏黃的花間繁榮，靜靜地看著迷茫與悵然的小娘子，心裡說不出是什麼感受。應邑身亡，要問誰最高興，她算得上一個，畢竟被應邑算計致死的是她的胞妹。

按理說，行昭也能算得上一個，可小娘子這兩、三日卻絕口不提應邑身故的話頭，照舊吃喝，照舊描紅，照舊挨著她撒歡。

她不知道應該憂還是喜，喜怒不形於色是好兆頭，可在她眼裡卻總覺得這個七、八歲的小娘子承受了太多，為母親的身亡而終日愧疚，為父族的冷情而選擇堅強，為放下怨懟與仇恨而殫精竭慮。

「愛這個字妙得很。惠者愛也，惠既有予人好處的意思，也有聰明的意思。愛並不是盲目，既需要聰明，又需要良善，這樣才能叫做愛。」方皇后示意蔣明英將花斛呈到高几上擺著，笑著輕輕攬過行昭。「蒙蔽了眼睛的愛並不能完全稱作是愛，那是偏執與愚蠢，若要愛人，首要愛己。應邑既不聰明，又不良善，將愛放得比自己還要高，所以她死了。這世上的傻姑娘們太多了，我們阿嫵要學得聰明一點才好，可又不能太聰明，太聰明了，少年郎們便會敬而遠之了。」

這是這位大周皇后的經驗之談，她在開解行昭，何嘗又不是在開解自己。

可惜皇后娘娘說著說著，又七拐八拐地拐到了小郎君身上了。

前半段話，讓才從前世的苦難與母親經受的折磨中抬起頭的行昭深以為然，緊緊揪住方皇后的衣角，正要開口答話，卻聽外廂傳來一聲低悶的輕咳聲。

重。

行昭將頭從方皇后身側探出去，便看見皇帝撩開湘妃竹簾跨步入內，神色比往常還要沈

也是，誰家死了妹妹，做哥哥的都不會高興。

該來的總會要來，行昭麻利地下炕趿拉上鞋，低眉順目地立在方皇后身後，方皇后見到皇帝一向都是福個身便算了了事，可行昭不行，小娘子還得清清脆脆地道個福聲。「臣女給皇上問安，皇上萬福金安。」

皇上面色微霽，大手一揮算是讓行昭起身，半側坐在炕上，突起閒情逸致，拿起行昭藏在繡花箱籠裡頭的香囊看了看，笑問。「繡得好！繡得比她姨母強多了，是跟著臨安侯夫人學的針黹？」

皇帝率先提起臨安侯夫人，這讓行昭心頭一跳。

小娘子斂眉淺笑，笑著放輕了語調作答。「是，常常母親見完管事嬤嬤，便摟著臣女一針一線地教導，臣女蠢鈍，母親教了好些時日才把針法學會。可等臣女會做帕子、會繡香囊的時候，母親卻看不到了。」

皇帝將做了一半的香囊放回箱籠裡，朝行昭招招手。

行昭餘光瞥見方皇后神色如常，心裡放鬆了一大半，小碎步往前走。

皇帝輕嘆了口氣，摸了摸行昭的雙丫髻，特意壓低了聲音，難得一見地帶了些哄和寵。「臨安侯夫人會看到的。朕記得她與妳的個性大相逕庭，朕還問過妳，都是方家教出來的女兒，怎麼一個像天上的鷹，一個卻像枝上的鵲？」後一句是皇帝坐著仰頭在問方皇后。

行昭被皇帝攬在懷裡，感到渾身一僵，動也不太敢動彈了。

說實話，皇帝並不是一個平易近人的君王，歡宜是他膝下唯一的女兒，都不見她與皇帝有多親近，或許在皇家對親情還有所奢望，本來便是一種愚蠢的想法。

前些時日，歡宜拉著六皇子來瑰意閣尋她，六皇子倒說了這樣一句話——「方將軍是個能以一敵百的英雄，可上次看他訓揚名伯，扠著腰又敲頭、又罵嚷，揚名伯倒也縮著頭聽之任之，一副死馬當活馬醫的表情，逗得我憋笑憋了一路。」

說時，少年郎分明是帶著羨慕與嚮往的神情。

皇帝這樣的親暱，讓行昭感到萬分的不習慣，腦子裡飛快運轉，一掠而過的念頭，連她自己都不敢承認會是真的。

「阿福個性是比我軟綿一些。」方皇后親手斟了盞茶，彎腰擱在小案上。「其實阿嫵與她母親也不太像，我倒覺得阿嫵像我這個姨母更多些。外甥像舅，景哥兒除了行事比方都督規矩點，其他的性子倒也跟方都督像得很。」

皇帝想了想，才想起來景哥兒原是指臨安侯賀琰之子，當今的揚名伯。

明明是夫妻間平淡無奇的家常對話，卻讓行昭聽得膽顫心驚。

賀行昭像方皇后，賀行景卻像方祈，賀家的兩個孩子不像自己的父族親眷，反倒像極了外人！

行昭飛快抬頭，正好對上方皇后的眼光，瞬間明白她們想到了一處去——

方皇后正為她與景哥兒的抽身脫離，鋪著路呢！

皇帝好像很有興趣聽下去的模樣，方皇后便也鬆鬆快快地順勢坐在了皇帝身側，笑著繼續說下去。

「景哥兒個性耿直，阿嫵溫和沈靜，阿福在世時便常常同我說悄悄話，阿嫵是幼女，處境倒還好一些，臨安侯也願意看在阿嫵敦厚溫和的個性，同阿嫵說說話，父女倆喝喝茶倒也安逸。可臨安侯待景哥兒便是完全的嚴父了，您自個兒想一想，您待二皇子是什麼樣？二皇子開朗外放，您即使面上沈穩些，可心裡頭也是歡喜這個兒子的吧？臨安侯卻能當眾給景哥兒沒臉，要不就是甩在一旁不聞不問的，都是半大小子了，再過幾年就是要娶媳婦兒的人了，當爹的還這樣，叫孩子怎麼將自個兒給立身起來？」

完全是一個妻子同丈夫既有尊崇又有勸誡的口吻。

或許這就是為什麼，皇帝防備著方家，方皇后卻仍舊能在皇帝心中占據一席之地，不可動搖。舊時的情分算什麼啊，瞅瞅賀琰，再瞅瞅皇帝。

皇帝沒答話，心頭的一把算盤啪啦打得響亮極了。

鳳儀殿靜悄悄的一片，碧玉縮手垂眉地立在一旁，往日的聒噪神色早已不見蹤影。這小妮子是被嚇到了，應邑長公主死得不光彩，她身邊服侍的人自然頭一個被推出去頂包，服侍的主子都沒了，下面的奴才自然也要返回宮苑了，返到哪兒去？自然是六司。

六司的管事女官都是從小宮人熬上去的，整治人的法子多得是。應邑身死，皇帝心裡頭不痛快，皇帝不痛快，下面人就更不痛快了，便將氣往跟著回來的碧玉身上撒了。

等蔣明英到六司的時候，碧玉已經是一張臉慘白得沒了生機。

用碧玉換其婉，利用碧玉多嘴多舌的個性，把事講給應邑聽，再等碧玉受了苦頭，改了性子之後，方皇后再去將她撈出來，這個時候的碧玉已經是個安靜沈默、被震懾得規規矩矩的新人了。

方皇后算計在前，可後來卻做得仁至義盡，沒有讓碧玉將一條命折在這件事上。

這大概就是她說的愛耍聰明與良善吧？

「將溫陽縣主領到花間去吧。」皇帝溫笑打破沈默。「福建進貢上來了幾匣子南珠，小娘子如今用不上，慢慢攢著，往後當嫁妝使。」

蔣明英過來牽行昭的手，行昭規規矩矩地行了禮便撩了湘妃竹簾往外去，身形將出內間，便聽見皇帝的話。

「應邑的喪事全部交給內務府打理吧，妳別插手。三娘過世，母后那邊說是哭得厥過去了幾次，妳也別管……」帝王頓了頓，才說道：「等朕晚上過去再和母后詳說內情吧。」

行昭身形一頓，輕輕偏了偏頭，眼眸往後望了望，湘妃竹簾上的淚痕被六司熏成了斑斑駁駁的黃褐色，在天家富貴面前，連娥皇女英的眼淚都要變個顏色才能叫好看。

過了一小會兒，才聽見方皇后的回音。

「讓我親手打理應邑的喪事，我心裡也不舒坦，到底是嫡親的姑嫂，誰願意看到她這樣不體面的撒手人寰？這幾天日日去慈和宮請安，也就是被請到正殿裡行了禮便算完事，估摸著母后心裡也不快活，總不願意見人。說起來，臨安侯當真無辜，被拉攪進這一樁事裡頭，親眼看著應邑亡故，任誰心裡也不好受，聽說臨安侯太夫人稱病，臨安侯這幾日在床前侍疾，連早朝也沒上？」

「他無辜……」

從內間傳來一聲壓抑了的蔑笑，是皇帝的聲音。

「他和應邑也扯不清楚關係！原先暗衛下去打聽，曉得了應邑時常和一個男人在城東的青巷裡頭，朕便以為是馮安東，立時沒了那個心思將胞妹的情事聽個一清二楚，也就草草地過了。應邑死前要見賀琰，朕心裡便暗道不對，又讓人下去打聽，街坊四鄰，一個一個挨著問，這才問到，除了馮安東，竟然還有一個頭戴黑冪籬、身長八尺的男兒漢時常出入青巷。再細查下去，應邑怕是和妳妹……」

皇帝突兀地停住了話頭，生硬地轉向了別處。「朕答應應邑許她葬入皇陵，也要著手為她選過繼之人，便一定會做到。她既然已經嫁到馮家去了，就是馮家婦，等馮安東過了一年居妻喪，妳再著心給他選一個家世不高的妻室，等生下孩子就過繼一個到應邑膝下吧！」

馮安東身形不高，可賀琰卻有八尺之長！

皇帝止住的話裡是想說，這件事與方皇后的妹妹也有關聯嗎？

可話到半途卻止住了，想一想也是，皇帝以為方皇后不知道方福死的真相，如今卻被他挖出來了，身為一個丈夫，自然不願意將自己胞妹逼死自家小姨子的事實說給妻室聽。

蔣明英輕輕捏了捏行昭的掌心，示意不該立在遊廊裡聽壁腳了。

行昭仰臉一笑，將拐過壁角，便看見蓮蓉垂眉斂眸過來，壓低聲音通稟。

「歡宜公主過來了，現今候在瑰意閣裡。」

行昭喜出望外。自應邑被送去了大覺寺，闔宮上下都安靜了下來，有門路的找門路問東問西，沒有門路的更是避之不及。陸淑妃原就是個靜得下來的，如今更像宮裡頭沒這個人似的了，連帶著一雙兒女都沈寂下來。

這才是聰明的做法。

再看看惠妃，以為自己最聰明，可使勁地作，皇帝難得踏足一回後宮，便去了她那兒，半夜卻被她氣了出來。

第二天早晨宮裡頭的謠傳便滿天飛了，有說惠妃是「以為自己沾上了個寵字，便得意得很了，竟然想去大覺寺瞧一瞧那一位」，也有說是因為「給應邑長公主求情呢，全天下都是壞人，只有她一個好的」。

先掂量掂量自己幾斤幾兩重，再看看能不能賣給別人一個人情和面子。這世間有力拔千斤的，更多的是自不量力的。

宮裡頭處處是學問，前世的自己怎麼就一點兒沒學到呢？

行昭一面加快腳程，一面腦子裡動得飛快，大約前世是因為方皇后將她護得嚴嚴實實的，被護在母親寬大羽翼下的幼鷹是不需要擔憂狂風驟雨的，才會養成了她驕縱而恣意的個性。

第五十四章

行昭將跨過門檻，便看見了小娘子穿著件月白蹙銀絲的褙子，頭上佩著一對玉花簪子，儀態端莊地坐在炕上。行昭福了個禮，邊笑邊順勢坐在其旁。

「頭一次看歡宜姊姊穿月白色倒也好看，怎麼不戴一對翡翠簪子？顯得既抬色也貴氣。」

歡宜沒急著答話，先歪頭往窗櫺外瞅了瞅，揪了揪衣角，輕嘆一聲。「宮裡頭如今是什麼樣的氣氛？我哪兒還敢佩亮色的東西？母妃恨不得讓我穿上一身白，再在頭上簪朵小白花，整天到晚別笑、別叫、別說話。」

行昭了然。

又聽歡宜後話，素來嫻靜穩重的小娘子想來是憋話憋得久了，一見到個能說話的便一股腦兒往外拽。

「母妃連韶腦、松香都不許點，重華宮本來就悶得慌，原先還能上一上常先生的課，如今太后娘娘身子骨不好，雖說不要孫輩侍疾，可總也不好做兒孫的還能平心靜氣地日日去上學吧？昨兒個，老六又跟著黎大人去江南了，重華宮裡連個能說話的人都沒有。宮外頭的人不知道三姑母的事情，宮裡頭的人誰不知道？大覺寺是個什麼地方，循規蹈矩的女兒家能去那兒嗎？陳娘娘宮裡照舊穿紅著綠，只有母妃最守規矩。」

放在前世，歡宜打死也不會同行昭說這一番話。

行昭也不知是該感慨還是該遺憾，前世裡行明也不可能盡心盡力地幫她打聽活動，更不可能幫她照料荷葉；歡宜在前世是個話不過半句、言前想三分的端嫻公主，如今她卻成為她們身邊值得信賴的人了。

她沒來得及改變母親的命運，卻在一朝一夕之間改變了自己的命運。

「淑妃娘娘守規矩還不好？這幾天樂伎苑裡頭都沒了動靜，四皇子也曉得事有不對呢。」行昭指了指內間掛著的那套水色蓮紋掛罩，笑說：「皇后娘娘也將阿嫵原本的絳紅罩子換了下來，總歸是出了喪事，該做的都得做。」

皇帝也不願意在面上來作踐自己的胞妹吧？

可心裡一直壓抑著的怒氣又該往哪裡發呢？

歡宜是過來閒話家常的，悶在心裡頭的話吐了出來，便轉了話頭，語氣變得鄭重。「過幾日就該行大殮禮了吧？打頭、摔盆、捧靈的定下來了嗎？總不能要天家的兒郎去打頭吧？衛國公家、馮家多得是小兒郎……」

可都不是應邑生的啊！

女人天性好言，歡宜一個十三、四歲的小娘子，既是出自好奇心問這番話，更是出於試探內情，畢竟應邑被送到大覺寺的理由有些站不住腳。長公主小產後神思恍惚，需要在佛前靜心，又有暴斃而亡在後。

明眼人一看就知道不對勁，可一個公主、一個女人又能犯下多大的罪孽？

可皇帝不敢、也不想將內情公諸於世，將實情瞞得好極了，底下人便只有猜了又猜，想了又想。抓耳撓腮得幾乎走火入魔，這不，歡宜都將主意打到了行昭身上了。

「阿嫵這可不知道。」行昭實話實說，轉了轉眼珠子，笑言。「內務府也沒來鳳儀殿請示喪禮規矩，想著也是按著定例來吧。前朝總有出了嫁沒孩子的公主吧？」

像是說了什麼，又實實在在什麼也沒說。

歡宜像淑妃，個性聰明，從行昭話裡頭揀到了這麼一句，「內務府都沒來鳳儀殿請示規矩」。定例是定例，可有立就有破，前朝哪一個得寵的嫡公主是完完全全按照禮部的定例出嫁、封爵、再行葬的？得寵的就多加點榮寵，不得寵的才一五一十地全照著定例活！

應邑是太后幼女，皇帝親妹，身分都放在那裡了，能有不得寵的？

可皇帝卻不讓方皇后插手，這就足以表明態度了。甭管應邑長公主做了什麼，只要結果是皇帝連面上的工夫也不想給她做了，這就能讓人放下心來了。

歡宜聽到了自己想要的，便笑盈盈地同行昭扯東扯西扯開了。「八、九月分的天氣去江南，哪兒還使得上扇子啊？老六非不聽，急不可待把妳給他繡的那個扇套讓下頭人弄好，非得帶過去。是跟著黎大人辦公務，本來就事急從簡，他倒好，行李不多，一柄象牙扇就占了一大塊包袱，母妃是又氣又笑。」

行昭不明白歡宜想說什麼，抬頭看了看小娘子的眼神，亮亮的眼眸像天上閃著的星辰，索性打著哈哈。「有些人怕熱，有些人怕涼，往前就有叫花子大夏天的穿著棉襖守在臨安侯府的門口。許是端王殿下怕熱，離不得扇子？」見歡宜面色不對，趕緊岔開話頭。「早聽樂伎苑出了個名角叫段小衣，比柳文憐還好，是四皇子手把手教出來的？」

歡宜面上浮起笑，嗔著行昭。「那倒比柳文憐還差些，是個新人，才十一、二的年歲，唱思凡唱得好，又得了老四喜歡，是個能成氣候的。」說著鳳眼一勾，笑咪咪地湊過身來，俯在行昭的耳邊說悄悄話。

行昭大愣，目瞪口呆地望著歡宜。

歡宜看著小娘子瞪大了一雙杏眼，瞳孔大大的像極了一隻軟軟糯糯的貓兒，不禁笑出了聲，又立了聲裝腔作勢地威嚇行昭。「可不許往後說！我們兩姊妹的話，誰也不許往外傳，誰往外說了誰就賠一方賀蘭硯。」

這話怎麼往外傳？捕風捉影，卻極損皇家臉面。

一個戲子……一個十一、二歲的戲子怎麼能長得像二皇子，還占盡了四皇子的喜歡呢？

女人家沒有不喜歡傳話的，無關老小。

可行昭卻知道這番話是絕對不能傳出去，皇帝正為胞妹荒唐身故而火冒三丈，絕不能因此再觸其逆鱗！

「阿嫵曉得！」行昭擰緊眉頭點頭，她本能地對這件事慎重起來，想了想柔下聲，細聲細氣地同歡宜說：「歡宜姊姊也要千萬記得，世間百態，浮生萬人，或許我的眼睛與妳的鼻子像，又或許我的嘴巴與別的人像，再或許我左邊看起來和妳一樣，可右邊看起來又與別人一樣。」

歡宜長在宮中，哪裡不曉得嚴重，聽小娘子糯聲糯氣的、委婉的勸誡，心裡頭卻明白極了。

直點頭，笑了笑又將話扯遠了，從太液池的芙蕖一半謝一半開更好看，一直說到江南。「說是去查水患的，母妃備了仁丹、艾藥膏還有一大包袱的清涼油，更囑咐老六不許靠近堤防，不過老六多半都不聽。他從遼東回來，騎馬磨得手上、腿上全是繭子，在重華宮整整睡了三天，整個人才緩過神來，不過少年郎拚一拚也挺好的。」

是因為一聽到方祈回京，加快腳程趕回來送信的吧？

前世這個時候也有水患，可只有黎令清一個人去江南督查啊。

行昭抿了抿唇，眼神微微抬了抬，又輕輕黯下去，面上輕笑著聽歡宜說話，時不時附和兩句，臨到晚膳，留了歡宜一道用了素齋，讓蓮玉去前殿打聽了下，說是皇帝用完晚膳便往慈和宮去了，便領著歡宜去給方皇后問安。

方皇后看上去心情極好的樣子，溫聲叮囑歡宜。「過猶不及，讓妳母妃做好該做的便也可以了，等過了應邑長公主的大殮禮，常先生的課業也要提上檯面了，不僅要學《女四書》，更要學老六、老二他們學的東西，學的不比他們多，粗略學學就好。女兒家還是該懂些政史大局，否則往後出了岔子，悔之晚矣啊！」

行昭手交疊在膝上，規規矩矩地將頭乖乖垂下。

歡宜卻猛地一抬頭，所以這是在暗示，應邑長公主不顧大局與國體，才得到了暴斃而亡的教訓嗎？方皇后的神色如常，眸光柔和卻氣勢十足，歡宜趕緊低下頭，她不太敢看這個嫡母了。

一國之母，六宮之主，穩穩地當了幾十年，從來沒捲入過什麼是非，說話也不會像別的妃嬪、女人一樣藏得猶抱琵琶半遮面，可就是讓人不得不深思其中意味。歡宜餘光裡瞥見了面容恬靜的行昭，陡然發覺如今小娘子行事言談的套路好像與方皇后如出一轍。

大約是跟好人學好人？

第二日清晨，應邑的諡號就頒布了。

大周以前的公主除非是有卓絕功勛，或是盛寵加身才能有諡號，比如大唐的平陽昭公主、安定思公主，前者是因為巾幗不讓鬚眉，後者則是因為武后與高宗的憐愛與懷念。到了大周朝，願意給女眷更多的榮寵了，可也只是表面的榮耀，並沒有一絲半分實質性的獎賞，想一想也對，多賞幾個字又不是多賞幾座城池當封邑，誰又會吝惜呢？

比如行昭這個擔著縣主名頭的空架子，再比如鋪天蓋地的公主、皇后的諡號。

「應邑安公主」，這是昨兒夜裡皇帝與太后達成的共識吧？

安，安分、安定，亦是安撫。

行昭低著頭認真地繡著手上還沒完成的那個芙蓉碧水紋香囊，耳畔邊聽見方皇后那頭衣料窸窸窣窣的聲音，輕輕一抬頭，便與之對視著笑瞇了眼。

顧太后不可能將自己牽扯進去，賀琰已經進入了皇帝視線，顧太后只需要哭著鬧著，含糊其辭地順水推舟一把，皇帝心裡的疑慮只會更深。安撫完這頭，那滿腔的怒氣往哪處發？皇帝心裡頭想必已經有了答案了。

的。

馮安東是應邑出面聯繫的，梁平恭夥同應邑偽造的信箋，連方福都是應邑相邀在酒樓裡只可惜皇帝無論怎麼查，也只能查到賀琰與應邑的關係，止步於此再難向前。手上不能拿到實實在在的證據，可皇帝要厭惡一個人，還需要證據嗎？

這樣就夠了，有沒有證據不重要，賀琰最期望的是什麼？是權勢與地位。誰又能給他這些東西呢？皇帝。當皇帝已經不再信任他，甚至懷疑與厭惡他時，賀琰的人生便已經徹徹底底地失敗了。

至少在他自己看來，是這樣。

時光翩然飛逝，晃然而過，定京城的辰光堪堪進入了九月。

時人停喪以三日、五日、七日至百日不等，均需單數，停喪期同當時的氣溫和喪者身分息息相關，應邑死在八月末，按道理是要停喪三十一日的，可皇帝以「晌午的日頭不落，要讓長公主早些安息」為由，大手一揮定在了九月上旬出殯。

是故，大周朝的應邑長公主在九月初七出殯發喪，棺木由定京城東的長公主府，掛滿了白絹與麻布，一路撒著紙錢，吹吹打打地到了皇陵。

「老二送喪回來說，棺木剛下降的時候才發現泥裡頭有條死蛇，當時便不敢動了。初七的時候，天又下著大雨，雨一滴連著一滴往泥裡打，棺木就這麼靠在旁邊，還是後來平陽王膽子大，讓人去將那條死蛇挑了出來，又請先生重新撒了五穀，做了儀式，局面才顯得不那麼僵。」

王嬪端著小盅沒顧上喝茶，蘭花一樣的一雙清妙目看上去有些心有餘悸，再抬頭望了望窗櫺外，輕嘆口氣。「這幾日像是天漏了條縫，整日整日地落雨，臣妾雖不信這些，可到底還是去妙經閣請了個平安符讓老二掛上，又請先生算了算這幾日的凶吉避害，說是要住在南邊，臣妾又趕緊把南邊的院子拾掇出來，這才心安。」

難得王嬪在行早禮的時候說上這麼一長番話。

今兒個九月初九登高重陽，行早禮的人來得齊，上了階位的妃嬪都在，連著行昭、歡宜還有四皇子這幾個小輩也都跟在各家長輩身側。

王嬪說完這麼一長番話，行昭微不可見地蹙了蹙眉頭，再一抬頭便看見歡宜也在往她這處看，便輕輕頷首，含蓄地回之一笑。

應邑出殯前幾天就一直陰雨綿綿，到了出殯的日子，雨下得更大了，大雨磅礡裡，一行天潢貴胄吹吹打打地抬著棺木，倒像戲本子裡的一齣好戲。可惜戲本子裡身故的人都無端讓人惋惜，應邑身死卻讓很多人長長地舒了口氣。

打頭、捧盆、捧靈的是馮安東長兄的大郎君，主持局面的卻是平陽王，六皇子去了江南，四皇子腿腳不好，小一輩的天家男丁裡只有老二去撐局面了，這倒讓王嬪不能不多想，連著兩日都往鳳儀殿跑得勤。

世間很多事都是藏著掖著的時候最美妙了，情人間的曖昧是這樣，權勢的誘惑也是這樣，一旦全部露白了，人性反倒沈寂了下來，不比如今上竄下跳。

行昭手規規矩矩地擺在膝上，微微抬眸，正好透過縫看到王嬪如彎月般美好的側面，溫柔而婉和。

惠妃輕哼一聲，方皇后拿眼往下首一瞥，惠妃便眉目一轉，頹然地往椅背上一靠，沒了後話。

「這個說法，本宮倒是頭一回聽到，皇上也沒同本宮說過。」方皇后笑一笑，做出十分惋惜的模樣。「定穴開墳是大事。死蛇，到底是不算太吉利。不過王嬪也不要太擔心了，二皇子是龍子鳳孫，自有天家祖宗庇佑。且郎君們是做大事的，女人家上香拜佛是人之常情，可妳曾見過哪家的小郎君拿了炷香在菩薩跟前拜的？二皇子也是封王的人了，日日跟在皇上身邊做事，見的都是大世面，女人家的願意燒香就燒香，願意唸經就唸經，心意到了便好了，可別拖累了小郎君。」

王嬪登時面紅耳赤，方皇后難得這樣拐彎抹角地斥責她，是在說她將小郎君當成小姑娘養了。

方皇后怎麼不想一想，她統共就這麼一個兒子能指望，方皇后是沒兒子，可闔宮上下那三個小郎君誰敢不叫她一聲母親啊！那三個都是她的兒子，誰登大寶，方氏都是名正言順的太后。

可她呢？她在宮裡沈沈浮浮這麼幾十年，生下了兒子，細水長流地得了這麼久的寵，到了最後她還是個嬪位，她不將兒子看重一點，往後還能有什麼出路？若是兒子有個三長兩短，她……她便也不要活！

王嬪紅著臉，低著頭將蜀繡絲帕揪得一道一道的。方皇后將眼神靜靜地落在殿下這個江南水鄉出來的嬌俏清麗人兒身上，人的心一旦大了，有了一便想有二，有了二只怕十也不能滿足了。

皇帝身體康健，奪嫡立儲這檔子事現下提上日程還早了些，她不介意老二上位，可她容不得王嬪現在就開始自命不凡了。

殿裡清清斂斂的，惠妃「噗哧」的一聲笑像是湖面上被打破的那一朵漣漪，王嬪的心「咯噔」一聲落下，話隨著心一併出口。

「是臣妾想得不周到。可細想一想，應邑長公主本就是暴斃而亡，未至高壽就已是大大的不吉利了，再加上那條死蛇，又想一想這些天的天氣，臣妾素來膽小……」

「王嬪，妳說誰不吉利？」

打斷王嬪吳儂軟語的是一聲沈到骨子裡的老嫗之音。

偌大的鳳儀殿正殿頓時靜得悄無聲息，不過一瞬，便又響起了衣料摩挲時窸窸窣窣的細碎聲音，隨即便響起了甚是整齊的道福聲。

「臣妾給太后娘娘問安，萬望太后娘娘福壽安康。」

行昭立於方皇后身側，低眉順目，手縮在袖中，心裡頭輕輕告訴自己切記不要自亂陣腳，顧氏才是有苦說不出的那個，她能來幹什麼？讓方皇后接著去侍疾？如今的方皇后今時不同往日，是掌了六宮事宜二十年的鳳儀殿女主人！

連應邑身死，顧氏也只是就著帕子抹了兩滴淚算是作數，如今她還能做什麼？她難道還有這個資格來秋後算帳？

「都免禮。」顧太后言簡意賅，扶著宮人，擇了一身青藍褙子緩步入內，裙裾拖在光潔的青磚地上，一寸一寸地向前縮。

行昭抬起頭來，這才有機會看清楚顧氏如今的這張臉。到底是上了歲數的人，陡經波瀾讓原本保養得極好的一張臉，皺摺密布，老婦人的眼神瞧起來渾濁極了，卻讓人不寒而慄。像一條百足之蟲，死而不僵，還能睜大一雙眼睛死死地盯住你。

行昭手頭一抖，連忙將頭垂下，規規矩矩地跟在方皇后身側。

方皇后輕撚裙裾，笑著讓蔣明英去扶顧太后。一邊讓出上首左側，一邊吩咐人上熱茶，一道寒暄著話。「是在說一條死蛇霸了人的位置，不吉利。」又轉了話頭，神色關切極了。「您身子骨好些了嗎？臣妾前些日子去瞧您，丹蔻說您病得連偏廂的簾子也不讓臣妾撩開，臣妾只好日日在慈和宮正殿裡磕完頭問完安才心有惴惴地回來。如今瞧起來您氣色還有些不好，您還拖著身子過來鳳儀殿，叫皇上知道了，只有心疼的。」

顧氏喜歡作踐方皇后也不是一天、兩天了。

愛女離世心情不暢，嚷著病重把人叫過去磕個頭，能有什麼用？上回方皇后話裡給皇帝透了些意思，皇帝晚上去了慈和宮，方皇后晨間早起往慈和宮去磕頭作揖的戲碼這才罷了。

陳德妃扭身望了陸淑妃一眼，抿抿嘴，卻顯得十分不屑。

「皇帝是應當心疼。先帝去得早，留了哀家與幾個孩兒孤兒寡母地活得艱辛，好容易過出了好日子，三娘卻沒這個福分享，倒叫條死蛇占了位置！是很不吉利，王嬪說得好得很哪！」顧太后揪著前頭話，後頭只當沒聽著。
王嬪膝上一軟，手扶在把手上，一張素麗的小臉垂得低低的。
王嬪以為顧太后在責難她，行昭卻知道顧氏話中的意思，被一條死蛇占了位置，是指的母親占了應邑的位置吧！
行昭艱難地向上伸了伸頸脖，應邑最後了悟到了窮盡一生追逐的只是一個虛無縹緲的曾經，選擇了不愛然後不恨地放手而去，就算有弒母之仇，行昭同樣作為女人，也由衷地對這個敵人表達了最後一絲的同情與憐憫。
可對顧氏，她從這個前朝六宮爭鬥的勝利者身上看不到一絲光芒。
以前看不到，現在更看不到。
在應邑荒唐放肆的時候，顧氏選擇了推波助瀾，在還能為應邑扳回一城的時候，顧氏選擇了緘言自保，在應邑身故之後，顧氏又擺出一副為幼女伸張正義，報仇雪恨的臉面。
直至今日，行昭這才當真信了宮裡頭事關先帝的傳言。元后辭世，先帝選擇女人時便更看重容貌了，在前朝的後宮碾壓爭鬥中，美色即是最致命的武器。所以以顧氏的心力才智，才能矬子裡頭拔高子，脫穎而出。
「王嬪是當真為三娘的陡然辭世傷心擔心，母后既也覺著王嬪說得好，臣妾便賞王嬪一尊白玉如意吧。」方皇后笑一笑，未待顧太后出聲，便轉頭吩咐蔣明英。「過會兒行早禮散了，記得從庫上找一尊出來，本宮記得是往前臨安侯府送上來的，妳仔細且翻一翻。」
偏著頭，方皇后一邊想一邊又同王嬪說道：「好像上頭是鴛鴦戲水的圖樣，是和闐玉，瞧起來通通透透的，正好給老二的婚房多個擺件。王嬪還不給太后娘娘行個禮道個福，謝過太后娘娘的賞嗎？」

王嬪雖不曉得自個兒被方皇后當成了槍使，卻也知道這是在給她個臺階下，連忙輕撚裙裾，屈膝福身，算是了斷今日的這段恩怨了。

顧太后胸口一哽，如今的方禮待她當真是半分顏面也不給了！

原本在口舌之爭上，方禮還會退讓……

顧太后手蜷得緊緊的，方禮是個沈得住氣的女人，為了拿到六司的管事權，她整整籌謀了三年。

梁平恭身亡，三娘身亡，下一個倒楣的會是誰？是她還是賀琰？

她不敢去賭這個！

顧太后眼神從儀態萬方的當今皇后，緩緩移到了坐在杌凳上團著一張小臉的小娘子身上，神色未動，語氣卻放柔和了很多，邊拿手指了指行昭，邊言帶思懷。「哀家記得應邑這麼大的時候，十分喜歡張朝宗的芙蓉工筆畫，懸著腕日日描也描不厭，如今想起來恍如隔世，總還以為一把撩開罩子，便能看見梳著雙丫髻，絞了齊劉海，穿著一身桃紅高腰襦裙的小娘子坐在炕上描著畫，認真極了的模樣。」

方皇后心頭陡然升起一股涼意，顧太后的目光像扎在肉上的刺，陰冷得讓人疼到了骨子裡。

方皇后沒開腔，坐了滿殿的妃嬪哪個敢搭話？陸淑妃是曉得點內情的，心頭惶惶然，顧太后這是要做什麼？自己失去了幼女，便也要叫別人嚐嚐失去至親的苦痛嗎？不由自主地身子向歡宜那處靠了靠，若是有人想對她的兒女做什麼，她便能竄出去一把撓花那人的臉！

鳳儀殿靜悄悄的。

誰也想不到竟然是顧太后自己一而再，再而三地提及已經永眠於地下的應邑，她既然想擺出一副慈祥母親的面容，為何不給化為一抔黃土的幼女留下最後一絲顏面呢？

「應邑長公主原是喜好張朝宗的字畫？」陸淑妃輕蹙眉頭回之，帶著五分驚愕五分惋惜。「臣妾殿裡原是掛著一幅的，可惜不是芙蓉的工筆畫，是寫意的山水畫。若是叫臣妾早些時候曉得，一準兒託付皇上幫臣妾放在應邑長公主的陵寢裡。」

淑妃言罷，方皇后眼神深深地落在其上，若說這寂寂深宮的悠長歲月裡，誰一直相伴她左右，蔣明英算一個，陸淑妃算一個。

王嬪先頭觸了顧太后的霉頭，如今只顧低著頭端著小盅輕啜幾口茶。

陳德妃卻暗惱叫淑妃搶了先，囁嚅了嘴，輕張了口，想了想還是選擇將嘴閉上，她一輩子都沒陷入過朋黨之爭，絕不可能在如今形勢未明的狀況下，貿然下注。

是，方皇后一貫手腕靈活，占據先機，可皇帝一向遇到顧家的事便會退讓。

老娘和婆娘爭起嘴來，誰輸誰贏，這可不好判！

「哀家與皇后說話，淑妃插什麼嘴。」顧太后眼神往右一蔑，顯得十分輕慢。「都是宮裡的老人了，這點規矩也不曉得，這些天就守在自個兒宮裡好好抄上幾卷經書吧。」一道說話，一道將眼神重新落在了行昭身上。「小娘子都是見風長，幾日不見便又長了一頭，溫陽縣主快過來，讓哀家瞧一瞧。」

行昭沈下心來，餘光裡瞥到了方皇后抿得緊緊的唇角，耳邊又聞顧太后的催促。小娘子垂首斂眉，撚著裙裾輕輕起了身，眼神落在光潔的青磚地上，連人影都綽約可見。

行昭眨了眨眼，便能看見自己的身影模糊不清地投射在磚面上，再眨眨眼，整個人好像陡然變得清晰起來。她心裡隱隱約約好像知道顧太后要做什麼了。

逞口舌之利有什麼用處？還不如將一副牌面極大的籌碼握在自己手裡頭。顧氏眼光短淺，小家子氣，凡事只懂得往女人的道上去想，可這一次用一種女人間爭鬥的方式去贏。不，去保住自己在這一副局面的不敗之地，好像用得相得益彰。

顧太后手伸了出來，膚如凝脂，指甲上還染著一層火紅的、薄薄的蔻丹，紅豔豔地好像鮮紅的血跡。

卻叫行昭無端想起了林公公說應邑身故後，顧氏幾次哭厥過去的傳聞。

自私是有癮的，永遠戒不掉，一生如影隨形。

行昭收斂了思緒，乖巧地屈膝福了福，語聲穩重。「臣女給太后娘娘問安，望太后娘娘萬福金安。」

顧太后笑著讓小娘子起來，同時順勢牽住了小娘子的手。「記得妳這個縣主還是應邑幫妳求的，說是一見妳就喜歡。若不是小娘子與應邑沒什麼血緣親眷，哀家倒想讓妳過繼到應邑膝下，這樣算起來縣主的名頭才名正言順。」

話音一落，就像有一塊沈甸甸的鐵塊砸在鳳儀殿的青磚地上。

第五十五章

行昭感到骨子裡陡然發冷，她對應邑最後的那一絲憐憫，被她這個已經瘋癲了的母親磨得底都不剩了。

方皇后身子猛然向前一傾，持重端莊的皇后險些將木案上的幾碟點心掃落在地上。

「皇上見到母后還有心思說笑，定也會覺得安慰。」方皇后面色一沈，側首看了看自鳴鐘，目光環視四周。「時辰也不算早了，今兒個重陽是闔家團圓的好日子，可惜今年怕是要遍插茱萸少一人了。妳們若有心思便陪著淑妃抄抄大悲咒，算是全了與應邑長公主的一番情誼。」

眾妃齊聲稱是，又謝過方皇后教誨，便有人知機起身告退了，身子還沒站起來，卻被一聲「慢著！」嚇得停住了動作。

顧太后手腕一垂，扣緊行昭，扶著丹蔻緩緩站起身來。

指尖長長的、尖尖的、細細的扣在小娘子肉裡，行昭吃疼，卻面上不顯，連臉都被火燒過，這點疼算什麼？

「皇后曉得哀家從來不會說笑。」也不曉得顧太后哪裡來的這麼大的力氣，一把便將行昭扯了過來，壓低了聲音。「將臨安侯長女過繼到應邑膝下的主意是有些荒唐，哀家曉得皇帝也不會答應，所以哀家便想了個折衷的辦法……」

老婦人的聲音低得像手指壓在古琴上懸而不絕的顫抖。

方皇后深吸口氣，亦是扶著蔣明英起了身，站得直直的，居高臨下地望著顧太后，靜待後言。

「若是將溫陽縣主養在慈和宮，倒不失為一個好主意。哀家親自來教養，既是給臨安侯體面，也是給小娘子體面。」顧太后笑著說得緩聲慢語。「溫陽縣主是皇后的外甥女，可也是臨安侯賀家的嫡長女，大周慣有朝中重臣家的小娘子送進宮來養在太后身邊的例子，前朝的黎貴妃便是自小養在何太后身邊的，小娘子的教養養得比皇家正經八百的公主還體面，左右鳳儀殿到慈和宮也只有半炷香的路程，皇后盡可以每日過來瞧一瞧。」

果不其然！

這是顧太后慣用的手法吧，將她捏在手心裡，皇后會顧忌行事，賀家也會顧忌，這個要求不算太高，寂寥失子的太后想將朝臣的女兒接進來養在身邊，用來打發閒暇時光，任誰也說不出有什麼不對來！

行昭氣得牙酸，抬頭看了看侍立其旁的其婉，小丫頭登時將頭垂得低低的，微不可見地向後挪了兩步，然後身形便隱沒在了八仙過海琉璃屏風後。

「母后身子不舒坦了好些時日了，阿嫵還是個不知事的小丫頭，唯恐衝撞了您！」方皇后昂首拂袖，一頭朝行昭招手。「阿嫵不許叨擾了太后娘娘，快過來。」

行昭手頭一掙，顧氏力道卻用得更緊。

行昭一仰臉，正好看見顧氏輕耷拉下來的眉眼，有的人一老便變得慈祥，可有的人一老，臉上的皮肉垮了下來，便顯得愈加刻薄，顧氏便是後者，當引以為傲的容顏逐漸老去時，原本圓潤的下巴變得尖利得像一把尖錐，原本高聳的鼻梁卻在沒有血肉的臉上顯得異常突兀。

行昭心頭一哽，成熟的人做傻事會讓人會心一笑，可傻人做傻事卻讓人警惕著自己隨時也會被拖進深淵一般的泥潭！

顧氏不放人，行昭垂了垂頭沒繼續往下說，這個時候她說什麼都是僭越。若是落了把柄在顧氏手裡頭，只會讓情形陷入更加被動。顧氏為何選在這個時候發難？不就是算準了方皇后會顧忌滿殿的妾室，要端著架子維持正室顏面。

「老小、老小，母后何必小孩子脾氣。」方皇后輕聲一笑，踱步上前，絳紅繡鞋在裙裾之下若隱若現，行昭低頭緊緊瞅著，眼見著繡鞋停在了距她三步之遠。

「皇后明白哀家並未說笑！」顧太后冷哼一聲，措辭強硬地重複一遍。「哀家給賀氏顏面，皇后莫給臉不要臉！」

「母后無非是想含飴弄孫，阿嫵年紀小，又非天家之人，養在慈和宮不倫不類，累得母后也會遭人閒話。」

「誰有這個膽子閒話慈和宮！」

「外人是沒這個膽量說出來，卻能在心裡頭默默想，天家之中又不是沒有適齡乖巧的小娘子，平陽王家的小娘子，令易縣公家的長女，往後的四皇子妃、二皇子妃，哪一個不是乖乖巧巧，正好能供您解悶的？」

「哀家只想養溫陽縣主！皇后莫非是想忤逆哀家，這麼一點心願都推三阻四，莫非是怕哀家養不好一個小娘子？」

「您是掌過六宮事宜的，臣妾又怎麼會怕您養不好一個小娘子？可是一想到您膝下的長公主卻是……暴、斃、而、亡！」

兩個女人間的針鋒相對止於此，時間彷彿凝結在了最後一個音律上。

方皇后雙手交疊於小腹之前，下頷高高抬起，最後四個字斬釘截鐵地，一字一頓從嘴裡說出來，話落在地上，好像濺起了騰空的水花，趁顧氏一愣神的工夫，行昭手腳極快地掙開了顧氏的束縛，方皇后便一把將小娘子掩在自己身後，以一種絕對的護犢姿態高高在上。

鳳儀殿頓時鴉雀無聲，靜默得連自鳴鐘鐘擺左右搖曳的聲音都小得聽不見了。

顧太后氣得渾身發抖，手高高揚起，聲音尖利得像要劃破屋上的房梁。

「方禮！妳這個賤婦！」

清脆的一聲「啪」尚未落下，行昭咧嘴「哇」地一下哭得震天動地，淚眼矇矓中看見有抹玄色的身影往裡頭走，邊哭，左手邊捧著被顧氏掐得紅了一片的手腕，一把撲在了方皇后懷裡，方皇后堪堪錯開那個耳光。

「阿嫵錯了，阿嫵錯了！只求太后娘娘莫要打姨母了！」小娘子哭得傷心極了，話卻說得清晰可聞。

行昭緊緊抱著方皇后，身形微微發顫，淚眼婆娑又一寸一寸地從滿殿的人臉上掃過，淑妃的驚愕，歡宜的失色，德妃短暫的詫異之後恢復平靜，四皇子下意識地往後退。

那抹玄色的身影越走越近，行昭氣沈丹田，吊高嗓門，「哇」地一聲哭得更響亮了。

她仗著年紀小能哭著撒潑賣蹦裝可憐，大不了事發之後毀幾年名聲，她卻容不得那壞胚子的顧氏硬生生地掌摑她的姨母！方皇后是什麼身分，顧氏又是什麼身分！

小娘子愛哭的多了去了，在定京城裡她的娘親原就是好哭出了名的，她的舅舅插科打諢、蹲地耍賴也是出了名的，大不了吼上一聲家學淵源，還能因為她哭就給她治個罪名不成？

做出一副可憐樣，壞了心眼地給別人上眼藥，這本也是顧氏的殺手鐧，可她能當著這麼多人的面做出這樣一副作態出來嗎？

「這是怎麼了？」皇帝一邊邁過門檻，一邊擰著眉看了看與顧太后對立的方皇后。「小娘子哭得這麼撕心裂肺的，皇后也不曉得哄一哄。」

滿殿的人趕忙起了身，喚的喚皇上萬歲，喚的喚父皇金安。

方皇后一壁摟著哭得上氣不接下氣的行昭，一壁扭了扭身屈膝微微福了福，神色平靜，但一出聲卻清清冷冷。「小娘子年紀小，又性子嬌得很，可連被火燒了入宮來，小娘子都沒哭過，如今受了委屈，難受得哭了兩聲，皇上要臣妾怎麼哄……」話到一半，聲哽了哽，眼圈一紅再說不下話，摟著行昭，掩了面避了過去。

皇上，您瞅瞅啊，方家人有多可憐。

戍邊忠臣良將被人構陷，您的皇后在滿殿人的眼前，險些被一巴掌糊在了臉上，可憐得就連養在身邊的小娘子也不能護得周全，被欺負到這個模樣，還要顧忌著天家的顏面，委曲求全地活。

「委屈？賀氏到底是受了什麼委屈！」顧太后氣得嘴唇直顫，一手拉過皇帝，腰彎到一半，哭得傷心欲絕。「先帝去得早，我們孤兒寡母活得艱難，是個人便能欺負到哀家頭上去……」

行昭眼裡盡是眼淚，眼睛酸酸澀澀的，眨了眨，再一睜眼時便看見滿臉驚愕的歡宜。

行昭往方皇后身側靠了靠，揪著方皇后的衣角，衝著歡宜咧嘴一笑。

顧氏苦難史的嘮叨仍在耳畔，可沒隔多久便如願聽見了皇帝沈得沒有底的聲音，打斷了其後話。「其他的人都退下，且記著有些話能說，有些話一輩子都不能說，有些事沒看見可以當作看見，有些事看見了也當作看不見！」

行昭懸吊吊的心堪堪落了地！

方皇后是個性子硬的女人，有什麼事願意自己扛、自己背，就算教導完女人應當聰明，可又不能太聰明——她自己也只會一直這樣聰明下去。

人都是會慌的，她就是方皇后的軟肋，所以方皇后一時間慌了神，在眾人之前選擇和顧氏針鋒相對。可針鋒相對之後呢？兒媳婦對上婆婆天生矮三分，更別說事涉皇家隱密，幸好幸好，幸好顧氏失態得更厲害。

眾妃嬪垂眉斂目往外走，陳德妃走在最後面，垂眸往淑妃處瞥了一眼，再從縮在方皇后身後的行昭白白淨淨的臉上一閃而過，最後飛快地掃過顧氏面目蒼老的臉上。

顧氏到底想做什麼？

若是她處在顧氏的位置上，她會怎麼做？若要掌住方家，養一個小娘子達不到什麼用處吧？要養小娘子在身邊，也會把歡宜要過來養吧？如今滿打滿算，只有老二和老六有機會登大寶，老二生母王嬪就算規規矩矩，謹言慎行，也吃虧吃在出身不高，掀不起太大波瀾。把歡宜要過來養，即是和淑妃搭上了線，若是太后再使把力氣，幫著淑妃把老六扶住，到時候淑妃還有可能唯方皇后是瞻了嗎？

德妃斂了斂眉，輕手輕腳地將帕子團在袖裡，顧太后還是輸在了眼界淺，放在眼前的機會，一個也抓不住，倒被方皇后激得沒了體面。

朱門「嘎吱」一聲關上，只有四方窗櫺前灑下了煙雨濛濛的光輝。

顧太后眼瞅著門闔上，一面放開皇帝的袖子，一面先發制人。「人老了，便也惹人嫌了，皇后嫌哀家養不好她那金尊玉貴的小娘子，哀家一片好心被人團巴團巴揉碎在地上踩，皇帝也不想管了。」

眾人一走，好像帶走了顧太后的理直氣壯。

話音一落，殿裡便只剩下了行昭抽抽噎噎的哭聲，皇帝擰了擰眉，幾個跨步上去落了坐，把話頭繞回了原點。「朕剛進來時便聽見阿嫵哭著認錯，阿嫵錯在了何處？」

方皇后心頭一擰。

一頭是母親，一頭是妻室，皇帝選擇把話頭引向了一個最不會讓他難做的地方。

行昭揚了聲調，哭得一抽一搭地，歪著頭想了想，便「砰」地一聲跪在了地上，一個字跟著一個字斷斷續續地迸出來。

「阿嫵錯……阿嫵……也不知道自己錯在了哪裡……」大概是哭得久了，小娘子的聲音聽起來啞啞的，卻帶著一股茫然和心酸。「母親辭世前的那幾日也常常哭，可是又哭不出聲，只有眼淚珠子一串接著一串往下淌。阿嫵看到母親哭便不知道該怎麼辦，爹爹看到母親哭便連正院也不想進，哥哥到西北去了，阿嫵便自己守著母親，母親哭得越凶，阿嫵便想是不是阿嫵的字沒練好，是不是阿嫵沒說對話……是不是阿嫵惹惱了母親……母親哭得越凶，阿嫵便心裡頭慌亂極了，只好連聲認錯……」

小娘子一邊結結巴巴地說著話，一邊咧開嘴嚎啕大哭，邊哭邊跪行到皇帝身邊，哭得癱倒在地。語氣軟軟哀哀的。「皇上是聖人，什麼都知道……皇上能不能告訴阿嫵……阿嫵究竟做錯了什麼……」

小娘子根本沒有正面回答皇帝的話，可已經不重要了，手上的好牌不一定要是明晃晃的兵器，有時候幾句話、幾個字便能勾起人的怒意，影響人的心緒。

人生如戲，本就是你方唱罷我登場，顧太后的怒火中燒，毫無章法的突然發難是一個契機，更是為摩拳擦掌的人搭建了一個戲臺。

皇帝的嘴抿成了一條線，眼神陡然黯了下來。臨安侯夫人為什麼哭？眼神緩慢地移到神色淒淒的太后身上。應邑自小被母后寵壞了，她和賀琰的關係，應邑荒唐的死因，母后知道嗎？

若是她知道，還要把小娘子要過去養，是想要做什麼？要斬草除根，不留禍患？還是要為應邑身故復仇……就算皇家已經站在了完全沒有道理的邊緣！要是方家知曉了一切內情，方祈……西北軍可全都是姓方的！

皇帝手頭一緊，語聲生澀地開了口，像是在勸慰顧太后。「小娘子還在母喪，臨安侯太夫人身子不暢，皇后才接過來養的，母后何必執拗？若是實在寂寞，養一隻獅子狗也好，讓平陽王把他的長女送進宮來也好，都是可行的。」

「賀氏與三娘像！哀家看到賀氏便像看到三娘的模樣！」顧太后咬牙切齒，連她的兒子都在忤逆她了！幼女沒了，顧家的生死懸在方家的一念之間。她爬呀爬，爬呀爬，爬到這個位置上來，還要經受這些折磨，憑什麼，憑什麼！

「皇帝親自下旨把自己的胞妹送上死路，如今連自己的生母也不顧忌了嗎？是誰拚出一條命給你掙回來的江山，是哀家！是誰算計得白了頭髮，為了給你坐穩江山，是哀家！是誰將先帝一向寵愛的元后之子……」

「母后！」皇帝猛然起身，氣沈丹田低吼一聲，打斷其後話。

行昭瞪圓雙眼，下意識地想將耳朵捂住，宮中的秘辛不是這麼好聽的，有時候聽到的東西是要用命來償的！小娘子飛快轉首去看方皇后，卻驚愕地發現方皇后面色如常，應當一早便知道了內情。

對付顧太后，方皇后一向不慌，可想一想又找不到地方下口，就像手裡明明拿著一把刀，卻是一把雙刃刀，傷敵一千，自傷八百。她不能不顧忌皇帝的反應。

方皇后反應極快，一把擋在皇帝的身前，朗聲回之。「皇上，母后年歲漸高，又加上應邑身故在前，老人家有時候胡言亂語也是正常的；可太后娘娘是母儀天下之體，其言便是天家之言，若以一人之故，惹萬世閒言，皇上於心何忍！臣妾不惜忤逆奏請，君子不立於危牆之下，太后亟須靜養生息。」

「哀家沒瘋！方禮，妳這個賤人！」顧太后胡亂地手舞足蹈，到底年歲漸大，一早晨的折騰讓這個老人幾近筋疲力竭，卻又悔不當初。「皇帝！哀家……哀家口不擇言……哀家是老了，可你不能因為生母漸老，便無端捨棄啊……」她知道皇帝最怕什麼，可偏偏怒火攻心，將話漏了個底！

皇帝面色冷峻，目光低沈地看著地上，他感覺自己疲憊得像拖著一串破銅爛鐵踽踽獨行，前朝梁平恭遇刺而亡之事還未蓋棺定論，後宮反而是一向精明的母親失了成算，儀態盡失。

他甚至不敢想若是將才在大殿之中，顧太后當著眾人之面將那句話說出來的場景，更不敢想像顧太后在筵席上或在文武百官之前說出那番話的場景！

顧太后被蔣明英明攙暗扣於太師椅前，老婦人口中的聲音漸低，也不知是沒了氣力還是窮途末路。

鳳儀殿內飄浮在空中的微塵都沈寂了下來，方皇后四下環視一遍，緘默嚴峻的皇帝，瘋癲無狀的太后，便深吸一口氣跨步上前，緊緊攥住皇帝的手，輕聲卻堅定。「臣妾願冒天下之大不韙，懇請聖上早做決斷，既是為了母后好，也是為了您好！」

皇帝急促地喘了聲，反手扣住方皇后的手，卻發現兩雙手都沁涼得冰人。

沈默令人難熬，行昭輕輕合了眼，耳畔邊顧太后的鬧嚷漸小，卻陡然聽見皇帝的一聲沈吟。「明兒讓張院判去一趟慈和宮。」

行昭長長舒了一口氣，張院判是誰的人？

是方皇后的人！

皇帝一錘定音，誰還敢再多置喙？

顧氏到最後已經沒有氣力再吵嚷了，蔣明英和顧太后近侍丹蔻一人一邊攙著顧氏往外行——這已是後話。

就算是有皇帝的禁令，可嘴巴和耳朵是能隨隨便便就管得住的嗎？宮裡的人便指著別人的倒楣事開心地活了。早晨在慈和宮發生的事，晌午就闔宮傳遍了，一傳十、十傳百，傳得越來越邪乎。

行昭盤腿坐在炕上一面低著頭繡香囊，一面聽蓮蓉急急叨叨的回稟。

「說什麼的都有，有說太后娘娘被驚了魂，這才失了態，也有小聲議論說是太后娘娘自個兒失了孩兒，便也想叫皇后娘娘嚐嚐這個滋味。」

行昭靜靜地聽，時不時點點頭，在選了根銀灰的絲線對著針孔穿，蓮蓉的後話卻讓她停止手上活兒。

「也有說皇后娘娘氣勢足，連太后娘娘都只好避其鋒芒。」

「都是從哪裡打聽到的？」行昭手指順過絲線，指腹間滑滑膩膩的，順勢停在了線尾，麻溜地打了個結。

「前頭的話是去小膳房拿您的午膳時聽見的，後頭的卻是將才去六司領今月的新茶聽見的。小宮婢們本是湊著頭竊竊私語，一見我去，便散的散，迎過來奉承的奉承。我領了新茶便逮著個小宮人七拐八拐地問，小宮人諂媚是諂媚，可該說的一點兒沒露底，只說了一句『鳳儀殿的差事本就是闔宮上下頂要緊的，如今變得更要緊了！』我心裡頭便有些明白了。」

行昭一笑，什麼時候連冒冒失失的蓮蓉也看得懂人情之間的進退了呢？重來一世，不僅僅是她在學、在成長、在新生。

「這幾日來跟妳們問好的鐵定比往常的都多，要找妳們茬子的肯定也不會少。自個兒當差的時候都留意著些，不冒失、不僭越，不去趾高氣揚，可若是遭人欺負到妳們頭上了，也別聲張，忍下來，我總不會眼瞅著別人欺負我瑰意閣。」

行昭既是在囑咐蓮蓉，亦是在囑咐這一大院子。

百足之蟲死而不僵，顧氏失言戳到皇帝傷疤，皇帝縱然惱怒，可到底是血濃於水的親母子，誰曉得後頭會怎麼發展下去？顧氏經營六宮多年，既然在六司能有『方皇后氣盛，逼得太后避鋒芒』的話傳出來，便足可以想見，六司之中還是有顧家的人手。

無論如何，只要顧氏沈寂下來，井水不犯河水地慢慢過，且看看是方皇后活得長，還是她顧太后活得長。

蓮蓉屈膝應了個是，臉上的一本正經便變成了嘻皮笑臉，行昭也跟著笑開，瞇著眼和蓮蓉插科打諢。「先頭姨母還在問我，對妳和蓮玉有什麼打算，我還沒聽明白，想一想才明白過來。算起來蓮玉翻過年就十六歲了，妳也快十五歲了，宮裡頭的規矩是二十五歲才能出宮，妳們倆不同，是我從臨安侯府帶出來的，咱們不按那個算，妳只說說妳想過什麼樣的日子？」

蓮蓉頸脖往後一縮，有些愣愣的，一咧嘴便笑得傻乎乎的。「就跟著姑娘過，往後姑娘嫁人，我也跟著過去。姑娘記得給我找個好男人，要唇紅齒白，眼眸明亮，身形最好這樣高，讀過點書就更好了，可最重要的是人品要好，不許偷看別家的姑娘，也不許賭不許喝酒，要會賺錢，會疼老婆……」

一連串的要求止都止不住。

行昭手頭頓了一頓，隨即朗聲笑出來，心緒變得好極了。

這分明還是懷善苑那個會吃醋、會耍小性兒、會爭寵、會鬧、會哭，卻懷著一顆愈漸堅韌的真心的那個蓮蓉！

縱然歷經苦難，也總有些人、有些事就在那裡，永恆不變。

暮色四合，行昭哭了這麼一長齣戲，晌午又抓緊時間繡香囊，眼睛乾乾澀澀的難受極了，還沒到天黑便臥在床沿半合了眼，迷迷糊糊地瞇眼睛。也不知過了多久，半夢半醒之間，外殿陡然鬧鬨嚷嚷的，行昭猛地睜眼，衣裳也來不及披，湊在半開的窗蓬前往外看。

恰逢蓮玉值夜，端著溫水先服侍行昭喝下，一道輕柔緩語。「不是前殿出事了，是慈和宮那頭出了事。皇后娘娘宣了張院判，蔣姑姑特意讓人過來請您安心。」

行昭手一緊，無端想起母親身死的那個夜裡，身子往前一傾，手腳冰涼地連忙下炕，趿上了木屐，披了外衫便往大殿去。

還沒走過遊廊便正巧碰到了蔣明英，蔣明英步履匆匆，臉上卻不見慌亂，還記得先向行昭福了個禮。「縣主儘管安心，皇后娘娘好極了，是半夜裡丹蔻哭哭啼啼地過來叩鳳儀殿的宮門，說是太后娘娘出事了。皇后娘娘哪裡還坐得住，連忙宣了張院判就往慈和宮去。」

「太后娘娘當真病了？皇上知曉了嗎？現在姨母回來了嗎？」行昭強自穩住心神，不由自主地向另一個方向去想，顧太后是在使詐還是做什麼？是為了將方皇后騙過去，還是裝可憐搏同情？是想將方皇后陷入一個不忠不義不孝的境地嗎？

小娘子神色慌張，一張小臉一瞬間變得青白。

是關心則亂，才會草木皆兵吧？

蔣明英笑了笑，彎腰牽著小娘子的手轉身往大殿走，輕聲說著。「皇后娘娘已經回來了。太后娘娘當真病了，臥在床上半個身子都動不了，話也說不成，這樣嚴重，皇上又怎麼會不去，不僅去了還守在了那裡，讓皇后娘娘先回來。」

前世行昭在莊戶便見過這個情形，有的老人家氣極了便會發症，臉歪鼻斜，動彈不了，話也說不清楚，時不時清醒一下，可大多都再難恢復原狀了。

顧太后養尊處優這麼幾十年，從落魄的良家子爬到這個位置，要風得風，要雨得雨，可卻在一時間失了幼女，娘家的把柄被攥在別人手裡，口不擇言時又讓兒子心生忌憚，偷雞不成蝕把米。

先甜後苦，一輩子的好運氣用光了，便淒慘了下來。

登過山頂的人，落到了山坳裡，任誰也是受不了吧？

行昭長長鬆了口氣，一直在發顫的手被蔣明英握在手裡終究平靜了下來，她當真是怕極了！

心頭舒了氣，腳下踩著木屐便走得快了些，一快便險些被絆倒在地，蔣明英連忙將她扶住，笑著溫柔了眉眼幫行昭拍了拍裙上的灰，邊輕聲說著話。

「您與皇后娘娘當真是有母女緣分，奴婢在皇后娘娘身側幾十年，從來沒見過皇后娘娘失態，今兒個一早皇后娘娘一急之下挺著身子和太后娘娘對吼，奴婢暗自捏了把汗。哪知縣主小小年紀還曉得讓其婉去儀元殿通稟，膽子大又心細。」

說話間，行昭跨過內殿的門廊，一眼瞅見了對著菱花鏡卸妝的方皇后，小步跑過去一把抱住，直嚷著今兒個要挨著姨母睡。

方皇后哪有不依的，神色既有悵然也有欣慰，後怕地擁著小娘子，像擁抱住了一整個世間。

第五十六章

第二日一大早，皇帝難得地早早下了朝，出現在鳳儀殿的行早禮上，說了些話聽得人心驚膽戰的。

「太后娘娘身子不暢，除卻幾個皇子公主要去侍疾，淑妃、德妃、惠妃還有王嬪也輪著去伺候，這個皇后排定便好。」又說：「女人家好說好傳的秉性，朕也知道，可宮裡頭是什麼地方，說些什麼做些什麼時切記三思而行，若再叫朕聽到什麼閒話，就不僅僅是讓皇后著力徹查六宮那樣簡單了。」

這個看似被好運砸中頭的帝王，面對與他同枕共眠的女人們，說的話仍舊像在朝堂上的那樣硬邦邦的。

一晚上折騰，慈和宮燈火通明，鳳儀殿鬧鬧嚷嚷，宮妃們哪有不知道的，連德妃向來愛說話的都沒敢多留，隨著大流告了退。

帝后無話，守著空落落的蘊著濕意的大殿。

方皇后心裡酸津津的，像是夏天貪涼喝下一盞酸梅湯，卻讓腸肚又涼又酸，輕嘆口氣，給皇帝斟了盞茶，雙手遞過去。

「昨兒夜裡丹蔻來叩門，說是母后在小道裡跌了一跤，扶著起來後，便說不出話了，張院判也開了方子讓先用著，慢慢地養，咱們家什麼藥石沒有，皇上也別慌……」話到一半，半真半假地長嘆出聲。「錯在臣妾，有因才有果，若無昨兒個晨間臣妾與母后爭執的因，又哪裡會出來這樣的果，總是臣妾的錯。」

皇帝接過茶盞，小啜一口，沒答話。

方皇后也不說話了，她和皇帝相伴幾十年，昨天皇帝是動了真怒，可如今的愧疚和自責也是真的。

顧氏病的時機討巧，一下子便叫皇帝忘了顧氏都說了什麼，應邑都做了什麼！當真病了也好，在後宮裡再掀不起波瀾，起不了壞心了，皇帝是頭順毛驢，心軟耳根子軟，就算如今心裡頭有怨，順了順便也能捋順。

可別忘了，是誰最後下的令！

方皇后垂了垂眸，心頭默數十下，果然聽見皇帝後話。「阿禮……妳從來沒在朕跟前自稱過臣妾二字，有因便有果，因卻不是由妳而起……」

皇帝嘆了嘆，單手將茶盞放在案上。「報應不爽，古人誠不欺我。三娘作孽在前，母后動了心眼在後……」皇帝手仍舊沒從那盞粉彩花鳥茶盅上移開，周家人慣有的狹長而上挑的鳳眼微微瞇起。「若真要怪，也只能怪朕。」

不讓她自稱臣妾，自己卻仍舊自稱朕。

看其反應，皇帝分明很清楚阿福身死的秘密，卻在嘴裡繞了無數次也不給她說明白。

方皇后斂眉，遮掩住眼中的情緒，抿唇一笑，再一抬眸已是一片清明，將手覆在皇帝的手上，安慰他。「且怪世事無常吧，若不是那一跤……唉，總是我的過錯，皇上是聖人，怎麼會犯錯？天下的人、阿禮、六宮的姊妹，還有幾個小輩可還都需要皇上的庇護啊。我性子硬，皇上也知道，昨兒個不僅衝口而出，還貿然攔在皇上身前。夜裡想一想更覺得心裡面難安，慈和宮侍疾也甭安排淑妃、德妃、王嬪了，一個養著歡宜，一個養著老四，都脫不開身，左右我才是正經的兒媳婦……」

「妳也是養著阿嫵的。」皇帝打斷其後話，他感到累得整個人都快垮了下來，身形放鬆下來，再細想一想覺得自個兒是變得越來越可怕，昨日聽見顧太后發病的消息，率先翻湧而來的情緒竟然是放心和鬆了一口氣！

顧太后昨兒個險些將那件事說出來，難道真是老了，嘴上便再沒有個把門的了？

皇帝手心發汗，認真地看著方皇后，幾十年了，原先的荳蔻少女最終也變成了眼前這個端正方儀的皇后。父母最終會離他而去，兒女各有心思，臣子朋黨之爭，他能信任，她嗎？

「母后老了……」皇帝終究將眼睛移開，落在了黃花木案上雕著的喜上眉梢吉祥圖案上。「母后老了，糊塗了，也該休養生息了。」

皇帝沈了聲調，腦子裡卻突然想起前朝元后未去之時，他們過的那些日子，反手覆住方皇后，眼眸未動，口裡卻仍舊說出了長長的一番話。

「生平陽王的時候，母后還只是個婕妤，中宮的兒子已經十歲了，朕也七、八歲知道事情了。母后難產，嚎了一夜，可只有一、兩個太醫守在殿中，其他的全都來了鳳儀殿，只因為當時的太子患了咳疾。產房本是不許人進的，可朕執意要進去，一進去便看見了母后眼珠紅得像在流血一樣……」

這是方皇后第一次聽見皇帝說起從前。

「朕卻從來不知道，堅韌得不服輸的母后也會老，也會亂了心智，拿錯主意。」皇帝輕輕合了眼，不想再言。

他不是太子，是顧太后將柳絮放在中宮之子的枕頭裡，然後他變成了太子。

他親眼看見他的哥哥脹紅了一張臉，手卡著脖子呼不出氣，也吸不進氣地扶著他，眼睛紅得幾欲滴血，像極了顧太后難產那日的雙眼。

皇帝雙手撐膝，回憶鋪天蓋地而來。人生如此艱難，方禮應當是他生命中頭一縷陽光。他對不起方禮，對不起顧太后，可他自認對應邑已經做到了仁至義盡。

方皇后等了良久，可仍舊沒有等到皇帝的後話，心沈甸甸地落進了深淵裡，事到如今，她還在奢求什麼？

「人都是會老的。」方皇后語氣裡有著不加掩飾的憐憫。「母后會老，是因為年歲至此，休養生息是對她最好的選擇。儘管旁人們口裡三呼萬歲，可是皇上也是會老的，所以才要捫心無愧地過好每一天。」

捫心無愧？

四字一出，方皇后心頭猛然一跳，隨即鎮定下來。

她是該捫心無愧，打蛇不成，反被蛇咬的例子她見得多了，要嘛乘勝追擊，要嘛錯漏了時機反而被打，這是兵家之道。

皇帝點了點頭，慢慢將一盞茶喝完，最後抽身離去。

太后病重，這回是當真病重，自然在廟堂後院之中掀起了陣陣波瀾，在宮裡頭當差的塞了一包袱銀子也問不出東西來，幾個高位的娘家都在外鄉，只剩了幾個美人、婕妤的家人遞帖子進來求見，皇后也都准了。

就在眾人猜測顧太后一走，顧家是不是就該倒了的時候，皇帝的幾道聖旨下來了——恩准顧氏女入宮跟著歡宜公主伴讀，又納了顧家旁支的一個小娘子為嬪，分量最重的便是加封遠在西北的顧守備為正二品中軍都督僉事。

此令一出，廟堂後院安靜下來。

皇帝這是在拿對顧太后的愧疚，補足在了顧家的身上！

方祈進宮的時候，面色上頭看不清有任何不滿，可關了門，說出來的話就不是那麼好聽了。

「他娘的，當真是他娘的！老子妹妹還是個皇后，這一身的軍功都是實打實、一刀一槍掙出來的！他娘的顧先令縮在後頭，行軍打仗一竅不通，跟在梁平恭屁股後面賣軍備、拿銀子的時候倒跑得飛快！顧太后癱了，皇帝就要把好處都補在顧先令頭上，這是什麼狗屁道理！」

方皇后神色淡定地一邊捂住行昭的耳朵，一邊讓方祈喝茶，只說了十一個字就讓方祈重新高興起來。

「是我和行昭讓顧氏癱了的。」

方祈一高興，行事便有了章程，埋頭扒完了一大碗公羊肉泡饃又要了個饟餅，吃飽喝足之後，單手把行昭抱起來，放在肩上，和小娘子咬耳朵。「別讓妳姨母去侍疾，顧太后可不是什麼好種，說不出話了也是個壞胚子的啞巴，妳也別跟著去。等桓哥兒和瀟娘進京，咱們就到雨花巷去住，到時候讓桓哥兒教妳打拳好不好？」

行昭異常淡定地低了低頭，把自個兒拳頭捏緊了，左右看了看，呵，這小拳頭還沒貓爪子大！

方祈眼神亮亮的，眼巴巴地瞅著行昭，心裡頭打的主意連方皇后也沒告訴過——桓哥兒那小子翻了年就是十三歲了，十三歲配九歲剛剛好嘛！阿嫵多好啊，小娘子長得好，個性又好，強得起來也軟得下去，軟綿綿抱著他叫他舅舅的時候，嘖嘖，他一顆心都快化了！這不，還把顧氏那個老虔婆氣得癱在了床上，這小丫頭多好啊，鬼主意也多！

不僅要讓桓哥兒教阿嫵打拳，還要教她耍刀，還要教她認輿圖，背軍法，還要讓桓哥兒帶著妹妹去菜市場看砍人頭……

等等，看砍人頭這項消遣是不是有點不太合適小娘子？

那就換成讓阿嫵教桓哥兒讀書吧，郎騎竹馬來咦呀，繞床弄青梅咦而喲！

方祈心裡美滋滋的，行昭不由自主地往後縮了縮，縮著就縮到了方皇后的懷裡去。

皇帝說做就做，顧先令的長女顧青辰隔了七天便入了宮，就住在慈和宮裡，日日跋山涉水地跟著歡宜和行昭到崇文館唸書。

顧家旁支選了又選，挑了又挑，挑出了個能文能武，不，能歌善舞，長得嬌嬌媚媚，一說話聲先軟了三分下來的旁旁旁旁支女進來，方皇后給行昭講這顧氏是旁到了什麼地步呢？行昭沒聽明白，反正扳著指頭算，還讓蔣明英拿來了文房四寶寫下來也沒算清楚，這顧氏和老顧氏究竟是個什麼關係。

九月的雨像是停不下來，淅淅瀝瀝地下，歡宜心裡頭憂愁，趁著常先生在上頭背書，湊過頭來就和行昭咬耳朵。「定京城裡的雨都停不下來，江南的雨水只有更大的，老六每天都在河堤上面轉，母妃和我一顆心喲……」

六皇子往江南查堤防帳目，還沒回來，時不時通上兩、三封信便拿過來同行昭一起看。人家寫的家信，行昭哪裡好意思看，歡宜都把信杵在她眼皮子底下，囫圇看完後，滿腦子便只記得六皇子的字寫得滿好，清俊得很。

行昭手腕懸空著描紅，亦是壓低聲音和歡宜回話。「六皇子吉人天相，歡宜姊姊只管把心放回肚裡去，皇子出行還能有個閃失？下頭的人還想不想活了呢？阿嫵夜裡去瞧瞧淑妃娘娘可好？」

歡宜抿唇一笑，伸手幫行昭的玉鎮紙擺正，便縮了回去。

行昭眼神不經意地向後一瞥，從眼角的餘光裡看到小顧氏神色恬淡的模樣，心頭一凜，小娘子不過十歲，饒是歡宜這樣端莊嫻靜的公主與同齡人相交之時也會有爛漫之感，可這位小顧氏卻對周遭的一切都淡定如儀，行禮恭敬。

顧家養出了顧太后那樣的女兒，會養得出家教如此之好的小娘子嗎？

行昭抿著嘴回過頭來，壓下心緒安安靜靜地將書抄完。

用過晚膳，行昭抿了抿頭髮，又請蔣明英幫著去庫房找找禮盒，手腳比劃。「煩勞蔣姑姑幫阿嫵找一只這樣高、這樣寬的黑漆匣子，用來放幾個小圓瓷盅……答應歡宜公主晚上去瞧一瞧淑妃娘娘的，總不好空著手去吧？」

蔣明英笑咪咪地應了是，便牽著行昭往外走。

正走在遊廊裡便瞧見了有抹粉桃色的高眺身形低著頭從正殿裡出來，再匆匆而去，直至湮沒在了夕陽的暈黃中，行昭愣了愣，腦子裡轉得極快，直至蹙著眉頭踏過門檻時，這才想起來那個人是誰。

分明是顧太后宮裡得信重的丹蔻！

行昭還來不及問出話，朝方皇后福了福身，林公公便急急忙忙地過來，一聲尖細的聲音又讓行昭將話吞進了肚裡。

「江南發水澇了！六皇子和黎大人都被捲進了河裡！」

皇子落水，這件事將天都捅破了，何況當今聖上膝下只有三位皇子，其中一位還身患腿疾！

天子一怒，伏屍萬里。

皇帝尚未來得及花時間去查，下了大力氣救援，沿著陳河兩岸五里一兵、十里一哨地挨個排查，總算是在下游尋到了六皇子周慎與黎令清的蹤跡，泡在水裡兩天一夜的皇子高燒不退，大夫不讓挪地，皇帝便撥了舊邸讓兩人好好將養。

江南一向是富庶之地，水澇堤防不固，讓天家血脈遭蒙此難，一時間江南官場人人自危。

廟堂之上的事，方皇后想管也管不了，只能在找著六皇子的消息還沒傳到宮裡的時候，好好拘束六宮。宮裡人勢利得很，那兩天王嬪的宮門都快被提著八色禮盒上門的人給踏破了，行早禮的時候方皇后狠狠責難了幾個妃嬪。

「眼皮子都放寬點！無風不起浪，妳們是看熱鬧的不嫌事大。若是宮裡再起波瀾，就一個個都收拾東西滾去浣衣苑！」

話說得重了，自然有人不服有人哭，幾個小美人兒哭哭啼啼去尋皇帝，卻又被皇帝罵了回來。

一樁事接著一樁事，原本宮裡頭還在風傳方皇后氣得顧氏臥病的謠言，可一聽皇帝仍舊信重著方皇后，謠言不攻自破。於鳳儀殿而言，反而因禍得福。

行昭素手交疊，牽著蔣明英的手，跟在方皇后身後，走在九月的重華宮宮廊中，陸淑妃是個好靜風雅的人，除卻一應的紅牆琉璃綠瓦，左拐出了遊廊，便有幾幢紅泥小築映入眼簾。鬆鬆垮垮的柵欄籬笆，曲徑通幽的石板小路，清水牆，朱絳瓦，像是哪個鄉紳的鄉間庭院，不像是端嚴肅穆的掖庭內宮。

行昭身上戴著母喪，不敢穿紅著綠，穿得素淨走在這重華宮裡倒也相得益彰。

一入內室，歡宜便眼圈紅紅地迎上來，先是帶著哭腔和方皇后行了禮。「皇后娘娘恕罪，母妃起不來身子，在內廂躺著……」一邊說一邊將人往裡頭帶，帳幔被風吹得起了卷兒，便能透過縫隱隱約約看見陸淑妃的樣子。

嬌容淚眼的人兒靠在床沿上，皓腕從被褥裡伸出來一截，套在其上的翡翠鐲子空落落的，碧瑩瑩的光懸在瘦得沒有光澤的腕上，還空出了好長一截。

行昭心頭一酸，連忙屈膝頷首，示了禮。

陸淑妃眼神木木愣愣地，僵硬地扭頭望過來，見是方皇后，眼圈頓時紅了。

「定雲師太給老六算過命數，說是一輩子都和水過不去，那小子看起來溫溫和和的，內裡的性子卻倔得很，非要去太液池學鳧水（注），撲棱了兩個夏天好容易學會了，我心裡頭的石頭放下去了，如今又出了個這事……」

話裡頭帶著心有餘悸，陸淑妃伸手去拉方皇后，一道說一道止不住地哭。「我原就不讓老六去，老六非得去，說是要去掙前程。我拗不過他，如今好了！被人從水裡頭撈出來，病得回不了宮，心裡舒坦了！翻過年才十三歲，小胳膊小腿的掙什麼前程啊！一輩子慢慢悠悠地過就好了，富貴榮辱老天爺自有安排，他爭個什麼勁啊……」

行昭垂著頭聽，突然想起來那天夜裡頭一回聽到六皇子落水消息時她的反應，心慌。

是的，心慌。

前世的六皇子沒有跟去江南，自然也不會落水，若是因為她重活一世，倒叫旁人不得善終，她一輩子也安不了心。

六皇子在水裡熬了兩天一夜，她又何嘗不是熬了兩天一夜，白日陪著歡宜去妙經閣抄佛經，夜裡來重華宮守著陸淑妃，整日整日寢食難安，一入睡便會夢見那晚在太液池旁六皇子將信遞給她的模樣，就算是睡得迷迷糊糊的，心裡面也酸得想哭。

每日方皇后只在重華宮正院裡坐一坐，卻不敢進來，大約是不知該如何勸慰淑妃。

方皇后端了個杌凳陪坐在床旁邊，笑中有淚。「小郎君願意爭氣，拿出一條命去搏，是男兒漢的氣魄，妳應當歡欣才是。虧得老六硬氣，非得把鳧水學會，聽來回稟的人說，老六還拖著黎大人游了好長一段，菩薩保佑、菩薩保佑，總算是峰迴路轉。」

方皇后說得風輕雲淡，行昭卻聽得心驚肉跳。

淑妃性子綿和，於朝事並不關心，只問六皇子什麼時候回來？病得重不重？能不能帶信去？

方皇后雖沒當過母親，可一個欣榮一個行昭，都當是自家女兒在養，由己及人，也懂得淑妃的心緒，更不欲將朝事與淑妃明說，笑著順話勸慰。「皇上派了九城營衛司的人手去接，總要養好了些再動身，否則車船勞度，若是又有個萬一該怎麼辦？帶信肯定是能帶的，晚上皇上過來瞧妳，妳便求上一求，看能不能再送點貼心的東西去。」

六皇子找著了，對陸淑妃而言就是頂天的大事，只要兒子沒事，管他皇帝老子，她只顧著高興便好。

可方皇后卻不這麼想，從重華宮一回來，將闔上門，便教導起行昭。「想事情、做事情，要由表及裡。妳好好想想，這件事皇上會怎麼了結？」

這是在將行昭當兒子養。

注：鳧水，意即泅水、游水。

「太后病重在前，皇子涉險在後，兩廂的怒氣加起來，皇上不可能善了。」行昭迅速從先前的情緒中鎮定下來，先給出結論，再進行分析。

「戶部此去江南是為了查堤上的款項清白，江南官場一向護短又封閉，可他們還沒這個膽量謀害皇嗣，這就是為什麼皇上默許六皇子跟隨黎大人往南行的緣由。先前回稟說是六皇子在跟船查訪的時候，被捲進了水裡，當時只有黎大人與幾位親隨在場，出行是偶然決定，帶的人手也是一向得用知根知底的，船上並無他人，這也杜絕了謀害的可能。

「如果不是謀害，那就是天災，水澇連年，朝廷撥重款修繕堤防，疏通河道，治理水患，可諷刺的是皇嗣出行仍然深受水澇之害，這是逼著皇上下重手去查江南官場是否有貪墨之舉。九城營衛司一向是皇城護衛，皇上卻派了九城的人馬去接六皇子與黎大人，只是因為保險起見，還是猜忌江南官宦，其中寓意都叫人深思。」

方皇后眼神亮極了，她還清晰地記得最初一手一腳給小娘子教導朝政時，小娘子手足無措的模樣，可如今都已經可以侃侃而談，見微知著了！

「照妳的意思，六皇子落水一事，是偶然，而非人為了？」

行昭越來越覺得，若是事情亂得像一團麻，快刀斬亂麻是行不通的，斬開之後呢？還是一團纏在一起的線，絲毫沒有幫助。

她需要做的是手裡掐著那根線，一點一點地往下找，總會找到頭。

行昭腦子裡面想了想，將一條條線串在一起，輕輕點點頭，漸顯篤定。「阿嫵認為是偶然，而非人為。」

「若並非人為，皇上派九城營衛司出動又是防的誰呢？」方皇后循循善誘。

「水清則無魚，渾水摸魚之人比比皆是，前有梁平恭於山西府遇害，已經在皇上心裡敲了警鐘，若是有人趁著水濁將手伸進去，皇帝只會更難查證。」行昭挺了挺身，那皇帝防的是誰呢？

六皇子一死，誰獲益最多？

自然是二皇子。龍椅近在咫尺，路上已經沒有了對手與障礙，觸手可得。

王嬪出身不顯，母族低微，會讓皇帝如此忌憚嗎？準二皇子妃閔寄柔出身信中侯閔家，百年士族，又與二皇子結為姻親，皇帝以為他們會出手相助，成就從龍之功嗎？

行昭抬頭看了看方皇后，面龐明麗，與母親相似的大大的眼裡盡是鼓勵與讚賞。

九城營衛司是皇帝的親衛，嚴密得油都潑不進去，任他外臣武將手裡握著再大的權柄也不能安插人手，在裡面培植親信，難保皇帝就沒有防範著方家。

她在宮裡住得越久，心裡的恐懼便越深，她沒有辦法想像方皇后是怎麼走過這漫長的時光，遇事想三分，話前想三分，真正的孤立無援。宮裡的溫情價值千金，可也分文不值。凡事要想得面面俱到，手腕要軟硬兼施，若是一時疏忽，便是一條人命。

皇帝要防的人太多了，防不勝防，最後連枕邊人的熟悉眉眼也能看出三分猜忌來。

行昭艱難地抿了抿唇，再艱難地搖搖頭。

方皇后笑顏越深，笑著將行昭拉過來攬在懷中，輕聲緩語。「我也認為是偶然，可皇帝已經怕了偶然變必然這一齣戲碼了，索性早些下手防備，連江南的府邸都不讓老六和黎令清住，另外選址收拾舊邸給他們住。應邑的辭世，梁平恭的身亡，對賀家的失望，顧氏的病重，皇帝意識到他已經老了，奪嫡立儲該提上日程了，可皇帝卻不承認他老了，否則按照他的個性會暗地裡派人去護衛，守株待兔地等藏在渾水裡的人自己按捺不住，浮出水面。」

方皇后是想說，若是皇帝下定決心立儲，就應當把六皇子當成一個餌，引誘那些藏著壞心的人上鈎，最後才能得出立儲的人選和判斷。

可皇帝並沒有這樣做，反而選擇把護衛之意擺在明處，震懾著那些人把利爪都收回去。

行昭似懂非懂地點點頭，倚在方皇后的懷裡問。「是多一事不如少一事的意思嗎？」

方皇后笑著點點頭，

行昭垂眸，輕手輕腳地扳了扳套在方皇后拇指上的那個嵌八寶綠松石扳指，輕聲道：「可江南官場卻恨不得將水越攪越渾，陳河的水最後一定會濁到京城裡來。」

方皇后微愕，笑問：「阿嫵緣何如此篤定？」

行昭緩緩抬頭，唇角一勾，細聲細氣地輕笑回之。「因為現任江南總督劉伯淮是臨安侯賀琰的門生，江南總督這個位置還是昌德十年，臨安侯在聖上面前幫著求的呢。這是阿嫵問過林公公的往事。」

方皇后心下大慰，將小娘子摟得緊緊的，靜默無言。

第五十七章

宮裡頭平靜無波了些時日，朝堂上卻惶惶不可終日，在六皇子病好啟程返京的第二天，貶謫江南總督劉伯淮的聖旨就下來了，雷霆之怒下，劉伯淮被一擼到底，革了功名，雖無性命之憂，可一輩子也別想再涉足官場了。

劉家是詩書傳家，劉家尚有人在朝中做官，可做到一方總督劉伯淮是劉家第一人，他一垮，他的親眷、好友、姻親紛紛避之不及，劉家開了宗祠將劉伯淮從宗祠中除了名。舊日一方大員如今像喪家之犬，誰聽見了都只會道一句可憐，可除了可憐別人還能再說什麼？聖意就是天意，天意如此，只怪他氣運不好罷了。

江南官場涉及面之廣，打擊之大，堪稱近五十年之最。

誰都猜測皇帝是想借六皇子落水一事，把江南的肥脂軟膏拾掇妥當，再重新劃定這片富庶之地的歸屬之權，可知曉內情的卻不以為然，皇帝盛怒之下，責罰重些，牽連廣些，只是情緒使然，壓根兒沒想那麼深，手段更沒那麼狠。

「皇上連帳目都沒拿到就定了劉伯淮的罪。」

臨安侯府別山之上，賀琰合眸靜坐於黃花木大書案之後，手一下一下地叩在木沿邊上，語氣顫得像篩子。「劉伯淮是我舉薦的，皇帝會不會收拾了江南的人，就將眼神落在我身上了？」

再睜眼，卻見太夫人屏氣凝神，手裡數著佛珠像什麼也沒聽見。

賀琰承認他慌極了，應邑在他眼前身亡，七竅流血，嘴裡鼻裡全是黑血，他眼睜睜地看著應邑慢慢合上眼，他想破門而出，腳下卻走不動，等向公公再進來，又讓兩個小內侍把應邑的臉蒙上架在擔子上往外抬時，他就什麼都明白了。

應邑想讓他去大覺寺，不過是知道自己要被賜死前，想最後見他一面。

一壺茶，兩個杯子，就算到了最後，應邑也沒捨得把那杯茶遞給他喝。

他就知道他賀琰的運氣一向好得很！應邑死了，梁平恭死了，顧太后癱了，他們都得到了報應，只有他，他還是當朝的臨安侯，還是穩穩地坐享一輩子的富貴榮華。

「不會的，應邑死後，我去見皇帝，皇帝都沒有異樣，沒道理現在把十年前我舉薦劉伯淮的舊事再拿出來說！」

太夫人沒回應他，賀琰手抖得越來越厲害，語氣篤定地提高了聲量，卻終究是不確定地再開口詢問。「這件事會就這樣終止了吧？江南官場腐朽經年，皇上定也是這樣想的……」

太夫人手下一頓，佛珠便滯在了兩指之間。

她有多期望，如今就有多失望。

按下大夫救方福的手，是因為事情已經發展到了那一步，情急之下，她必須有所抉擇。難道方福不死，方皇后就肯忘了應邑和賀琰是怎麼逼方福的了嗎？不可能。只要方福死了，制住行昭，誰又會知道賀家那時那日到底發生了什麼？

她硬起心腸來收拾殘局，卻對那個疼愛了許久的孫女心軟了，心一軟，事情便徹徹底底地垮了下來。

「男子漢敢做便要敢當。」太夫人睜開眼時，滿含憐憫。「惶惶不可終日，如喪家之犬。一片葉子落下來，你都驚得跳腳……阿琰，你如今活著比死了更難受，心裡明明知道緣由，又何必自欺欺人呢？」

賀琰喉頭一哽，眼看著太夫人緩緩站起身來，手裡撚著佛珠往外走，將行至門口，轉過頭來輕聲說了一句話。「阿琰你已經輸了，從應邑身死，皇帝便將眼神落在了你身上。若劉伯淮不是你舉薦上來的，或許他還不會落得個這樣的境地。」

太夫人一隻腳跨過三寸門檻，頭抬了抬，天將放了晴，雨後初霽的暖陽映在眼裡，曬得人慌。

口中輕聲呢喃了一句，賀琰聽不見，連服侍在太夫人身邊的張嬤嬤也沒聽清。

「幸好還有景哥兒……賀家就不會亡……」

六皇子抵京之日，皇帝便當庭斥責了臨安侯賀琰「識人不明，魚目混珠，敷衍了事」，停了他五年的俸祿，又命他以喪妻之由，將手頭上的政事全權交予方祈處理。

說起來臨安侯手頭上哪裡有太多的政事啊，皇帝這是當眾在下賀琰的臉面。勛貴公卿之家，領的是皇家的俸祿，吃的是皇帝給的貢米，穿的是皇帝願意給你才能有的臉面。

皇帝如今不願意給賀琰臉面了，賀琰惴惴不安、惶恐之餘，便覺著自己是光著身子在朝堂上行走，頭上像懸了把刀子一點一點地落下來，不知道什麼時候能落到頭上，開了花，流了血，可也算是解脫了。

「他是分不清楚什麼是魚目，什麼是珍珠。」

方皇后難得起了性子，親手拿著牛角梳給行昭梳頭，口裡品評著皇帝的那番話。「皇帝繞了這麼大一圈子，先是摘了賀琰羽翼，再下了賀琰臉面，等梁平恭那件事水落石出之時，攢著怒氣數罪齊發，這可叫賀琰該怎麼活啊。」

是啊，這可叫賀琰怎麼活啊……

行昭規規矩矩地將手放在膝上，看著菱花銅鏡中的自己。前世別人都說她與賀琰長得像，如今細細瞧，果真是像。外面像可內瓤不像，她也不能十分算作是賀家人。

方皇后梳來梳去也不能油光水滑地給小娘子綰個髮髻，皇后只能把梳子交給蓮玉，交代她。「給小娘子綰個圓髻，梳得高點，也別全梳上去了，下頭留兩攢頭髮，顯得稚氣些。」

去重華宮吃六皇子的接風宴，為何要顯得稚氣？

行昭想一想，終是對著鏡子，嘆口氣。六皇子的示好，歡宜的嘮叨，她到底是重活一世的人，又不是正正經經的七、八歲小娘子，就算是七、八歲的小娘子，如今也該操心操心自己的婚事了，又哪有不明白的呢？

方皇后更明白，她是不想行昭再嫁進這個人吃人的地方了。

重來一次，讓該得到報應的人都過得不好。應邑死了，梁平恭死了，顧太后癱了，賀琰日日活得戰戰兢兢的，不知等著他的結局是什麼，她心裡是安了，也放寬了，可她的以後要怎麼辦？上蒼開恩讓她重新來過，總不會是讓她帶著怨恨過活一輩子的吧？

行昭陡然發現，她從來沒有好好地想過這個問題。

她想嫁人，縱然這個世間有如賀琰、如皇帝這樣的男子，可也有像舅舅、像行景那樣的男人，她前世執拗得像她的母親，蠢得又像應邑，最後得了那麼個結局，是她活該。

可她又不想嫁人，前路漫漫，她活了這麼長的時光，這幾日在鳳儀殿是過得最快活的日子。

一旦嫁人便意味著未知的將來、未知的前程、未知的人在等著她。她很明白自己並不像方皇后那樣聰明，就算重活一世，她仍舊一步一步地學得艱難。

行昭銜著菱花鏡裡的自己眨了眨眼睛，裡面的自己也衝她輕輕地眨了眨眼睛。

方皇后便笑著給她選好襦裙，直攆她出門。「和歡宜好好地處，淑妃是個心細的，素齋鐵定都給妳備好了的。只一條，不許多吃甜食，乳牙才換完，小娘子牙齒長得不好，整個人都顯得不好看。」

行昭一面披上披肩，一面往外走，一面回過頭來笑著點頭稱是，倒是忙得很。

十月近在眼前，近冬時節，走在狹長的宮道上，湊近了瞧便能看見青石宮燈壁上的那層霜氣。

蓮蓉哈了口氣，便萬分驚喜地同身側的蓮玉說：「如今的天都能哈出白氣了呢！」

行昭也轉過頭跟著笑，一扭頭便瞧見有抹藏青色的身影從拐角處出來，像是遠山之中幢幢影影的雨後青影，又像是小橋流水之間清清冷冷的一窪細水。

真是難得，男兒漢也能用「清清冷冷」四個字。

行昭連忙斂眸屈膝，輕聲道福。「臣女給端王殿下問安。」

「起來吧。」

六皇子聲音啞啞的，是身體還沒好全？

不能夠吧，還沒好全，皇帝能讓他啟程回京？淑妃能在重華宮裡請了小輩們去辦接風宴？

「說是用晚宴，用過了便去湖心亭賞月，溫陽縣主怎麼去得這樣早？」

「歡宜公主說是有幅畫邀臣女看。」

行昭回答得簡短，規規矩矩地佝著頭，六皇子不動步子，她也不好抬腳往前走。

「大姊喜歡侍弄花花草草，一向不耐煩水墨丹青……」

六皇子清清淡淡地含笑出聲，話到一半卻戛然而止，頓了頓，便順勢轉了話頭。「溫陽縣主近來可好？」

話一出口，六皇子恨不得將自己舌頭咬掉，縱然如此，少年郎卻仍舊昂著頭遮掩住心虛。

來來去去都這麼多句話了，這才想起來問好。

「自是好的。」行昭心裡腹誹，笑一笑，索性沈下心來，側了身子讓出一條路。「您算是重華宮的主人，臣女受了歡宜公主的邀約，都不好去得遲了。」

六皇子一愣，連忙遮掩似的輕咳一聲，腳下的步子邁也不是，收也不是，少年郎踟躕未定，袖裡沈甸甸地總覺得這不是好時機，掩了掩袖子，又咳了一聲，便舉步往前行。

行昭一直低著頭看著自己的腳尖，眼看著六皇子藏青的袍裾動了一動，這才敢將頭抬起來點。

六皇子的側臉在行昭眼前一晃而過，是黑了些、瘦了些吧？

原本風流翩翩的少年郎好像長高了，也長大了，執扇的手如今習慣翻帳冊了，賞畫的眼也見到世間疾苦了。

行昭趕緊將頭埋下，與之隔了三步，亦步亦趨地跟在六皇子身後，走在狹長的紅牆碧瓦之下，二人一路無話。

候在不遠處的小宮人，眼眸亮亮地探出半個身子去瞧。

洞門高閣靄餘暉，桃李陰陰柳絮飛。

明明都將初冬的天，小宮人眼瞧著二人漸行漸遠，歪著頭卻好像在這一青一淺的背影上看見了明媚春光。

六皇子步調一致，雖走得不急不緩，行昭人小腿短，跟在後頭仍舊吃力。

蓮玉、蓮蓉一左一右攙著，行昭總算是鬆了口氣，好歹能借力歇一歇。

哪曉得將過春妍亭，六皇子陡然走得緩了下來，蓮蓉臉色便憋得像顆青柿，湊在行昭耳朵邊上說悄悄話。「素來說端王殿下穩沈，穩沈的人能一會兒走得這樣快，一會兒又慢下來，反反覆覆的，也不曉得將才是在和誰使氣！」

行昭捏了捏蓮蓉手心，衝其笑了笑，沒說話。

眼角的餘光裡瞄到春妍亭，大約是初冬將來了的緣由，亭子裡頭掛上了深色帳幔，外面也安上了幾座透亮的琉璃屏風，就怕宮裡頭的貴人在春妍亭賞花賞月的時候吹了涼風吧？

宮裡頭的女人活得很精細，卻常常會死得很粗糙。

多諷刺啊！

行昭一面向前走，一面扭頭認認真真地看了看春妍亭，卻陡然在襯著深色帳幔的琉璃屏風上發現了自己的影子，小娘子瞬間便明白了過來。

神色不明地停下了步子，看向前頭緩了步調的六皇子，掩眉斂目，看著青色裙裾下躲閃不及的鵝黃繡鞋，心頭悵然卻又有回甘。

重華宮居於西六宮最遠，只因淑妃好靜，一路過來，就算六皇子明顯慢了步調，行昭仍舊累得氣喘吁吁，與六皇子一道去正殿給淑妃問了安，便聽了淑妃的好笑聲。

「妳姨母年輕的時候，騎馬射箭都是好手，踢毽子踢百索，打馬球樣樣手到擒來。就是本宮年輕時候，也不怯這點路。」

行昭聽得面紅耳赤，囁嚅幾下嘴，看著精神奕奕的淑妃，心裡只顧得歡喜，便一時間沒想出要說個什麼由頭來。

淑妃看著行昭笑。淑妃越笑，行昭臉上就越發燙，這不是明晃晃地在說她懶得動彈嗎？

幸好歡宜過來救了場，拉著行昭去了內廂，將一進去闔上門便問：「妳從鳳儀殿過來，老六從崇文館過來，你們兩個怎麼湊做了一堆？」

行昭抬眸認真的看了看歡宜，原來並不是她故意為之的啊。

一邊為自己的多疑好笑，一邊接過宮人遞過來的茶水，大口喝了兩口，這才緩過神來，笑著說：「原來端王殿下是從崇文館過來的啊，我還以為他是從儀元殿過來的呢。大約是六皇子從太液池過來覺著路程有些遠，便乾脆繞進了宮道裡？」

行昭回得一派風光霽月，歡宜蹙了蹙眉頭，沒說話了。

她讓行昭早些過來無非是想讓行昭與老六早些碰面，哪曉得老六還知道守株待兔地守在了鳳儀殿的宮牆外頭。

孺子可教！

歡宜眉頭鬆開了些許，笑著讓宮人又上了兩盅茶，和行昭閒扯開來，話頭從「東院的桂花開得香得很，可惜等冬天來了雪一覆上去，香味便沒了」，到「昨日母妃去侍疾，太后娘娘卻不許母妃進去。聽丹蔻說，太后娘娘已經失禁了」。

前一樁事風花雪月的，行昭便風花雪月地應承。

後一樁事涉及皇室私密，歡宜說得，她卻說不得，只好打著哈哈。「淑妃娘娘好孝心。」

歡宜扯的話頭跨度有點大，行昭能看出來歡宜心不在此，卻仍舊耐著性子陪她天南海北地說話。

歡宜在想些什麼，行昭當然不知道，可六皇子卻知道。

「溫陽縣主才多大？我才多大？母妃未免思量得也太遠了！」

六皇子小啜一口茶，茶還沒嚥下肚，卻險些噴出來，不可置信地望著殿上的陸淑妃，臉上燙燙的，他自己也說不清楚是赧意還是羞意。

「知子莫若母，你拿一條性命去拚前程是為了什麼？你幾天幾夜沒合眼駕著馬回京，一出儀元殿便去攔阿嫵，是為了什麼？你在皇帝面前三番兩次上梁平恭和顧僉事的眼藥，又是為了什麼？你我都心知肚明。」

陸淑妃笑意淺淺淡淡的，還是一副嬌容的模樣，說出來的話卻總算是讓人信了，她也是出身陸家的將門之女！

「人生在世幾回搏？打獵認準了一隻兔子，就算箭筒子裡只剩一支箭，也要下狠心去拚上一拚！阿嫵還小，可你卻快十三歲了，皇帝讓小顧氏進宮跟著歡宜伴讀，未嘗就沒有想拿王妃的位置去補償顧家的意思。方皇后肯定不喜歡將阿嫵再拖進天潢貴胄的是非圈裡來，前路漫漫，你以為還容得下你踟躕不定？說一千道一萬，宮裡頭的人過得大抵都不如意，你既歡喜阿嫵，便至少有了過得如意的一半可能，小郎君要勇於去搏一搏，就像你這回豁出條命去搏前程一樣。盡人事聽天命，你若不努把力，拿出一顆真心出來叫小娘子與方皇后看見，人家憑什麼平白無故放心你，願意試上一試？」

六皇子沈眸垂首，既沒否認陸淑妃說道他歡喜阿嫵的事，也沒急於表達決心。

少年郎的指腹上有了一層薄薄的繭，他執意要跟著黎令清去遼東，無非是想在皇帝跟前露臉，可為什麼想要爭氣呢？

他自己也說不上來，拳頭大的人說的話才是話。這個道理放之四海皆準，所以他必須強起來，才能將他想護著的人都掩在羽翼之下。

他的母親是個不爭不搶的，對那個位置從來也沒有肖想過，這是陸淑妃頭一次讓他搏上一搏，只為了去爭一個小娘子。

六皇子笑了笑，半大的少年郎看不懂世事，卻能看清楚真心。

宮裡的女人錦衣華服地心苦了一輩子，卻在心底留了些許地方放著一個叫「愛」的東西。她們仍舊渴望愛，就算自己的孩兒能夠擁有便也此生足矣。

天色漸漸沈了下來，相邀的小輩也陸陸續續來了，二皇子、四皇子一道過來，住在慈和宮的顧青辰帶了兩樽水天青碧的古窯花斛來，正好配歡宜屋子的黑漆黃花木炕桌，歡宜就算與小顧氏一向不鹹不淡，也笑吟吟地讓人去剪了幾枝桂花插在花斛裡，立刻擺上了炕桌。

這個接風宴說是淑妃辦的，還不如說是歡宜辦的更貼切。

請來的都是正正經經住在宮裡頭的小輩，開宴的屋子是擺在歡宜內寢的正廂裡，大周民風開朗，這一桌子上的人又都是牽了關係的，彼此之間哥哥妹妹、姊姊弟弟的稱呼，倒也不用特意避嫌再開一桌。

熱熱鬧鬧地坐一起，將上桌，二皇子便嚷著要灌六皇子酒，口裡說是慶賀他大難不死，歡宜卻和行昭咬耳朵。「二哥吵著要不醉不歸幾天了，總算是將憋著的那口氣放了出來。」

六皇子豪爽地一飲而盡，又兄友弟恭地斟滿了再去灌二皇子。

幾個半大的小子吵吵嚷嚷地，二皇子端著酒杯走直線，四皇子抿了抿唇要唱戲，六皇子便拍著巴掌，扣了五錢銀子在桌上，賭——

「四哥唱夜奔！若唱得比柳文憐還好，我便和你學甩水袖！」

行昭捂著帕子笑完這頭笑那頭，最後笑倒在歡宜身上，迷濛中卻看見顧青辰下巴抿得尖尖的，眼睛媚媚的，像極了慈和宮的顧太后。

二皇子想不醉不歸，如其所願，身側的宮人扶都扶不住，還是淑妃讓人熬了解酒湯兩碗灌下去，少年郎才清醒點。

幾個內侍扶著二皇子往外走，顧青辰往慈和宮去，歡宜讓身邊的大丫鬟江草送，自個兒親將行昭送到了門廊裡。

行昭將輕撚裙裾拐出遊廊，便聽見身後急急慌慌的呼聲。

「溫陽縣主且等等！」

行昭扭身一看，是個面生的丫頭，自個兒的手還沒伸出去，那丫頭便將一個香囊塞了過來，又福了福身，便轉頭往裡小跑。

香囊硬硬涼涼的，行昭將拴得緊緊的繩抽開，把裝在香囊裡的東西一下子就抖落在了掌心裡。

藉著畫梁上搖曳且微暖的光，行昭手心的那顆小小的絳色雨花石亮晶晶的，光從石頭的邊緣擦過，直直撞進了小娘子的視野裡。

日子將進了十一月，天又到了凍得人僵手僵腳的時候。

深秋近冬的月分，天開始亮得晚、黑得早了，天際邊上將濛濛亮，掖庭裡的小宮人們便搓手跺腳地裹著小襖，提著個比自個兒一半還要高的木桶挨個兒排著隊打水。

小丫頭們拎不動沉甸甸的桶，水便晃晃蕩蕩地灑了一路，等到了天色微熹，路上的水便被凍得結成了霜。

歡宜撚著夾襖裙，小心翼翼地走在路上，意在避開路上的霜氣，還扭過身時不時攙一把行昭，聲放得特別小。

「入了冬，常先生的課還開得這樣早，咱們小娘子也不需要考狀元，更不要當驚才絕豔的女詞人……」

說實話，皇家的公主皇子們過得是錦衣玉食，可也著實辛苦。

宮外頭的勛貴侯府，哪家小娘子、小郎君會卯時一刻就起床，喝幾口乳酪、吃幾口點心墊肚子，背著行囊就去崇文館溫書？

相對之下公主們算是過得鬆活的，想一想幾個皇子還沒領差事的時候，說是卯正就要起來紮馬步，紮完馬步就去崇文館。二皇子說起這茬時，便以一種小狗望食的眼光望著四皇子，眼睛閃閃的，好像很羨慕。

行昭想著便笑起來，二皇子是不著調，會因為四皇子腿腳不好不能紮馬步，晨間便可以睡得久點，便豔羨得跟個什麼似的。

行昭笑著笑著，笑容便漸消了下去，長廊上的霜氣冰冰凌凌，瑩然得就像那日夜裡，暖光下的那顆雨花石。

她明白這是誰送的，一回鳳儀殿就一五一十地將這石頭坦白給了方皇后聽，方皇后既沒深究下去，也沒讓她還回去，看著石頭只說：「妳現在年歲小，這石頭做成項圈太小了，做成簪子又太大，先收著，左右現在用不到。」

方皇后轉手便將雨花石給了蔣明英，吩咐她收在匣子裡。

行昭心裡卻很清楚，這顆石頭應當是再也見不到了。

重來一世，行昭想自己應當能夠分得清楚愛與恨了。愛需要聰明與良善，若是她再不管不顧地，直衝衝地一頭扎進去，她就是愚不可及，人蠢了，還談什麼愛呢？

所有自以為是的一廂情願，傷人傷己。

小娘子沈了沈首，隔了片刻，再一抬頭，面上恢復了神采奕奕，笑著去牽歡宜的手，真心相邀。「晌午的時候，賀二夫人要入宮來，我三姊也跟著來。她是個爽直的，妳要不要一道過來瞧一瞧？」

「原來妳這兩日開心得上臉，是因為妳三姊要入宮來啊？」歡宜眸光一亮，隨即黯下來，搖頭。「妳若只邀我去，卻撇下那個，倒落人話頭。」

那個，指的便是慈和宮的小顧氏。

進宮不過才兩個月，上上下下還沒聽見有人說過她不好，蓮蓉那樣的嘴說起她來也只有這麼些話──「顧娘子性子滿好，為人也和氣，天涼了都不叫她屋子的人拿涼水洗衣裳，將水燒得溫溫的，讓下頭人使。還准屋裡人晚上拿熱水泡一泡，祛寒氣。」

瞧瞧，一、兩桶水，一、兩把柴禾的工夫，就讓宮人們交口稱讚起來。

可再仔細想一想，天涼起來，各宮的井裡都結上霜了，不好用了。宮裡要分水兩個時候，一個晚上拿水車挨個宮的運送，一個就是晨間讓人去皇城東邊提水用。

晚上的水各宮都是有定例的，若想多用就只有早晨讓人多提幾桶水過去，誰來提？還不是宮娥們從皇城東提到皇城西。她們累不累？想一想，也不比拿涼水洗衣裳輕鬆多少。只是提水的是粗使宮人，用水的卻是有頭有臉的、近身伺候的，前者說不上話，後者獲益良多。

顧家娘子，善是善，可惜是偽善。

行昭眨眨眼睛，十分不在意。「不怕，顧娘子是入宮伴讀伴侍的，她的差事出了崇文館就要被拘在慈和宮裡，妳去給皇后娘娘問安，難不成別人也要說嘴？」

「那過會兒妳同我一道去重華宮用午膳吧，小廚房的師傅學了兩道素齋，一道素三鮮，拿筍尖、蓮子還有木耳燴在一起，墊在糯米鍋巴上，再拿熱油往上一淋，脆脆香香的，好吃極了。」

若要說歡宜哪點不像個正正經經的端莊名姝，那就只這一點——喜歡吃。

行昭笑出聲來，算了算時辰，應當是碰不著旁人，便點頭稱好。

常先生講書講得好，知天命年歲的老頭兒，書也沒看，盤腿坐在上首，昂著頭，一面撚鬍鬚，一面抑揚頓挫地在講著《中庸》。

大約是在長身體，一上午還沒過到一半，行昭便餓了，扭頭眼巴巴地瞅著歡宜，歡宜便從小書囊裡偷摸拿了幾塊綠豆糕出來，再從書案下頭躡手躡腳地偷摸塞給行昭，還輕言細語提醒一句。「放心，是花生油做的。」

兩個小娘子私下的這一授受，被顧青辰看得清清楚楚的，手指蜷了蜷，再慢慢舒展開來。

入宮兩月，她的生活天翻地覆，宮裡人看她的神色恭敬中卻有蔑然，宮妃待她的態度，生疏且平淡，就連兩個小同窗待她也只是擔了個面上情。從顧家獨一分的小娘子到如今要看人臉色的原因，她心裡明白得很。大周看重祖宗家法，做官憑的是誰家祠堂的牌位多，顧家是什麼出身？宮裡頭這些主子又是個什麼出身？兩廂一比較，她心頭跟個明鏡似的。

說是給歡宜公主當伴讀，可憑什麼賀家的小娘子沒擔個伴讀的名頭卻名正言順地住在宮裡？

顧青辰薄薄且嫣紅的唇抿得緊緊的，顧太后靠著容貌和兩個兒子把顧家推到了這一步，憑什麼她不可以？

約莫是中途吃了幾大塊綠豆糕，行昭午膳的時候就有些用不進去，手裡頭杵著銀箸，眼角餘光裡卻從重華宮裡的擺設一一掃過，用舊了的黑漆黃花木大書桌，掛落了兩排的、筆尖分了岔的筆，舊窯還剩了半盆水的筆洗，三三兩兩隨意堆落在一起的古籍，掛在牆上的幾幅農耕圖。

一切都看起來簡單質樸，卻隨意坦然。

歡宜將她拉到東廂的書齋來用膳，就是為了讓她看看六皇子的書房長什麼樣嗎？

行昭心頭堵得慌，索性又拿起筷子惡狠狠地挾了塊筍尖，咬在口裡，脆生生的。

從重華宮再回鳳儀殿時，過了晌午，天色放晴得厲害，初冬時節的暖陽透過白濛濛的一層靄，照在灰牆青瓦上，恬淡從容。

歡宜找了託詞，在要到妙經閣的時候停了停，說是——

「去給太后娘娘求個平安符，過會兒再過去瞧妳三姊。」

宮裡頭長大的都是人精，歡宜這是明白兩姊妹有話說，她這樣做既顯親近又識趣。

第五十八章

一路上都有陽光相伴左右，行昭心裡頭雀躍起來，其婉候在門廊裡，細聲細氣地給她通氣。

「賀二夫人和三姑娘是掐著點來的，皇后娘娘將用完膳，就聽了傳召。欣榮長公主也來了，比她們早來，和皇后娘娘一道用的午膳，用的時候還問起了您。」

邊聽其婉說，邊拐過長廊，還沒穿過中庭，便能隱隱約約聽見二夫人的聲音。

「府裡都好，侯爺如今賦閒在家，進進出出的倒只有臣妾家裡頭那個有差事的了，太夫人照舊吃著藥，靜心養著不能生氣……」

行昭愣在門外，頓生恍如隔世之感。

賀家的人與事如今離她離得太遠了，她此生也不想再靠近了。

其婉束著手偷偷拿眼小覷行昭的神情，小娘子的神色好像迷濛著在雲端一樣，就和這一段時間裡的這一長串事撲朔迷離得一模一樣。

南風拂面，行昭終究是回過神來，重新展了眉，笑著探出身去拿手輕輕地叩了叩門板，笑咪咪地先同方皇后屈膝行了禮，再挨個兒下來朝著二夫人、欣榮長公主行禮，扭到行明那處跟前的時候，一抬頭便看見行明眼眶紅紅的小模樣。

不過七、八個月未見，小娘子的輪廓就長開了，長成了標準的鵝蛋臉，面容秀麗，好像性子也沈穩了下來。

是了，這大半年的，賀家起起落落，人心難測，想不成長都難。

「瞅瞅這小兩姊妹，半年沒見便想成了這個樣子。」方皇后衝著欣榮笑行昭。「阿嫵帶三姑娘去瑰意閣轉一轉吧，轉一圈再把歡宜叫過來，左右天也涼了，三個小娘子就在一起燙鍋子吃。」

欣榮靠在椅背上，衣著寬鬆，卻眼見著已是顯了懷，面若圓盤用在這裡剛好，性子卻沒大變，直嚷。「不管不管，我也燙鍋子吃！」

「妳去燙什麼鍋子！老老實實窩在這裡，外頭路滑著呢！」

方皇后唸欣榮的樣子和她唸行昭的樣子像得很，行昭一邊笑一邊拉著行明出了正殿，將出正殿，兩個小娘子便異口同聲。

「妳在宮裡過得還好嗎？」

「妳在賀家過得怎麼樣？」

話音一落，兩個小娘子相視笑起來，笑著笑著，便全都紅了眼眶。

行昭拿手背抹了抹眼角，拉著行明進了瑰意閣，小苑徑深安好，朱門輕掩成一道縫。

屋子裡暖暖的，蓮玉已將地龍燒得旺旺的，蓮蓉眼中含淚，親手斟了熱茶奉上來。

行明單手接過茶，眼神從瑰意閣裡一一掃過，笑中有淚。「皇后娘娘是妳親姨母，總是護著妳的……」話停了停，欲言又止終是長嘆了口氣。「進宮住也好，那把火燒得人心都快慌了……」話音一落，沈重得便將重逢的喜悅沖淡了些。

連行明都瞧出來了。

「不過幾個月沒見，三姊做什麼學得像個大人樣！」行昭語氣高昂，興高采烈地岔了話頭。

直到這時，她才發現無比懷念那個橫衝直撞的行明，那個會一巴掌摑掉黃三娘威風的行明，是什麼把曾經鮮活的小娘子磨成了這個樣子的啊？

行昭艱難地昂了昂下頜，將眼裡面的淚忍了忍，賀家遭逢此難，和她脫不了關係，方皇后投鼠忌器，她又何嘗不是？

若要把賀家一擼到底根本不難，可要既不牽連別人，又要讓賀琰傷筋動骨，這就不那麼容易了。

若是將無辜之人牽扯進這一樁事裡，這樣的處事為人又和應邑有什麼分別。

行明眸光柔柔的，將手覆在行昭的手背上，眼神四下望了望，語聲一滯。「要嫁人了，不做出一副大人樣，還能繼續放肆不成？」

明明是很淡的語氣，行昭卻莫名地聽出了心灰意冷。

哪家的新嫁娘不是喜氣洋洋地備嫁妝啊！

行昭蹙眉，一把將行明反握住，壓低聲音。「是王家不好嗎？還是王三郎不如意？還是王夫人為難了妳？妳且同我說，左右還沒下定，我就去求求皇后娘娘。」

行明輕輕搖搖頭，抿嘴笑一笑，王家不好嗎？

不，王家太好了。

以她的身分能嫁進王家同長公主做妯娌，照她母親的話來說——「是託了阿嫵和方皇后的福，才能嫁進王家，嫁給嫡幼子。」

照太夫人的話說是——「方皇后心善，看在阿嫵的面子上給妳尋了這麼一樁親事，做小輩的有了自己的主意，當長輩的便不好管了。」

太夫人的話說得不明不白，可臉上漠然的神色卻像把尖錐一樣刺進了行明的心上。

她本就應當是受漠視、坐冷板凳的人，好歹阿嫵還惦記著她，越過太夫人讓皇后間接決定了她的婚姻，否則她根本不敢想像太夫人會把她嫁到哪家去。拚命撕破臉也要保下阿嫵院子裡的那個丫鬟，給二門的婆子塞銀子只求打聽一下外頭的情形，再通過欣榮長公主口把情形遞給行昭。

她明裡暗裡忤逆了太夫人多少次，太夫人心裡頭明白得很，只是悶著不發，攢著怒氣就等著在婚事上為難她。

這些都是她心甘情願做下的，不足掛齒。

「都好都好，王夫人前些時日上門來，看起來為人很和氣的樣子。王家三郎也見過幾次面，沒多少話，性子也滿好……」行明垂著頭只顧上攪帕子，拿出一套標準卻敷衍的說辭。

行昭急得很，世間哪有這麼多的佳偶天成啊？

多得是金玉其外，敗絮其中的一雙怨偶。

「三姊，妳對我都不說實話了嗎？」行昭探了半個身子，將帕子從她手裡抽開，兀地想起什麼，佝了腰聲音愈低。「是……是……剋扣了妳的嫁妝了嗎？」

是了兩聲，也沒是出個所以然來。

行明卻明白這說的是誰，連忙擺手。「賀家女出嫁公中出得多，這是定例，左右嫁的是幼子，又不是長媳，也不用太多的嫁妝撐門面。」

左也不是，右也不是。

行昭嘆口氣，她是真心希望行明能夠過得好。這個世間太艱難了，會耍手腕的、會耍心機的、會諂媚做小的常常過得很如意，可立身正的、腰桿直的、不懂得轉彎俯身的往往更容易走進死胡同裡，往哪處走都是個死。

行明個性坦然，死倒還搆不上，可總不能圖面子好看，嫁個人，然後鬱鬱寡歡一輩子吧？

「阿嫵日盼夜盼，三姊能入宮來讓阿嫵瞧一瞧。方皇后說起這樁婚事的時候，只有好字，阿嫵看欣榮長公主如今也過得好極了，王駙馬也是個正正經經的，便也很為三姊高興。」行昭仰著臉輕聲道來。「可今日看三姊，三姊其實並不歡喜，婚姻雖說是父母之命、媒妁之言，可日子是自己慢慢過的，一天不舒心還可以忍，可是一天又一天的不舒心加在一起，三姊妳想怎麼辦？一輩子這麼短，趁事情尚有轉圜餘地，三姊如今不說清楚，往後便只有囫圇著過了。」

行明聽得目瞪口呆，睜圓了一雙眼看著眼前的小娘子，好像一直都沒認識過她。

話糙理不糙，字字斟心，行明心裡又酸又苦，她不喜歡王家小郎，可她喜歡的身側又已有佳人相伴了，往哪處走都不通。祖母的漠視，母親的焦慮，父親的無能，還有壓在心上沈甸甸的愛慕與遺憾，讓小娘子差點喘不過氣來。

行明的臉色變了又變，行昭看得慌，果真王家小郎做事不地道?!

不能夠吧！識女看母，識子看父，看不了父，看看兄也能略覷一二吧？

欣榮成親快兩年了，長公主府裡不納妾室，沒有通房，連清秀點的小倌都不往內院進，別家的夫人說起來是語氣酸津津的，有說欣榮河東獅吼不賢慧的，也有說方皇后氣勢大壓住王駙馬不准納妾。

可行昭卻曉得，明明是王駙馬自己不想納，欣榮有孕，是備了通房的，方皇后也從六司裡選了兩個面貌較好的宮人送過去。

哪曉得第二天，欣榮就喜氣洋洋地進宮裡來，說是——「駙馬把那兩個丫頭送去鋪子裡了。」

那小模樣，嘖嘖嘖，得意得很。

王駙馬是這樣的人，一母同胞的弟弟的品相能差到哪裡去？

不過既有歹竹出好筍的，難保就沒有好竹出了個長歪了的！

小娘子的心思你甭猜，猜來猜去，一準兒猜錯道。

行昭俐落地趿拉著木屐，扶著蓮玉就要下炕，口裡直說：「若當真是因為王三郎的緣由，三姊也甭攔阿嫵，我總不能眼看妳往火坑裡跳！」

「哎呀！阿嫵妳別急，妳難做，皇后娘娘也難做！」行明連忙來拉，四下看了看，臉色也急得不得了。「不是因為他！是因為……」

行昭身形隨著其話頭頓了頓，扭過頭去看行明。

行明拉著行昭衣角的手一點一點往下滑，眼神從高几上的絹花移到雕著五子登科的書匣上，最後定在了鋪了羊氈毯的青磚地上。

行昭靜靜地看著行明，小娘子的臉色由白轉青再轉紅，最後紅成一片，分明是面帶赧色。

她嘆了口氣，揮揮手，蓮玉便領著宮人們魚貫而出，屋子裡只剩了姊妹兩人。

行明舒了口氣，囁嚅嘴唇，最後斷斷續續的幾個字連成了幾句話。

「是因為我自己……我不想成親……成親有什麼好啊，看看妳母親，再看看我娘親，一個主持中饋了這麼些年最後……」沒說出後話。「一個為子嗣所困，現如今都沒有辦法解脫出來。成親了便要侍奉公婆，侍奉相公，忙裡忙外，忙成一個黃臉婆，最後還要幫著夫君納美進門，不納就是喝醋，連帶著自己的女兒都難嫁……」

行明說話越說越順溜。

行昭險些信了，一轉眼卻看見了行明黯得像一口深井的眼波，一定不是這樣的，行明這樣的個性，就算把她拋到荒郊去，她也能邊哭邊啃著樹皮，活得很好。

因為恐懼婚姻，才會低落得不像話，她才不信。

行昭手撐在木案上，歪著頭靜靜地看著她，行明的話越落越低，最後連行昭的眼神都不敢看了。

行昭的仗義，她明白得很，行昭幫她出的頭不少，她默默維護行昭的舉動也不少，可這樣荒誕的理由說出來，她自己都嫌髒了耳朵。

行明漸漸不說話了，屋子裡陡然安靜了下來，只有地龍燒得旺旺的，火苗撲哧撲哧地往上竄。

隔了良久，行明重重地嘆聲氣，再抬頭眼圈又紅紅的，語帶哽咽。

「我不喜歡王家小郎君……我歡喜的……我歡喜的是……黎家大郎……」

話音一落，便傳來行昭驚呼一聲。「可是黎家長兄有妻室啊！」

行明紅著眼頷首，頭點著點著便低得要垂進了泥裡。

行昭一雙手掐得死死的直顫，她腦子裡陡然想到了應邑、賀琰和她母親的那樁陳年舊事，再扭頭看著行明可憐巴巴的模樣，行昭猛地甩了甩頭，將手捏緊成了一個拳頭，強迫自己放低了聲音。

「阿範長兄知道嗎？二夫人知道嗎？還有別的人知道嗎？阿範長兄歡喜三姊嗎？阿嫵記得阿範長兄是六年前娶的妻室，琴瑟和鳴得很，兩年前才給黎三娘添了個乖巧的小侄兒，三姊不也去看了他的洗三禮的嗎？」

行明將頭垂在胸上，吶吶地搖搖頭，隔了良久才輕輕點頭。

原來她心裡都清楚得很……

行昭頓覺頹然，陡然覺得情愛這種東西飄渺得就像晨間的霧氣、山林的鶯啼，突兀得就像陡然而至的海市蜃樓。絆住人難得往前走，來得又沒頭沒腦，無跡可尋。黎家大郎比行明大了接近一輪，怎麼就突然歡喜上了呢？

婚姻、婚姻，分明就是昏了頭的因，才會造就出來的果。

皇城之中，銀裝素裹一片。

定京城裡的第一場雪是在行昭去送賀二夫人和行明出宮門的時候落下的，暮色微合之下的黃昏，撲撲簌簌掉下來的雪粒，還有靠在青幃小車旁小娘子微紅的眼眶。

像一幅水墨丹青，又像一闋傷心詞。

行昭心不在焉地舀起一勺白粥，木木愣愣地看著裊裊而上的白霧氣。

「把庫房裡頭的刻絲、妝花都清出來，歡宜那頭賞兩疋，慈和宮賞兩疋，再給阿嫵做幾身新衣裳。」方皇后靠在軟緞墊子上，抬眼看了看神色怏怏的行昭，邊將冊子放下，邊拿手背去摸小娘子的額頭。「自從賀三娘出了宮，妳神色便有些不太好，這是怎麼了？」

小娘子耷拉了眼，那口白粥沒動，順手便將勺子原歸原好地放在碟子裡，雙手規規矩矩地放在膝上。她腦子裡亂亂的，既為行明捏了把汗，又感慨世事無常。

那日，行明一直不說話，她便只好直截了當——

「妳當如何？攆掉阿範長兄的妻室？堂堂貴家娘子去與人做小？這兩樁事妳都不可能做出來，又何必將那個不可能的人放在心上了呢？日子總是要過，少了誰都能咬牙過下去。再問妳，阿範長兄也歡喜著妳嗎？這應當只是三姊的一廂情願吧？退一步說，就算是阿範長兄也歡喜著三姊，可他尚且有正妻嫡子，聘者為妻，奔者為妾，二夫人只有三姊一個女兒，下半輩子就靠守著妳慢慢悠悠地過。人活一世，不僅僅是為了自己而活，妳且想一想妳的母親！若行舉之間稍有逾矩，便是萬劫不復！一失足成千古恨，三姊，妳當三思！」

作為妹妹，這番話說得實在是太過僭越。可自己當真是怕了，見慣了女子的飛蛾撲火，最後卻被火苗燙成灰的故事，生怕行明一個不當心便毀了她的一輩子。

自己的母親個性和軟，她便慢慢地哄，最後終究失去了她。現在想一想，當真是悔不當初。

行昭至今仍記得行明當時的神色，小娘子悲傷是悲傷，可並不見迷惘，隔了半晌後，死抿著唇直搖頭。

「我從未想過要做些什麼，歡喜誰是不能選擇的，可我能選擇還要不要執迷不悟下去。」

短短的一句話讓行昭頓覺自己失言，大愕之餘險些淚流滿面。

行明只是想將年少的旖旎情思說給旁人聽，她不能對二夫人說，也不能對丫鬟們說，憋了這樣久只為了將這番話說給她聽。

說完了，這樁心事便也算了了。

之後歡宜便過來了，之後這一年的第一場雪便也不急不緩地撲落在了地上。

方皇后笑著探出半個身子，拉了拉小娘子的手，笑著同蔣明英說：「聽說過苦夏的，倒沒聽說過苦冬。這是怎麼了？若當真身子不舒坦，過幾日也不許去雨花巷吹風了！」

「姨母！」行昭一聽便急了，好容易回過神來。「您可不許出爾反爾，都答應舅舅了！」

方祈之妻邢氏來信，說是趁著年前趕緊進京，總不能叫雨花巷過年都沒個女主人。行昭也看了信，邢氏行事說話很有一番爽利，前世沒怎麼見著的舅母，好像在這字裡行間俏生生地立了起來。

方皇后也願意讓邢氏早些來京，笑咪咪地攬過行昭。「不出爾反爾。」小娘子間的悄悄話，她也不願意刨根問底下去了，索性轉了話頭。「等翻了年就納吉下定，先將賀王兩家要成親的風聲傳出去，就怕賀太夫人從中作梗，我也讓賀二夫人注意些，這一、兩年都甭叫小娘子出門了，連院子也少出，就怕防不勝防。」

方皇后的顧慮是有道理的，行昭也覺得讓行明靜一靜更好。

拿兩年的時間去忘卻一個人，再做好準備去接受另一個人，足夠了吧？

行昭眼睛轉了一轉，主動將話頭引到了前朝。「西北戰事落定，秦伯齡將軍總要帶部回貴州吧？梁平恭死了，舅舅直隸中央了，空出來一個西北總督的位置，西北一塊肉又要讓誰去啃？舅母帶著表兄進京，把西北晾在那裡……」

行昭的意思，方皇后聞一知二。

「西北是方家的老巢，誰沒鐵齒銅牙還想去咬上一口，純屬找死。」方皇后不信佛，沒那麼多善良，攥在她手上的就是她的了，只有她不要的，才准別人去碰。「原本怕顧僉事乘亂盤踞西北，誰曾想顧太后生了場病，生得巧得很，估摸著皇上也沒想那麼多，只顧著升他的官來補償，一道旨意把顧僉事也叫回來了，同時也算是徹底絕了顧家爭西北的念頭和可能。」

行昭原先恨不得拿紙筆把方皇后的話記下來，如今她真的這麼做了。

方皇后啼笑皆非地看著懸腕筆走龍蛇的行昭，哭笑不得地拍了拍小娘子的頭，繼續道：「方家活捉托合其軍功卓著，皇帝多疑，妳舅舅在定京裡避個幾載再籌謀回西北也是個好主意，索性他手底下這麼多兵將，西北總督的位置要換人，他手底下的那些僉事、指揮換不換呢？隨便插幾個進去，就這幾年的工夫要想把西北吞下肚，籠統地看了看朝中之人，誰也沒這麼好的胃口。」

行昭喜歡聽方皇后一板一眼地分析廟堂之事。就像長年被拘在籠子裡的鷹，偶得空暇才能在空中飛上一飛，抖落了羽翼顯得一反常態的精神抖擻。

行昭手裡執筆，仰臉望著方皇后笑，方皇后庇護她，她也想叫方皇后高興起來。

姨甥在內廂圍著暖洋洋的地龍說著話，沒隔多久，便聽外間有宮人通稟。

「和嬪來給皇后娘娘問安了！」

和嬪是誰？

行昭心裡頭挨個兒想了一遍，這才反應過來，那個顧家旁旁支的顧家女一連稱病了幾句後，總算是來給方皇后請安了。

方皇后面色一沈，讓行昭只管安安穩穩地坐著。「本宮的外甥女去避一個嬪妾？宮裡頭還沒這個道理。」

行昭笑著頷首稱是。

一個小顧氏不到兩個月便讓宮裡頭的人交口頌讚，另一個小顧氏卻靜默無聲了這樣久，顧太后興起之時，母家勢弱，如今卻不一樣了，顧家成了氣候，皇帝顧忌母族情誼，就算顧家再上不了檯面，也想讓他們在人前顯上一顯。

顧太后喜歡做交易，行昭卻覺得這個交易划算極了。半邊身子癱在床上，卻把兩個顧家女都送進了宮，顧太后心裡一定也覺得沒虧吧？說沒幸災樂禍，那肯定是不可能的。前些時日她隨方皇后去慈和宮侍疾，顧氏不讓她們進，方皇后便在外廂坐了一晌午，終究是拗不過她。

陰暗迷濛中看見昔日趾高氣揚的顧太后，變成了現在這個滿面皺摺，一半臉笑一半臉抽搐的老婦人，行昭縱然有準備，仍被驚了一驚。

「嬪妾給皇后娘娘問安。」

軟軟綿綿的一管好聲音，麻溜地將行昭給拉回神來。

眼瞅著四角窗櫺之前，微光之下有一佳人著秋杏色右衽褙子，配之以銀灰下裙，臻首微垂，行昭便正好看見小顧氏的側臉與纖弱扶柳的腰肢。

心頭一嘆，好美的容貌！

宮中從來不缺美人兒，方皇后的大氣沈著，淑妃的緘默軟和，惠妃的明豔高調，王嬪的嬌柔清靈，行昭自詡算是閱盡千帆，可這個小顧氏卻絕對能排上其間一二。五官精緻，巴掌大的小臉，欲說還休的眼眸，怯生生又水靈靈的神情，懾人心魄。

顧青辰是顧家發跡之後的嫡支嫡女，養她便以上流世家女兒的教養來規範，可這個顧氏是顧家旁支，長在貧樂之家，自然是照著民間的禮數養出來的。

十六、七的年歲，沒有顧青辰的柔婉端麗，卻陡增一股子媚態，是因為有著顧太后年輕時候的媚態，才脫穎而出送進宮的吧。

「和嬪免禮。」方皇后言簡意賅，沈聲讓碧玉上茶又賜坐。

和嬪頓了頓，餘光瞥向端坐於下首的行昭，再頓了頓，終是撚了撚裙，半坐在了凳子邊緣上。

行昭單手端著一盞茶盅，和嬪頓了兩次，是想給時間讓自個兒給她行禮嗎？

嬪位不算低了，王嬪熬了幾十年，又生了皇長子不也才冊的嬪，平心而論，行昭，這個溫陽縣主是該先起身向她行禮問好。

呸，她偏不。

方皇后要給和嬪下馬威，她率先行了禮就是拆了臺，如今可不是講禮數的時候，讓她去給又一個以色侍人的主兒行禮問安，她心裡都堵得慌。隱忍是要的，可她就是心裡不舒坦，若要隱忍之後再給敵人一巴掌，那時候的痛快根本就不足掛齒了。

「和嬪身子骨可好些了？」方皇后眼神從行昭身上一晃而過，嘴角輕輕勾起。「算起來這也是本宮頭一回見到和嬪吧，和顧太后長得不太像，再細看看和顧家娘子長得也不太像。」

「嬪妾惶恐。」和嬪將頭佝得愈低。「嬪妾從永州來京，恰逢秋過冬至，纏綿病榻了三個月，連宮門也沒出，直至這些時日好了些，這才敢來鳳儀殿同皇后娘娘問安。」

溫茶從喉嚨裡滑過，行昭放茶盅的手一頓，換了種眼光打量小顧氏。

相貌好，心機也不弱，將才那番話分明是在同方皇后表真心——病了幾個月，連慈和宮都沒去，自個兒表姑母都沒見，病一好就過來請安了。

多乖巧、多知事、多示弱的小娘子啊。

行昭掩了掩眸，顧家人越來越聰明是真的，是一種蓬門小戶的，在天橋城門口討生活的聰明。

「是嗎？本宮問太醫，太醫也說是水土不服，讓妳好好養著。」方皇后展了笑，十足敷衍。「如今可好些了？」

「嬪妾謝過皇后娘娘關心，太醫醫術卓絕，嬪妾已經好大全了。同您問了安，便也要去慈和宮同太后娘娘問安。」

好全了能出來活動了。

給掖庭之中的女主人行了禮，是不是就該向男主人行禮示好了呢？

行昭心頭腹誹，抬眼望了望腮凝新荔的小顧氏，越發覺得她是打了這樣主意的。

「那便好。」方皇后輕聲出言，眼神重新落在小顧氏身上，身子照舊坐得筆直，話說出來卻顯得不那麼留情面了。「去慈和宮的時候記得穿素淨點。太后娘娘尚在病中，看不得秋杏銀灰這樣亮堂的顏色，穿青碧、月白就很好，老人家看了心裡也舒坦。」

小顧氏面上一紅，連忙起身謝罪。「是嬪妾思量不周，謝過皇后娘娘教誨。」

行昭看不出她是真惶恐還是假惶恐。

穿得像春朝裡頭的一枝新綻的花來給主母問安，放在哪家都說不過去，高門大戶的妾室在主母立規矩的時候，恨不得把自個兒收拾得能淡沒在空氣裡，別叫主母瞧見了。

小顧氏新晉入宮，又無寵在身，哪裡來的膽子打扮得花枝招展地在方皇后跟前來現，又不是正正經經的二八少女，做事欠思量。

行昭手頭一緊，難不成她就是想叫方皇后以為她就是個十六、七歲的、出身貧苦的，看著聰明實際漏洞百出的小娘子？

刀要怎麼才好用？

要主人拿到手上使得順手，用得放心。

她，一個姓顧的小娘子，想成為方皇后手裡的刀？

方皇后亦沈了沈，小顧氏稱病蟄伏數月，如今貿貿然出宮率先就往鳳儀殿來，不得不叫人思量。

當事有疑竇之時，以他言蔽之。

「家在永州？父親在朝廷裡做官嗎？往前可曾見過太后娘娘？在家排行第幾啊？定京城的菜式是吃得慣還是吃不慣？」

一連串的話沒多大意義，方皇后可不是個喜歡聽家長裡短的女人。

「回皇后娘娘，家在永州，父親在縣裡頭做一個小吏，主家都在定京城裡。算起來嬪妾家父與顧僉事的父親是出了五服的弟兄，家中還有一兄一弟，所以街坊們都喚嬪妾叫做元娘。」

小顧氏將最後一個問題草草略過。「嬪妾尚在病中，司膳房送來的飯菜也都以清淡為主，嬪位心裡十分感激。」

並沒有說吃得慣或吃不慣。

說吃得慣便是托大，主子娘娘們吃的也都是這些菜式，妳一個小小和嬪上哪裡來說吃得慣，說吃不慣更是栽進了坑裡。

宮中女人們的言語機鋒你來我往的，明槍易擋，暗箭難防，方皇后的咄咄逼人叫行昭看在眼裡卻是豎盾自保。你進我退，我進你退，餅只有那麼小一塊，誰咬了一口，別人都面臨餓死的處境。

行昭微不可見地抖了抖。

「元娘啊……」方皇后笑一笑，頓了一頓，讓小顧氏喝茶。「往後可不能再叫元娘了，跟著進宮的丫鬟口中的稱謂也該改一改了，元這個字在宮裡是不能亂用的。進了宮妳就既不是妳家的元娘，也不是顧家的小娘子，妳是要為天家添枝加葉的貴人了。」

小顧氏面色一喜，適時地紅上一紅，餘光再瞥見安安靜靜坐在對面的行昭，曉得今日之話應當是到此為止了。搭著椅背，嬝嬝嫋嫋起了身，嬝嬝嫋嫋地深屈了屈膝，又求皇后。

「嬪妾得蒙天恩，有幸入宮選侍左右，嬪妾心頭既惶恐又欣喜。奈何嬪妾長在鄉野之間，雖是在宮中已有數旬，可身子不爭氣，纏綿病榻許久，宮中的規矩雖有嬤嬤教導，可難免有所疏忽……」

伊人軟語，輕柔得像撥弄盛夏溫暖的水面。

方皇后笑一笑，雲袖一揮，讓小顧氏先回宮去。

第五十九章

第二日便從六司裡選了一個教養嬤嬤，先讓蔣明英帶去慈和宮瞧一瞧，誰也不知道顧太后點頭沒有，可方皇后說是顧太后點了頭的，那闔宮中人便只能認為這人選也是顧太后選出來的。

蓮玉萬分讚嘆，邊給行昭遞上修剪花枝的銀剪子，邊輕聲輕氣。

「和嬪娘娘到底姓顧，皇后娘娘既是賣了皇上的情面，往後和嬪出了什麼事，也和鳳儀殿無甚關係了。」

行昭笑著將綠萼花枝擺正，她的外祖母應當是個極聰慧的女人，養出了方皇后這樣的女兒，也教得出方祈這樣的兒郎。只可惜去得早，否則她的母親怎麼會一點心機和手段都沒學到呢？

和嬪得了教養嬤嬤，禮尚往來，自然又到鳳儀殿來謝過一回恩，從鳳儀殿一出去便拐道去慈和宮謝恩，一來二去，和嬪顧氏的名聲終究也同她的表姑母一樣，以貌美在宮中打響了。

宮中兩顧氏，一個品性端，一個相貌美，女人的所有好處都被顧家女占了，到最後連皇帝也驚動了。

「那個和嬪顧氏可是身子骨好些了？」

「我看著和嬪是身子好多了，話也說得，路也能走，身子一好便來同母后和我請安，大約是出身旁支的緣故，雖沒有大家閨秀之態，可小家碧玉能擔得上，言談行止也很是有番味道，想來也是個立身正的。」

方皇后婉轉答話，笑著努嘴指了指行昭。

「小丫頭不懂事，見著和嬪也不曉得行個禮，倒叫和嬪多看了她兩眼，臨走的時候我一忙又給忘了，別叫和嬪心裡不舒坦了。」

行昭癟了癟嘴，輕手輕腳地過去幫著皇帝斟滿了茶，再雙手恭恭敬敬奉上，話裡辯解。「和嬪娘娘一進來，阿嫵便驚呆了，從沒見過人世間還有這樣的美人兒姊姊，後來聽宮裡積年的嬤嬤說，和嬪娘娘和太后娘娘年輕時候長得像極了，阿嫵便又去崇文館翻太后娘娘年輕時的畫冊，又去丹青閣找……」

「天天翻得灰頭土臉地回宮，一張臉花得擦都擦不乾淨。」方皇后笑著接過話頭，又請皇帝喝茶。「常先生最近在上茶道課，小丫頭逮著誰就請誰喝茶。就數您還沒喝過了，您且嚐嚐看。」

皇帝聽完行昭的話，面色沈了沈，又聽方皇后後言，面上展笑，小啜了口熱茶，摸了摸小娘子的雙丫髻，笑言。「半罐水響叮噹，阿嫵再練練，還差了些火候！」

行昭靠在方皇后懷裡，抿唇笑了笑。

過後皇帝便再也沒提及和嬪顧氏了，同方皇后從「揚名伯的府邸還在選，是城東靠著絳河好？還是城西靠著驪山好？」一直扯到「朕琢磨著也得給方祈手下的幾個千戶安個差事做了，他們家眷都在西北的吧？那還是按例升一級，再回西北去就事也好」。

新納的妾室長得像自家老娘，任誰也鼓不起這個勇氣敲開這美貌妾室的廂房吧？

皇帝始終不去，和嬪顧氏造再大的勢，掀再高的名聲，也只是曇花一現，終是徒勞的。

小顧氏沈寂了兩、三日，又時不時地再登鳳儀殿了，陪著方皇后嘮家常，打葉子牌，教導行昭做針線，從開始的隔一日登門一次，再到後來的日日登門。

方皇后沒發話，鳳儀殿上上下下都以最恭謹的態度待她。

行昭待她不鹹不淡，說話間倒很客氣，可未曾刻意約束語氣，時常有心不在焉和隨心所欲之感，更叫小顧氏心生異樣。

她原本的算盤明明就打得很好啊，不鳴則已，一鳴驚人。男人嘛，都要吊足了胃口，半遮半掩地才能處得長久，她的樣貌她心裡頭十分有底，藏了幾個月，再橫空出世，皇帝難道不會對她有所期待和疑惑？

方皇后也拜訪了，慈和宮也去了，嬤嬤也派了，動靜也有了，皇帝也知道她了，怎麼就是不來呢？

小顧氏始終想不通，去慈和宮的時候，她的小輩顧青辰這樣一番話卻讓她茅塞頓開——

「皇上最喜愛惠妃，與德妃最隨意，最信任淑妃，可最敬重的卻是方皇后。好生待在方皇后身邊，叫皇上真真切切看到妳，比聽妳的名字聽了一萬遍都強。」

宮裡吃穿不愁，她已是十分滿足了。可當人看見別人用的是雲絲錦，自己穿的卻是三江布時，心裡難免不會生出別的期望。

她照著顧青辰說的做，終究在臘月前夕，方皇后看似不經意地說出這樣一番話。

「皇上喜歡吃胭脂鴨片，喜歡看流水夜燈，臘月的天這樣涼，皇上還要去太液池看燈，真真是怎麼說也說不聽。」

小顧氏手頭一緊，一圈線便險險摳進肉裡。

行昭埋頭繡給瀟娘的香囊，心裡苦苦酸酸的，將自個兒的夫君繞這麼大個圈子推給別的女人，會不會比割肉還要疼呢？

方皇后心裡疼不疼，行昭不清楚，可小顧氏的春風得意，行昭卻看在了眼裡。

帶著方皇后的准許，太液池夜遇，終究讓小顧氏青雲直上，位分從嬪升到了婕妤，宮室從偏廂搬到了東廂。

行昭沒心思去管這些以色侍君女人們的心事與得意，因為她的舅母與表兄、表姊總算是在年前趕到了定京城。

馬蹄踢踏，有兩匹棗紅色寶駿在前開路，後有一駕素青繪虎紋馬車「嘎嘎吱吱」地沿著老城牆的漢瓦青磚行得沈穩。

大雪積了些時日，放眼望去盡是蒼蒼茫茫，天地間像懸掛了千萬幅竹簾，透過撲簌簌落下的雪，便能看見大道蜿蜒無垠的白茫茫，還有幾個行色匆匆的路人。

雨花巷裡整裝待發，氣勢浩蕩，從鐵馬冰河翩然而至的將士們佩上刀，穿上甲，面色肅穆地一個挨著一個站在巷口。

站在最前列的是個邁著外八字，套上夾襖，背手挺胸，很有一副一夫當關、萬夫莫開氣勢的當朝右軍都督方祈，其後三步的是個身形頎長，劍眉星眸，蜜色膚色的健碩少年郎，少年微微佝彎了身子是為了遷就自家那個身量還小的小娘子。

東市集的人透過柵欄縫偷摸往裡瞧，嘖吧著嘴，從西北來的將士是當真殺過人，見過真東西的！

瞅瞅！

瞅瞅這氣勢！

叫人都不敢細瞧！

外人看上去很威風的方都督卻面帶赧色，一扭頭一開口，這浩蕩的氣勢立馬碎成了渣渣。

「妳舅母又不是沒來過京裡，還非得讓幾個小兔崽子把盔甲洗一洗穿上來迎，整這麼大陣勢，我看老毛頭凍得直打哆嗦，哈喇子（注）順著鬍鬚流，可是流到一半就給凍住了。」

行昭眨了眨眼，眼眸興嘆，這哪裡是一夫當關、萬夫莫開的氣勢啊，分明就是「快看啊，在雨花巷巷口那裡，慫著好大一坨方都督！」

流著哈喇子的毛百戶四下望了望，十分不服氣，抹了把嘴角，明明就沒被凍得流口水，便嚷嚷起來。「將軍！給俺留點顏面成不？」

行昭抿嘴笑了笑。一道踮著腳往外望，一道細聲細氣說：「舅舅您也別鬧彆扭不好意

注：哈喇子，意指流出來的口水。

思，您且瞅著。舅母鐵定是憋著火氣來的，您姿態放低點，陣勢鼓搗大點，舅母一看，便什麼火氣也發不出來了，只覺得有臉面！」

方祈哼哼一聲，驍勇的都督如今心裡頭卻慌得不行，他屋裡那娘們是個什麼性子，他還不曉得了?!

貿然出擊，孤身涉險，不留一詞，杳無音訊。武將的女眷日子過得難，就怕一覺醒來便聽到了老爺們死在外頭的消息。

外人看起來他是英勇無敵，忠心耿耿，只有內裡人會心疼他。可照著她的個性……非得抓起他來剝掉一層皮！

阿嫵說得沒錯，如今認個慫、服個軟是為了讓他今後的日子好過點。

思及此，方祈又挺了挺胸，挽了挽袖子，試圖將胳膊上那道疤再露得明顯點。

行昭偷偷覷著方祈的行為，笑彎了眼睛。

小娘子耳朵尖，眼神也不賴，撐在行景的身上，素手一指，驚喜喚道：「舅母來了！」

白茫茫的天底下是愈加白茫茫的一片，從遠處青瓦灰牆之畔，有一抹棗紅光影由遠及近，衝破霧色，疾馳迫近，像霧靄沈沈中的一道餘暉，又像破空而出的朝霞。

行昭人矮，率先入眼的是喘著白霧氣的馬頭，再一點一點地往上瞅。

駿馬流暢的身線，厚重的羊皮靴子，扣在馬韁上的一雙手，最後定格在了少年郎輪廓分明的臉上……

是舅舅的桓哥兒！

行昭攥緊了行景的手，眼看著少年郎一個俐落地翻身下馬，順勢單膝跪地，雙手成揖，極亮極朗氣的一聲——

「父親！我們來了！」

方祈眼神閃了閃，這個鐵血男兒漢終是放開了懷，朗聲大笑，一把將兒子撈了進來。

「你母親和妹妹呢？」

「爹爹！」

馬車漸進，行昭一抬頭，便瞅見了有一梳辮著胡裳的小娘子俏生生地半斜身子立於其上，撩開車簾「騰」地往下跳，隨後便是一個姿容爽利，眉梢之間盡是精神的中年婦人撐著小娘子的手下了馬車。

是藩娘與邢氏。

邢氏長得端正，不算很美，可粗眉大眼，眼窩深邃，顯得特別精神。藩娘肖母，卻也有方家人白白的膚色，和一張圓圓的臉，小娘子顧盼生輝起來，有一種晨頭的朝氣。

終是一家團圓了。

邢氏一下馬車，方祈便紅了紅眼，挺直脊背與之對視一刻，卻扭頭轉身一把將行景推了出去。「還愣著！快去扶著舅母。」

行昭心裡又酸又甜，方祈是怕他們見景傷情吧？或許她與行景沒有一個好父親，可他們還有著一個好舅舅。

邢氏紅著眼擺了擺手，沒讓行景扶，從傳來方祈回京，她心裡頭的情緒便複雜極了，歡喜有之、心酸有之、彷徨有之，可看著如今活著立在她跟前的夫婿，陡然發覺心裡頭還是歡喜與慶幸更多。

邢氏忍了忍，笑著一手牽著瀟娘，一手去牽立在行景身側的行昭。「這也不是說話的地方，都還站著做什麼？大冬天的不嫌涼啊！」一邊往裡走直攆眾人進府，一邊嘴上也沒閒下空來。「幾個大爺們兒在京裡也不曉得買點僕婦，我還不曉得你們這群人，吃也將就著吃，住也將就著住……」

走在最前頭，路過中庭瞅了瞅已經被雪掩成一片的庭院，直咂嘴。

「打仗倒是打得來，掃個雪倒成了難事了！邋裡邋遢的，幸好皇后娘娘沒來過，否則一定氣得掉頭就走！」

走在遊廊，邢氏「嗖嗖」地走得快極了，壓根兒不像是趕了三天路的人，手指頭抹了把扶欄，瞪了眼毛百戶。「你瞅瞅，有多少灰？慣得懶出了一身臭毛病，往後還怎麼說媳婦兒？」

毛百戶快哭了，將才沒被凍得眼淚鼻涕流出來，這回被話傷得眼淚快出來了。怎麼又是他啊！他都縮到角落裡蹲著了，怎麼夫人還是忘不了他啊！

一路上邢氏的話就沒停過，有人透過痛哭流涕來表示歡欣，有人用哈哈大笑來表示歡喜，有人……行昭抬眸憋笑，瞅了瞅邢氏正經的一張臉，有人歡喜得翻了天，便會止不住地說話！

前頭邢氏在說，方祈跟在後頭默默地聽，時不時耷拉著腦袋應承兩句。

生死相逢的氣氛，被沖淡成了一張薄薄的紙。

這樣也挺好的，沒有抱頭痛哭，也沒有相擁而泣，安好流年，恍如昨事。這樣也挺好。

方家人總有這樣的本事。

行昭笑一笑，一仰頭便正好撞見了瀟娘好奇的眼神，小娘子索性瞇著眼咧開嘴燦然笑開，歡喜得像年畫裡頭拜福的童子。

瀟娘愣了愣，隨即也咧開嘴，回之一笑。

一進內間，行昭與行景便規規矩矩地給上首的方祈與邢氏叩了三個頭，又同桓哥兒、瀟娘姊姊弟弟、哥哥妹妹地見了禮。

這是這一世的頭一回正式相見，行昭笑著給瀟娘送了繡成的香囊，給桓哥兒送了一方玉珮。瀟娘大大咧咧地接了，拿在手裡頭便驚呼。「定京城裡的小娘子莫不是都要去繡坊裡學一圈！」

連聲讚完後從袖子裡掏了一個嵌八寶的赤金鐲子，行昭接在手上愣了愣神，便笑開了，西北民風驃悍，小娘子送禮連個盒子也不裝！

行景備了一幅畫給瀟娘，一個親手紮的蹴鞠彩球給桓哥兒。

用過午膳，行昭便告辭。「您才到定京城，前前後後都要拾掇，也要休憩，阿嫵過些時日再過來同您正經請安。」

林公公駕著馬車候在外頭，邢氏便牽著行昭往外走。「阿嫵的心意，皇后娘娘的心意，我都明白，皇后娘娘什麼時候方便，我什麼時候遞帖子進宮問安。」一面說一面行至遊廊口，輕聲一嘆。「左右事都過去了，景哥兒住在這兒，就是住在家裡，女眷間的事，老爺們兒不好出面，我卻是個能潑的，任誰也搶不走景哥兒。請皇后娘娘安心些。」

她今兒個出宮來迎，方皇后本是不許的，賴不住她軟磨硬泡。

其實方皇后也明白，邢氏帶著兒女一進京，西北戰事又定了，韃靼俯身為臣，托合其作為俘虜便也要交還了，景哥兒再住在雨花巷裡就不那麼妥當了，賀琰不喜歡景哥兒，可架不住景哥兒爭氣啊。

這是賀家如今能撈到的唯一一根稻草了。

「先去看看妳舅母是個什麼樣的人也好，若是前緣後事都清楚，景哥兒挨著他們住我也放心。若是是個擰不清的，就要早做打算了。」方皇后也沒太見過這位嫂嫂，又習慣性地將事情往最壞處想。

如今看起來是不是一家人不進一家門，邢氏擰得清得很。

行昭點點頭，又是深深屈了膝頭，請邢氏快進去。「過年事忙，可皇后娘娘總要看看外甥、外甥女吧！」

回了鳳儀殿，方皇后便問起來，行昭一五一十答了，說起邢氏擦灰怪罪毛百戶的時候，方皇后樂不可支地笑倒在軟緞墊子上。

晚上就讓六司選了幾房僕從，又領到庭院裡瞧了瞧，便讓人給雨花巷送過去。

蓮玉心裡頭擔著憂慮，總怕賀家又把行景連著行昭要回去。

行昭盤腿坐在炕上喝乳酪，邊喝邊說：「賀家按兵不動，咱們也裝作不明白。哥哥身上可是擔著爵位的，一家兩國公這樣的事不是沒有過，分了東府和西府住，反正臨安侯才年逾不惑，總要再續弦生子的，嫡長子承揚名伯，嫡幼子承臨安侯，就算是拿到皇上面前也能說得通。」

那頭的地龍燒著火，蓮蓉側開身子避在一旁，將盆中的紙一張一張往裡投。火舌咬住了紙，火勢弱了弱，接著便又突突地冒了起來，紙張四角起了卷兒，最後慢慢燒成了一堆灰燼。

行昭餘光裡瞥見，心頭一嘆，有時候白紙黑字就像一柄利器，落在有心人手裡，傷的或許就是自己。

邢氏一回來，雨花巷就一連有好幾個大動作——將旁邊的幾處大宅子都買了下來，挨個兒分給蔣千戶、毛百戶還有方祈手下的幾員大將，又從西北大大方方地接了幾房僕從進京，加上方皇后賞下去的那幾房人，雨花巷總算是不那麼像安營紮寨的軍營了。

毛百戶又被派到回事處來遞帖子道謝，行昭都能想像那個五大三粗的男兒漢一副委屈得要死的神色。

方皇后笑吟吟地接了帖子，只吩咐道：「讓平西侯夫人好好將養著，從西北過來難免會不太適應，屋子要收，人也要管，若是六司送過去的人倨傲不聽話，便拿著賣身契發賣了便是，不用顧忌。」

「不用顧忌」四個字，像一顆定心丸，邢氏吃下去了，便更放開了手腳幹，又給蔣千戶一行人買了丫鬟僕從，算是昭告「方家的兵，方家的將士，咱們方家裡裡外外都安置好，哥倆好，仗義著呢」！

方皇后不急著見邢氏，行昭想也想得到。

親得不能再親的血緣，難不成別家還能因為方皇后晚些召見邢氏，就猜測親兄妹疏離了？

她們急，有人比她們還急，就等著賀家自己露破綻便是。

進了臘月，扳手指頭一日一日地算，數著日子就該是除夕了。

宮中好喜慶，皇帝的壽辰，皇后的千秋，辭舊迎新的除夕，三個日子是頂頂重要的，若是再加上個太后壽辰，勉強能算作四角齊全。

顧太后癱了，沒氣力應付六宮朝賀，方皇后便領著後宮中排得上號的妃嬪們排成兩列，在慈和宮院子門口全了禮數。顧婕妤躍眾而上，站在王嬪之前，王嬪垂著頭沒說什麼，倒是惠妃說話一向無所顧忌，當天就從長樂宮裡傳出來了頗為打抱不平的幾句話。

「以色侍人者，能得幾時好。春日花開豔，能開幾日香。待到花謝時，落紅墮泥壤。」話沒說透，傳到方皇后耳朵裡，方皇后便細問行昭。「這幾句話說得怎麼樣？」

行昭愣了愣，便抿嘴一笑，垂了首一面將頂針從手上脫下來，一面口裡插科打諢。「阿嫵覺得惠妃娘娘好文采，信手拈來就是一首詩，既通俗易懂又朗朗上口。」

方皇后被逗得直樂，笑靠在軟榻上，朝蔣明英說：「小娘子也學會揣著明白裝糊塗了。」

行昭咧嘴一笑，埋首認真地理了理繡花箱籠。

將青碧的線團成一團放在一旁，再將絳紅色的線從頭理到尾不緊不慢地捲在一起。名貴的銀絲線要單獨放，羊絨紡的線不能沾水，而普通的、常見的絲綿線沒那麼多顧慮，可以隨隨便便、堂而皇之地擱在大庭廣眾之下。

婕妤顧氏，就是那種普通常見的絲綿線，就算有驚人的美色，被染就成了國色天香，可內瓤和材質決定了她不可能比銀絲線高貴，就算將她擺在了高處，她也只會拖後腿。

不信？

瞅瞅顧太后，手裡攥著穩贏的一副牌，也能將日子過成現在這個樣子，便就曉得了。

想一想，覺得時人要娶妻娶賢是當真有道理。大戶人家的嫡出閨女從小跟在母親身側看慣了大場合，自然眼界心胸都要更寬些；小戶人家的小娘子或是庶出也不是沒有不好的，可大多都被拘在了小天地裡，受自個兒姨娘的教導，教過來教過去，無非就是怎麼樣抓住男人，又或是怎麼樣把別的女人踩下去的蹩腳招數。

爹挫挫一個，娘挫挫一窩，古人誠不欺我。

惠妃話說得重極了，闔宮眾人都在等著方皇后和皇帝的反應，出人意料之外，皇帝並沒有什麼反應，皇帝沒反應，下頭人就像開了閘的洪水，嘰嘰喳喳地說道個不停，位分低的美人、才人便往王嬪身邊湊，她們沒惠妃那樣足的底氣，只能話說得模稜兩可的，卻叫王嬪直道感懷好意。

待到皇祠祭祖之時，顧婕妤面紅耳赤，瞻前顧後地不知道該站在哪頭，論位分她是壓著王嬪一頭的，可宮裡頭的風言風語又不得不叫她三思而行。

方皇后最後解了圍，雲袖一揮。「顧婕妤與王嬪站在一排，宮裡頭都是服侍皇上的人，姊姊妹妹的何必爭朝夕之長短，若叫本宮再聽見哪家的小宮人口無遮掩，就照多舌雜嘴處置。」

夜幕一落，顧氏便紅著眼圈地往鳳儀殿來了，一見方皇后的面，便提著裙裾嫋嫋跪下了。

「嬪妾謝過皇后娘娘庇護，嬪妾這幾日嚇得都不敢往長樂宮去，就怕因嬪妾之故，叫惠妃娘娘心裡頭又不舒坦了……」

行昭一看這架勢，書頁一合攏，便笑著起了身，朝顧氏福了福，又同方皇后告辭。

「想起來描紅還沒完，明兒個常先生能把阿嫵給吃了。」

顧氏伏在地上，清妙目淚眼婆娑地往上瞄了瞄，又立馬垂了下來。

行昭一腳將踏出門檻，身後便能聽見顧婕妤的軟語曼聲——

「皇上原先不樂意去嬪妾那兒，是皇后娘娘給嬪妾指的明路，如今宮裡人指指點點，也是皇后娘娘庇護的嬪妾。嬪妾初初進宮，太后娘娘又臥病在榻，嬪妾心裡頭慌得跟一團亂麻似的，得虧還有您……」

行昭步子停了一停，默上一默，方皇后打的是什麼主意，她心裡隱隱約約有了個譜兒。

太大膽了，可照方皇后的性子，她做得出來。

老的那個都沒玩贏方皇后，無論小的這個是虛與委蛇，還是由衷地心悅誠服，她最後的結局都是一樣的。

反正小顧氏日日吃著慈和宮丹蔻給她的健子藥，也是生不出孩子，找不到出路的。

是的，不曉得什麼時候丹蔻就變成了方皇后的人，行昭掐著指頭算了算，或許是在顧太后在中庭裡跌了一跤前？

第六十章

除夕一天比一天近，二皇子自願地領了內務府布置太液池和放煙火的差使。整日拽著幾個小輩去看他的成果，今兒個是五福獻壽的花樣，明兒便問——「要是現在讓內務府做一千盞綃紗燈籠還來得及嗎？」

二皇子興致勃勃，四皇子亦步亦趨跟在後面極其捧場地拍掌，行昭便是被強拽過去的其中之一，每日便數著人頭，二皇子在，四皇子也在，歡宜在，就連顧青辰也在，就是還少了一個人。

歡宜使壞不說，行昭便當什麼也沒發現。

到晚上，歡宜身邊的畫鶯捧著漆盤俏生生地過來給行昭請安。

「公主親手熬的薏米銀耳羹，熬了一大鍋吩咐奴婢給您送一盅，給端王殿下送一盅去。」一面將托盤放在案上，一面自說自話。「您還不知道吧？戶部年終對帳忙得很，端王殿下跟著黎大人日日夜夜熬了幾個通宵了，淑妃娘娘和公主都心疼得不得了，可也自豪端王殿下日漸能在戶部裡說上話了。」

六皇子周慎這一世與上一世截然不同。

上一世是富貴閒人，皇帝應了淑妃的請求，定了淑妃娘家的姪女兒，安安穩穩地清貴一輩子。這一世卻是拿出了吃奶的勁去拚。

行昭晃了晃神，手裡端著薏米銀耳羹，兀地重重搖了搖頭。

羹湯隨之灑了出來，濺了幾滴在手上，不過隔了片刻，就變得涼颼颼的了。

不得不說二皇子布置的太液池星河流轉似千帆舞，四皇子管著的樂伎苑排的幾齣戲也排得好極了。

皇家也是家，也要擺除夕家宴的，賀家沒動靜，方皇后也樂得賀家沒動靜，一早便將行昭的位置安排好了。又怕賀家藉著除夕團圓的由頭把行景叫回去過年，便給邢氏遞了話。

「無論如何都不許景哥兒去臨安侯府。」

事實證明，賀琰這回沒按套路出牌，他連聲都沒吭。

行昭眼神直直地，越過波光粼粼得像面菱花靶鏡的太液池面，定在了湖心亭裡綿聲長調的那齣戲上。再細看了看，佝下身子小聲問歡宜。「那個唱思凡唱得比柳文憐還要好的呢？我怎麼沒見著他？」

歡宜不動聲色，抿了口果酒，眸光未動，話壓得低低的。「既是長得像又怎麼可能在除夕家宴裡出來？四哥還是有分寸的。」

四皇子有分寸嗎？

行昭抬眼看了看正望著二皇子周恪笑得一臉靦覥的老四，下意識地抿了抿唇——這又是一場難解的糾葛。

連臨安侯府的家宴都是繁瑣且無聊的，還能指望天家的家宴能有多活躍？

行昭再轉頭看向下席，平陽王妃正和中寧長公主湊攏了腦袋說著話，四下看一看只有平陽王世子周平宜在。也是，前世的晉王周平甯如今只是個名不見經傳的庶子，平陽王妃怎麼可能樂意帶他來皇家家宴。

宴到一半，皇帝率先起身舉杯，下頭人窸窸窣窣地一串接著一串也站了起來，祝酒詞歲歲年年說的都是那些話。無奈眾人還要用一副感激涕零、揚我國威的神情一飲而盡。

行昭單手執盞，無意間看見清透的果飲裡搖搖晃晃地映了輪彎彎的月亮，小娘子一愣神，舉起杯盞的時候便晚了旁人半刻。

連忙一抬眸，卻見對列的左上方，六皇子周慎亦是單手執盞，朝她揚了揚酒杯，再展唇一笑，最後仰首一飲而盡。

多年之後的行昭都未曾忘記，那年那夜，在那輪彎月之下，眾人之中，少年郎遙遙輕笑著對她舉杯致意。

眉眼溫柔地，好像玉色清輝傾灑在了水波蕩漾的鏡面之上。

和皇帝吃飯，吃得飽、吃不飽都不重要，吃的就是個恩寵和賞賜。

皇帝在上頭，誰有膽子有一筷子沒一筷子地去挾菜啊，不得警惕著皇帝會不會隨時發問啊？

所以行昭沒吃飽。

在漫無邊際的燦然煙火中，舊歲已去，新朝在際。

對有些人來說，除夕之夜的味道是滿鼻子的火硝，或許是案上那甜甜膩膩的胭脂鴨脯，又或許是陳年老釀的醬香芬芳。

對行昭來說，這個除夕的所有味道，就是這一大大碗公的芝麻芯湯圓。糯米軟軟的，緊緊黏著牙，芝麻餡兒香甜得能讓人和著餡兒將舌頭都囫圇吞下。

行昭把頭埋在碗裡，吹過涼風、守完歲後，「呼呼啦啦」地喝一碗滾熱的湯圓，以慰空落落的肚子。

還有一顆悵然若失的心。

行昭一閉眼，一滴淚便砸在了湯裡，繆糟酸酸甜甜的味道裡，頓時有了些許鹹味。

蓮玉立在窗櫺之下，安安靜靜地看著小娘子，一沒留神，眼淚便險些下來了。

初五按照慣例是進宮朝賀，外命婦過來叩拜方皇后，與往常不一樣的是這回侍立在側的是風頭正勁的顧婕妤與王嬪。行昭照舊伴侍在方皇后身邊，低眉順目、規規矩矩地眼觀鼻、鼻觀心。

去年，她在下首伴著她尚在人世的母親。今年，她卻端著杌凳坐在了鳳座之側，伴著她的姨母。

年年歲歲花相似，歲歲年年人不同。

其中寓意大抵如此。

三個女人一臺戲，行昭抬眼數了數，這都能湊成多少臺戲了啊。

「早聽說臨安侯太夫人身子有些不太舒坦，怪道臣婦找了又找也沒找著賀太夫人的影子，太夫人是著了涼呢，還是吹了風呢？也不曉得溫陽縣主知不知道太夫人是受了什麼病症？」

此話一出，正殿裡便瞬間靜了下來，信中侯閔夫人輕斂了容，微微側了身子，眼神瞥到說出這番話的黎太夫人。

是了，黎家與賀家是至交，黎太夫人與賀太夫人是自小的手帕交，會出言為難也實屬正常。

話裡話外，這是在怪行昭不孝啊！

大周朝重孝，孝悌能頂半邊天，被人指摘為不孝，未出閣的小娘子怕是嫁娶都會變得艱難。

「其實阿嫵也說不明白。」

小娘子清清脆脆的聲音由低漸強，響在偌大的正殿裡，還是顯得有些氣弱。「阿嫵聽了心裡也急，請來張院判細細詢問了祖母的病。張院判也說不出個所以然來，只說了祖母胸悶頭暈，阿嫵便看了看方子，卻都是補氣養身的藥材，說來說去都是黨參和黃芪，也沒多大用處。」

張院判是國手，是皇帝信賴的太醫，誰敢說他醫術不精？既不是大夫的錯，那當然就是病患的錯了，國手都診不出來的病，又該是什麼樣的疑難雜症啊！

在場的都是簪纓世家的家眷，誰家沒有過裝病的前例啊，為避事、為爭寵為了什麼的都有，裝病多好啊。病了往床上一躺，誰也甭找我，誰也甭來和我過不去。

夫人、奶奶們面面相覷了片刻，神色不明。

「老人家年歲大了，身上各式各樣的毛病就竄出來了，人一頹下來，便希冀著子孫兒女守在身邊，子孫滿堂環繞膝下，看著歡喜，心裡頭一歡喜了，病也就好了一大半了。」

行昭總算是知道黎令清的倔氣是從哪兒來的了。

他這母親就是個頂倔的，當著方皇后的面，找她外甥女的茬子，還理直氣壯又頗有替天行道的氣勢在裡頭。

行昭抿了抿唇，再開口時，唇色便有了些發白。「大抵是入冬天涼，阿嫵的風寒也還沒好透，怎好貿貿然就將病氣傳給太夫人……」行昭拿帕子揉了揉鼻頭，再放下時，鼻頭紅彤彤的一片，一雙眼睛水水靈靈的，眨了眨便望向別處。「這些時日，阿嫵連太后娘娘也不好去拜見，做了東西都要先請顧婕妤拿開水燙了，去去上頭的晦氣，再送去慈和宮，以此聊表心意。顧婕妤，您說是吧？」

小顧氏一怔，這小娘子禍水東引的招兒使得爐火純青了。心裡腹誹，她卻曉得她不能不接，不僅要接還要接得漂亮。皇帝決定寵不寵她，方皇后卻決定她能得多久的寵，這是她在方皇后一次、兩次地幫扶之後得到的結論。她姓顧又怎麼樣，顧太后說話已經沒人聽了，不，顧太后已經說不出來話了，方皇后的話卻顯得振聾發聵。她既不傻，也不癲，就算不知道方皇后為什麼要幫扶她，她卻只能牢牢地乘著方皇后的東風，以達到直上青雲的目的。

小顧氏婉和了面容，放低了姿態，回笑應和。「是呢，太后娘娘鳳體欠安，卻總問『這個裝著薄荷的香囊是誰做的』又或是讚溫陽縣主『木匣子上的扇套繡得好看』。」

黎太夫人的後話被嗆得哽在喉裡，她總不好責問小娘子關心太后卻不關注自家祖母吧？天地君親師，天家可是在親眷前頭！

小顧氏接著話頭岔開了，下頭人也好做了，或三三兩兩關切詢問「太后娘娘的身子可好些了」，或是不著痕跡地恭維「皇后娘娘到底是一片慈母心腸，養出來的小娘子個頂個兒的好」，話終被越扯越遠，行昭的面色卻慢慢沈了下來。

一榮俱榮，一損俱損。

賀琰看不透這個道理，賀太夫人卻看得明明白白，她算準了方皇后不敢下狠手對付賀家。在外頭人眼裡，無論這其中有著什麼樣的糾葛，行昭與行景都是姓賀的！

深入骨髓，亙古不變。

黎太夫人的突然發難並沒給整個場面帶來多麼難以挽回的後續，連方皇后都沒發話，小娘子一個人便將話給帶走了。方皇后心裡頭大暢，照舊賞了幾家人的膳，最後留下了方祈之妻邢氏。

人去戲散的正殿空落落的，方皇后特意放緩了聲調，緩聲柔氣地與邢氏寒暄。

「記得去年這個時候，還是阿福在陪本宮閒聊，本宮卻無論如何也想不到，今朝會是遠在西北的嫂嫂在這兒同本宮閒話家常。」

「臣婦也未曾想到。」邢氏笑一笑，眼神卻望向行昭。「阿福去得冤枉，賀家欺人太甚，連……也不是什麼好東西。阿祈沒從西北回來的時候，您與阿嫵過得有多難，臣婦想一想便心驚膽戰的。阿祈叛國謠言傳得沸沸揚揚的時候，臣婦被圈在方家老宅裡頭，來的是九城營衛司的人，待臣婦和兩個孩兒，還有方家的旁支都是客客氣氣的，不像是來圈禁，反而像是來保護的。」

皇帝做事一時糊塗，一時精明，也不是一日兩日了。

耳根子軟，心也軟，對誰都是這樣。

方皇后見怪不怪，冰凍三尺非一日之寒。邢氏在勸慰她，可卻不曾想一想，潑一盆熱水就想融化一整塊堅冰，可能嗎？

「那段日子誰也不好過……」方皇后沈聲暗嘆。「如今的日子也不好過，皇帝到底心軟，功高兩個字接下去便是蓋主，與其忍氣吞聲，倒不如秉持哥哥一貫的個性……」

方祈一貫的個性是什麼？

行昭默默想了想，腦海裡只浮現出了四個字——「撒潑賣乖」。小娘子頓覺不妥，「啪」地一聲把這四個字打掉，換上另外四個字——「審時度勢」。

「方家在定京城裡至少要待十年，該強硬的就強硬起來，該軟下來的……」方皇后頓了頓，偏頭想一想，隨即霸氣十足。「沒有需要低頭的地方。人不欺我，我不欺人，人若欺我，定當加倍奉還。」

加倍奉還……

邢氏想起梁平恭的慘死，馮安東的銷聲匿跡，應邑的負屈錯嫁，顧太后的癱瘓在床。阿福一個人的死，讓兩個人給她償了命，不對，是三個，應邑腹中的胎兒也算上。

果真是加倍奉還。

邢氏點點頭，笑著看行昭。「兩個孩子是不能再回去了，狼窩虎穴的，一進去便再出不來了。景哥兒我自會好好照料，他沒了母親，我便是他的母親，從衣食住行，到嫁娶敦倫，我都一肩挑了。臨安侯膝下還有一雙庶子庶女，成不了氣候，定也不會善罷甘休。阿嫵是小娘子，又是您親自教養，賀家沒這個膽子要小娘子回去，可景哥兒是嫡子嫡孫，賀家就站了個理字。」

「賀家？」方皇后嗤笑一聲。「賀家根本就沒資格讓我們低頭，態度儘管強硬起來，景哥兒的事自有法子，等過了三年孝期，訂了樁親事，名正言順地自立門戶，傳出去還能有個好名聲——給他爹的嫡幼子襲爵讓位。」

方皇后眼神望向窗櫺之外，行昭順著方皇后的眼神望出去，映入眼簾的便是藏在飛雪朦朧間，簷角橫飛的儀元殿。

賀家沒資格讓方皇后看成敵人，那皇帝是不是就有了這個資格呢？

若方皇后是個男兒身，若方皇后生了一個兒子，若方皇后沒有嫁入皇家……

行昭顫了一顫，不敢再想下去。

初七早朝，揚名伯賀行景在朝堂之上，自請外放，請旨要去的地方是東南福建府，福建也不太平，經了幾次天災，漁民便落草為寇，成了海盜，時不時地打著劫富濟貧的名號，搶殺劫掠。

皇帝拿著摺子沈了沈，沒立即給答覆，轉過頭便來鳳儀殿說了此事。

方皇后不驚訝，行昭也不驚訝。

行昭偏頭算了算，大周外放一向是三年為期，這個法子還是她給方皇后通的氣呢。

皇帝思慮了些什麼，行昭堪堪能摸得到點頭緒。

無論如何，隔了幾日後，聖意便允了行景自請外放的請求。

十五歲的正六品經歷司經歷，放在大周朝幾百年的歷史中，倒也不是沒有，只是少之又少。

下了朝，既有人去九井胡同恭賀臨安侯賀琰的，也有機靈的、打聽了點內情的，提了兩壺好酒直奔雨花巷，叩開了方府的大門。

木已成舟，賀琰賦閒在家，沒這個資格上書，更無法力挽狂瀾。

邢氏倒很是焦灼了一把，上上下下地又開始忙了起來，拾掇行裝、打理隨行人員，還要催著方祈寫幾封信給官場同僚，意在把路給行景儘量鋪得穩當些。

「出去三年見見世面，再回定京城裡來，羽翼便不會被定京城裡四四方方的天給拘住了。」

鳳儀殿燒得暖暖的，方皇后說得平心靜氣，一道給認真描紅的行昭將鬢邊的散髮拂到耳朵後去別住，一道往後說：「男兒家是應當出去看一看的，看看這世間既有玲瓏水鄉，又有黃沙古築，心胸便能寬廣起來。其實景哥兒外放去西北就很好，戰事已平，既無性命之憂，又有方家人在旁左右幫扶，西北民風驃悍可人的心眼卻沒有定京城裡多，少年郎過得也能舒心點。我是老了，小郎君的心事也猜不透了，福建外有海寇，內有掌著實權的地頭蛇，我當真是不放心。」

行昭筆尖頓了頓，抬眸一笑。

方皇后是不願意叫景哥兒再涉險境了，可景哥兒若是自請去西北，皇帝會肯嗎？沒得再叫皇帝心裡頭給方家再記上一筆。方家從西北利利落落抽了身，倒把自個兒外甥給送過去補塞，陽奉陰違，居心叵測。

正月裡頭，行景進宮來給方皇后問安，方皇后便把幾個選擇放在檯面上讓他自個兒選。行景毫不猶豫選了最為生疏、條件最艱苦的福建府，言之鑿鑿。「男兒漢十幾歲的時候不拚一把，什麼時候拚？等到鬍子拉碴的時候再去拚命？西北，就算我肯去，皇帝也不會讓我去，又何必在風口浪尖上惹眼？亂世出英傑，平穩安順的地方瞧不出我的本事。在亂世中闖出一條路來，叫別人看一看我的拳頭也不小，別人這才肯靜下心來聽我說話。」

率直單純的少年經歷了喪母之痛，走過陰霾之後，終究長成了一個肩負擔當、目光堅毅的好兒郎。

左想右想，外放東南是對行景最好的一場磨練，也是避開賀家最好的辦法。

方皇后明明每日口裡頭唸叨著「玉不琢不成器」、「冰凍三尺非一日之寒」這些話頭，卻仍舊惴惴不安了許久。

放手讓孩子去飛，每個母親都懂得這個道理，可到了最後關頭總還是有緊緊抓住孩子臂膀，捨不得放開的。

行昭也捨不得，自家親兄才從一個死人坑裡回來，又要把他推到另一個險境裡去？可行景的一番話說得極斬釘截鐵——

「母親之死可以怪罪到我年歲小，可也是因為我不夠爭氣，無法讓別人心生忌憚。這個世間苦的、難的就該男兒漢去扛，那時候的賀行景無能做不到，我必須保證以後的賀行景能夠做到這一點。」

少年郎笑一笑，眼神落在自家妹妹身上。「姨母也莫太掛心，阿景自會好好保重的。阿景還要給妹子攢嫁妝呢！」

在西北的風吹日曬，讓行景的膚色變得離定京城裡公子哥兒常見的潤白極遠了，取而代之的是一種沈沈的古銅色，眼神既亮又堅定，讓人感到無比心安。

「您啊您……」

行昭看著好笑，還沒來得及說下去，卻聽見方皇后陡然沈聲的一句詢問。

「我記得景哥兒身邊那兩個丫鬟一直是跟著他的？聽妳舅母說一個長得很好、身世卻曲折，鵝蛋臉、柳葉眉的，名字也好聽，叫……叫什麼屏來著？」

行昭眉心一擰，筆尖上頭的墨已經微微凝成了一滴，顫在那兒搖搖晃晃地想要滴下去。

「叫玉屏，是在臨安侯府就一直跟在哥哥身邊的大丫鬟，父親早逝，母親在外頭幫人做繡活，一家幾口都和賀家沒關係，哥哥一去西北，玉屏便沒了差事，後來賀太夫人為了掩人耳目，把無關緊要的人都打發走了，家生子打發到了莊子裡，買來的便讓家人來贖，若是沒錢，那就一道跟著去莊子。阿嫵看她可憐，便賞了十兩銀子算做贖身錢，讓她寡母接走了。哪曉得後來她母親也過世了，就來投靠哥哥這個舊主了。」

行昭答得簡明扼要，玉屏的來歷很清白，行景也是個念舊之人，在軍中沒人在身邊服侍很正常，可舅母邢氏一回京，買僕從、買地、買鋪子，火火熱熱的，既有知根知底又身世清白的舊僕來，軍隊出身的方夫人讓人裡裡外外地查了又查，連玉屏身邊養的那條狗都被查了個底朝天，終是願意接納了。

方皇后是想到了什麼？行昭腦中電光石火而過，卻暗自覺得方皇后想得太遠了。

「哥哥一向缺根筋，沒去西北之前，每天除了練武就是讀輿圖，身邊的丫鬟只是端個茶、送個水，哥哥連更衣都是自個兒更，更莫說別的了。去了西北就更癲了，上回阿嫵去雨花巷，在哥哥的書齋裡愣是連個香囊都沒找著，一點女人脂粉氣也沒有。」定京城裡公子哥兒尚文，恨不得一天到晚把自己黏在暖榻上，更衣束髮，連煙斗都是丫鬟幫著捧。

行昭說得輕輕的，方皇后怕玉屏與行景有私情，小娘子額上冒出一溜冷汗。怕是在行景眼裡頭，美的醜的都長成一個樣，兩個眼睛、一個鼻子、一個嘴巴，可能他覺得梅花樁子長得比這些小美人兒還好看些。

方皇后愣了愣，隨即展顏一笑。

她怕行景走錯道，更怕行景年少旖旎時愛錯了人，便堪堪辜負一生，當不瞭解感情之處，少年人過早的情思顯得既脆弱易折又無拘無束，一頭栽進去，只會遍體鱗傷。

方皇后揮手召來蔣明英，吩咐道：「請平西侯夫人將景哥兒身邊的人都安頓好，那個大丫鬟既是一早就伺候景哥兒，聽起來又是個身世坎坷的，就先將她風風光光地在定京城裡嫁了吧，配個品性好一點的管事或是小廝都使得，一家子跟著景哥兒去福建，也能服侍得盡心些。」

到底還是不太放心。

許了人嫁了，便是杜絕了行景開竅過後的一切綺思，通常來說小郎君身邊的大丫鬟若是年齡適合，樣貌過得去，長輩們都會先將這樣的丫頭開了臉放到小郎君身邊去，等正妻進了門，再由正妻決定是給這丫頭一個名分還是不給。

玉屏活脫脫的就是個通房丫頭的備選，行景尚在孝中，可一旦出了孝，長輩是不是就該操心起來了呢？

可方皇后卻連玉屏做通房的可能都給先下手遏制了。

方皇后不喜歡家裡有通房妾室的人家，連自己身邊的小輩這樣做她都很反感，說起來又有哪個正妻喜歡這些妖嬈的偏房呢？一笑而過的能被稱得上賢慧，會主動幫自家夫君納美進房的就能擔得起一句賢婦了。

說了這麼一長番話，筆尖上的那一滴墨悄無聲息地落在了紙上。

行昭愣愣地看了看那一團墨色，說不清是什麼樣的情緒。

她能接受枕邊人納妾、納美嗎？

想一想，好像是能的。

前世她愛周平甯愛得發了癲，不也眼睜睜地看著他抬了一房接著一房的側妃進府，心裡苦啊，苦得跟黃連似的。

若是這一世不那麼愛，是不是就沒那麼苦了？

——未完，待續，請看文創風193《嫡策》4

文創風 190-195

嫡策

全套六冊

好評滿分．經典必讀佳作

描情寫境，深入人心

董無淵

真情至性代表作

賀行昭，一個嫡出的侯門千金，
前世死乞白賴嫁給心不在自己身上的男人，
死去活來重生之後，她不再是那個敢愛敢恨的自己。
前世裡，被自己糊塗所連累的人，為自己劣行而蒙羞的人，
她深感歉意，又覺得任重道遠。
這一世，母親、蓮玉、祖母、賀家……
種種的悲戚，她不僅不要再經歷一次，
她還要守護那些她珍愛的人兒，
至於那個負了她的男人，她看透了、心寬了，
在面對父親掀起的賀家風暴之下，
情愛之事已成了她不願擔負之重了，
任你貴為皇子抑或世家之後，最好都別來招惹她……

至親的冷血相待，摯愛的殘酷背叛，
磨光了她敢愛敢恨、稜稜角角的性子。
重生而來，看透世情人心之餘，
她再不要被情愛蒙蔽了心眼，絕不再白活一遭……

字字揪心　層層織就情意／東風醉

嫡妻說了算

全套三冊

她是龐國公府長房嫡媳，
享盡榮華富貴，看遍世間繁華。
可誰又知道，尊榮華貴的背後，她犧牲了什麼？
她明白，要在這個時代立足，愛情遠不如權勢重要，
而今，她付出多少，就要得到多少！

文創風 174 1

穿越七年，顧容盼曾有過熱情、有過執著，
卻終究消磨在高門大戶的婆媳鬥法、妻妾爭寵裡。
長長的歲月裡，她愛過、恨過，也將一切看透，
那些小妾再怎麼爭，也不可能撼動她長房嫡媳的地位，
在這府裡，一切還是得她這個當家主母說了算，
那麼，她又何須在意那些陪襯的配角呢？
現在的她一心只想著，好好照顧兩個孩子長大，
卻發現總冷靜自持的這個男人，灼灼的眼神是她未曾領略的專注。
他說，要和她好好過日子，更要她付出和他一樣的感情，
讓她平靜的心再起波瀾。若早兩年聽到這話，她必定欣喜無比，
可如今這份寵愛，她還要得起嗎？

文創風 175 2

朝堂風起雲湧，硝煙四起，詭譎局勢讓人身不由己，
被牽扯進政爭中，誰都別想安生。
顧容盼知道，不論榮寵衰敗，她和丈夫總在同一艘船上，
為了兩個兒子，為了腹中胎兒，更為了她自己，
她必須肩負起重擔，為他守住龐國公府！
可內有嬸娘妯娌意欲奪權，外有反賊兵馬虎視眈眈，
她勞心勞力，吃盡苦頭，
這條邁向榮耀的血路，長得像是沒有盡頭……
生死關頭，強烈的無力感襲上心頭，
原來，她沒有自己想像的那般無所畏懼，
只是殘酷現實逼得她不得不堅強，不得不武裝自己……

文創風 176 3 完

嫁給龐晉川後，顧容盼一路爭，一路鬥，
一路走來，她只想成為能與他匹配、不讓他丟臉的嫡妻，
回首來時路，卻早已記不起從前的自己是什麼模樣。
她已經疲倦得無法再繼續，於是停在原地不肯再追逐他的身影，
想不到卻換他尋來，拉著她的手許諾再也不會放手。
這一次，她還能相信他嗎？
看他位極人臣，只為給她、給孩子留個盛世太平，
看他因為她的開心而欣喜，為了她的難過而失落，
看他仔細的把她收藏在心間，為她遮掩世事紛擾，
看他為她退讓，為她妥協，為她付出所有。
或許，她這些年的磨難，也算值得了……

筆潤情摯，巧織錦繡良緣／花樣年華

重為君婦

全套三冊

上一世錯嫁薄倖丈夫，
重生為公府小姐自然得好好挑一門好姻緣！
誰知這緣分是如何牽繫，
竟讓那負心人也以另一個身分重返人世，
老天非要演這齣前世今生的戲碼來……

文創風 171 1

家道中落，陳諾曦一生伺候了薄倖丈夫，
垂臥病榻還被姨娘給氣得一命嗚呼！
沒想到，當她重生為定國公府三小姐梁希宜後，
卻發現自己前世的身軀竟被另一縷靈魂給鳩佔鵲巢，
就連當初傷她至深的丈夫也早在四年前亡逝了……
即使這輩子人事已全非，卻還是不改勞碌命，
對內既要應付家門裡的宅鬥，對外還得給自個兒挑門好姻緣。

前世，他辜負了妻子陳諾曦，最終抱憾而逝，
誰想上天卻給了他彌補的機會，
讓他以靖遠侯府大少爺歐陽穆的身分重返人世……
為了償還所欠的恩情，今生他打定主意要再續前緣！

文創風 172 2

前世的她受盡姨娘妾室的氣，此生絕不想重蹈覆轍，
要她交付真心，對象必須同意只娶一妻；
若守不住本心，她情願嫁個沒有感情的丈夫！
原以為那溫文儒雅的秦家二少是她所求的好歸宿，
無奈傳出他與表妹的私情，讓這門親事臨時生變。
這世上能守身如玉的男子本就鳳毛麟角，
看來她只能斷了念想，擇一門安穩姻緣才是上策……

若非機緣巧合，讓他識出前世妻子重生為定國公府的梁希宜，
差一點自個兒家的媳婦就要嫁為他人婦了。
老實說，這一世有誰能同他這般待她如命，永不負心？
可她卻避之唯恐不及，為了與她廝守今生，拐妻入門是勢在必行！

文創風 173 3 完

她是萬不想同歐陽穆有瓜葛，猶記初見時，他表現得殺伐決斷，
現下忽然要求娶她，誰知道改日翻起臉來又是什麼情況？
不過橫豎已被退了兩次親，她本就打算尋一個無感情基礎的丈夫，
為了顧全定國公府的裡子與面子，則嫁他有何不可？

他既許諾她一生一世一雙人，自是誠心相待，未有欺瞞，
唯獨今生曾錯戀陳諾曦的事，讓他無從解釋說明，
就怕妻子知曉他是前世的負心人，因而厭恨他、離棄他。
未料，這不容說的秘密終有揭曉的一日……

文創風 192

嫡策 3

國家圖書館出版品預行編目資料

嫡策 / 董無淵著. --
初版. -- 臺北市 : 狗屋, 民103.06
冊 ; 公分. --（文創風）
ISBN 978-986-328-311-9（第3冊 : 平裝）. --

857.7　　　　103008955

著作者　董無淵
編輯　王佳薇
校對　曾慧柔　王冠之
發行所　狗屋出版社有限公司
地址　台北市104中山區龍江路71巷15號1樓
電話　02-2776-5889～0
發行字號　局版台業字845號
法律顧問　蕭雄淋律師
總經銷　知遠文化事業有限公司
電話　02-2664-8800
初版　103年6月
國際書碼　ISBN-13　978-986-328-311-9
原著書名　《嫡策》，由起點女生網〈http://www.qdmm.com/〉授權出版

定價250元
狗屋劃撥帳號：19001626
網址：love.doghouse.com.tw　E-mail：love@doghouse.com.tw